Tessa Dare

Autrice de best-sellers, elle s'est spécialisée dans la romance historique de type Régence. Ses livres mêlent esprit, sensualité et émotion. Elle a été récompensée par le prestigieux RITA Award.

Trois nuits ou jamais

DE LA MÊME AUTRICE AUX ÉDITIONS J'AI LU

Une délicieuse voisine
Le jeu de la préceptrice
Un drôle de mariage

Le club des gentlemen

1 – *Valse de minuit*
2 – *Le destin de Merry Lane*

Trois destinées

1 – *L'impulsive*
2 – *L'aventurière*
3 – *L'idéaliste*

Les héritières

1 – *Il était une fois un duc*
2 – *Des fleurs pour la mariée*
3 – *Mariage à l'écossaise*
4 – *À cause d'un rendez-vous galant*

Les demoiselles de Spindle Cove

1 – *Un moment d'abandon*
2 – *Une semaine de folie*
3 – *Un mariage au clair de lune*
4 – *Tant qu'il y aura des ducs*

TESSA

DARE

LE CLUB DES GENTLEMEN – 3

Trois nuits ou jamais

Traduit de l'anglais (États-Unis)
par Daniel Garcia

J'AI LU

Si vous souhaitez être informée en avant-première
de nos parutions et tout savoir sur vos autrices préférées,
retrouvez-nous ici :

www.jailu.com

Abonnez-vous à notre newsletter
et rejoignez-nous sur Facebook !

Titre original
THREE NIGHTS WITH A SCOUNDREL

Éditeur original
Ballantine Books, an imprint of The Random House Publishing Group,
a division of Random House, Inc., New York

1

Londres, octobre 1817

Lily fut réveillée par quelqu'un qui lui secouait le bras, alors qu'un halo lumineux se promenait au-dessus de sa tête.

Aussitôt qu'elle grimaça, la lumière s'éloigna un peu. Lily ouvrit les yeux. Après quelques clignements de paupières, elle reconnut la personne qui brandissait la lampe : Holling, sa gouvernante.

Bonté divine. Lily se redressa d'un bond dans son lit. Il était arrivé quelque chose. Sinon, les domestiques ne se seraient pas permis de la réveiller en pleine nuit.

La jeune femme porta instinctivement la main à sa poitrine.

— Que se passe-t-il ?

— On vous réclame en bas, milady, expliqua la gouvernante, avec un sourire contrit pour s'excuser de ce réveil abrupt.

Lily hocha la tête. Elle sortit de son lit et glissa ses pieds dans ses pantoufles. Puis elle se fit aider par Holling pour enfiler son peignoir mauve.

La minute d'après, elle descendait l'escalier, plus anxieuse que jamais.

Cinq mois plus tôt, on l'avait déjà réveillée pareillement en pleine nuit. Et sa vie avait alors basculé dans l'horreur.

Cette nuit-là, ouvrant sa porte, Lily avait découvert trois hommes sur son perron. Trois hommes qui n'avaient rien en commun, sinon qu'ils étaient tous membres du Stud Club, un club hippique très sélect fondé par le frère de la jeune femme, Leo. Il y avait là le duc de Morland, Rhys Saint-Maur, un héros de la guerre contre Napoléon, et Julian Bellamy – le débauché préféré de la bonne société londonienne et aussi meilleur ami de Leo.

Leurs visages graves se passaient d'explications. Lily avait tout de suite deviné ce qu'ils étaient venus lui annoncer.

Il était arrivé quelque chose à Leo.

En fait, Leo Chatwick, marquis de Harcliffe et frère jumeau de Lily, était mort. À vingt-huit ans. Jeune, beau, riche, fortuné, universellement admiré, il était tombé sous les coups d'une bande de voleurs, dans une ruelle sombre de Whitechapel.

Et voilà que l'histoire semblait se répéter. Cette fois, Lily posa une main tremblante sur la poignée de la porte. Puis, rassemblant tout son courage, elle ouvrit le battant.

D'abord, elle ne vit personne. Et le petit square en face de chez elle était tout aussi désert. Au loin, l'horizon se teintait déjà de gris clair : le jour se levait doucement.

Sa gouvernante lui fit signe de baisser les yeux.

Une charrette de quatre-saisons barrait le bas du perron. Et dans la charrette, au milieu des navets, des poireaux et des carottes, la jeune femme aperçut le corps d'un homme inconscient.

Lily s'agrippa à la porte. Oh non…

C'était Julian Bellamy.

Elle avait reconnu les manchettes rouges de son manteau avant même d'avoir vu son visage. La jeune femme porta la main à sa bouche pour contenir un cri d'effroi.

Sa seule consolation, après la mort de Leo, avait été de se dire qu'elle ne connaîtrait pas un tel chagrin une deuxième fois. Leo avait été bien plus qu'un frère. Leur amitié n'avait jamais connu d'ombres. Après la mort de leurs parents, il avait aussi été, pour Lily, le dernier membre proche de sa famille. Aucune perte ne pourrait autant l'affecter.

Du moins avait-elle voulu s'en persuader.

Mais la vue du corps inanimé de Julian réveillait ses pires angoisses. Au moins, à la mort de Leo, Julian avait été là pour soutenir Lily. Tout débauché qu'il fût, il avait été le meilleur ami de Leo – et l'ami de Lily par la même occasion. Si Julian la quittait à son tour…

Cette fois, elle se retrouverait vraiment toute seule.

Holling secoua le bras de la jeune femme pour attirer son attention.

Lily, qui se retenait très fort de pleurer, se tourna vers sa gouvernante.

— Il n'est pas mort, dit la domestique. Il respire encore.

D'un coup, Lily céda à l'émotion. Des larmes de soulagement roulèrent sur ses joues.

— Rentrons-le vite à l'intérieur.

Deux valets se précipitèrent pour soulever Julian et le porter.

— Dans la cuisine, ordonna Lily.

Ils s'engagèrent en file indienne dans l'étroit couloir qui menait vers l'arrière de la maison. Holling éclairait le chemin avec sa lampe. Elle était suivie des valets portant Julian. Lily fermait la marche.

Malgré l'heure très matinale, le personnel de cuisine était déjà à l'œuvre. Un grand feu ronflait dans l'âtre et l'air embaumait de délicieux fumets. Une fille de cuisine, les mains dans la farine, s'empressa de s'écarter du comptoir où elle fabriquait le pain pour laisser passer les valets.

Ils déposèrent Julian devant l'âtre et placèrent un sac de grain sous sa tête.

— Qu'on aille quérir le médecin, dit Lily.

Et comme personne ne bougeait, elle précisa, bien fort :

— Tout de suite !

L'un des valets s'éclipsa aussitôt de la pièce.

Lily s'agenouilla auprès de Julian. Holling avait raison, il respirait encore. Mais Dieu, qu'il était sale ! Ses vêtements et son visage étaient couverts de poussière et il dégageait une odeur fétide de caniveau.

La jeune femme lui redressa la tête. Il se convulsa soudainement, comme s'il voulait tousser.

Elle dénoua sa cravate pour l'aider à mieux respirer.

C'est alors qu'il ouvrit les yeux.

— Bonjour, Lily, murmura-t-il.

Elle soupira de soulagement.

— Comment vous sentez-vous, Julian ?

Il cligna plusieurs fois des yeux, très vite d'abord, puis plus lentement, avant de lâcher :

— Le mauve a toujours été votre couleur.

Là-dessus, sa tête retomba sur le sac de grain et il ferma les paupières.

Était-il ivre ? Lily se pencha pour renifler. Il ne sentait pas l'alcool. En revanche, une autre odeur se mêlait à celle de caniveau. L'odeur âcre et vaguement métallique du...

Oh, mon Dieu !

Lily lui secoua le bras.

— Julian ! Julian, réveillez-vous !

N'obtenant pas de réponse, elle lâcha son bras. Sa main était devenue toute poisseuse. Lily la regarda. Comme elle l'avait redouté, ses doigts étaient couverts de sang.

Julian Bellamy était convaincu d'avoir trépassé durant la nuit.

C'était la seule explication possible. Il était mort et, par quelque mystérieuse erreur divine, son âme n'était pas descendue tout droit en enfer. Car il venait bel et bien de se réveiller au paradis.

Un paradis éclatant de lumière et de propreté. À l'image de ce qu'il s'était imaginé dans son enfance. Tout le contraire, en fait, de ce qu'il avait vécu jusqu'à l'âge de neuf ans, où il n'avait jamais connu autre chose que l'obscurité, la saleté et la faim.

Justement : il avait un peu faim.

Ça, c'était bizarre.

Les morts connaissaient-ils la faim ?

Il battit des paupières.

— Ah, vous êtes réveillé, dit une voix féminine qui coula dans ses oreilles comme du miel.

Une voix *familière*.

Julian sentit son pouls s'emballer.

Son pouls ? C'était impossible. Les morts n'avaient plus de pouls.

Il se redressa sur un coude et ouvrit grands les yeux.

— Lily ? Je rêve, ce n'est pas vous !

C'était en tout cas une jeune femme qui lui ressemblait de manière stupéfiante : même visage à l'ovale parfait, mêmes yeux noirs, même nez droit et mêmes lèvres finement dessinées.

— Si, si, c'est bien moi.

Dieu du ciel ! Il n'était pas au paradis, mais bel et bien en enfer.

Il était couché dans un lit – probablement dans l'une des chambres de Harcliffe House – et lady Lily Chatwick était assise au bord de ce même lit, à portée de main. Il savait, à présent, que ce n'était pas un rêve, car il n'avait jamais rêvé de Lily. Il avait *essayé* de rêver d'elle – dans les quelques rares occasions où il se surprenait à être sentimental – mais il n'y avait pas réussi. Même dans son sommeil, Julian n'était pas capable de s'abuser. Qu'il soit conscient ou inconscient, il savait qu'il ne méritait pas cette femme.

Bon sang. Il cherchait désespérément à se souvenir de sa soirée. Que s'était-il passé ? Pourquoi se retrouvait-il chez Lily ? Et pourquoi son bras gauche était-il bandé ?

— Lily, commença-t-il, mais il avait la bouche si pâteuse qu'il fut obligé d'avaler sa salive. Rassurez-moi, dites-moi que ce n'est pas votre chambre.

Elle esquissa un sourire.

— Ce n'est pas ma chambre.

Julian soupira de soulagement. Du reste, il remarquait à présent que la pièce était décorée dans des tons masculins : vert et bleu foncé.

Une pensée atroce lui traversa l'esprit. Il se redressa d'un bond dans ses draps.

— Lily, ne me dites pas que c'est *sa* chambre ?

Le sourire de la jeune femme s'évanouit. Un voile de tristesse assombrit son regard.

— Non, ce n'est pas la chambre de Leo.

Julian se laissa retomber sur son oreiller.

— C'est une chambre d'amis, précisa la jeune femme. Comment va votre bras ?

En guise de réponse, une violente douleur cisailla soudain le bras de Julian, le faisant grimacer. La mémoire lui revenait par bribes. La foule paniquée. Le taureau enragé qui fonçait sur lui...

De sa main droite, il toucha le bandage qui entourait son biceps.

— Le docteur est déjà reparti, dit-elle. Il est convaincu que vous n'aurez pas de séquelles.

— Comment me suis-je retrouvé ici ?

— Je pensais pourtant que vous aviez l'habitude de vous réveiller tout nu dans un lit qui n'est pas le vôtre.

Tout nu ? Elle avait bien dit... ?

Julian souleva légèrement le drap, pour vérifier. Dieu merci, s'il était dévêtu jusqu'à la taille, il portait toujours son pantalon.

— Vous m'avez bien fait marcher, coquine !

Elle s'esclaffa.

— Ce n'est pas très difficile, avec un idiot comme vous.

Mais, prenant soudain un air grave, elle posa sa main sur l'épaule de Julian. Il eut l'impression que sa peau le brûlait à l'endroit où elle le touchait.

De l'autre main, elle lui tendit un verre d'eau qu'il accepta avec gratitude.

— Je suis sérieuse, reprit-elle. Vous vous conduisez comme un idiot, Julian. Et ça ne date pas d'hier.

Il s'assit dans le lit pour boire. Mais avant, il remonta les draps sur son torse – non par pudeur : pour protéger celle de la jeune femme.

— Est-il vraiment nécessaire d'en parler maintenant ?

— Oui. Avez-vous seulement idée de la frayeur que vous m'avez causée cette nuit ? Un marchand de quatre-saisons vous a trouvé dans le caniveau, un peu avant l'aube. En sang.

Ah oui, le sang. Il se rappelait, maintenant.

— Par chance, la cuisinière vous a reconnu quand le marchand vous a chargé dans sa charrette, au milieu des carottes et des navets. Franchement, Julian, avez-vous idée ?

Oui. Il gardait un vague souvenir de l'odeur de navet. Les événements de la nuit se remettaient progressivement en place, comme les pièces d'un puzzle.

— Je peux tout vous expliquer.

— S'il vous plaît.

— Il y avait un match de boxe, à Southwark.

Elle secoua la tête.

— Encore ? Ces derniers mois, vous ne faites qu'assister à des matchs de boxe.

— Je n'y vais pas pour l'amour du sport.

Julian n'avait jamais partagé la fascination populaire pour les boxeurs. Il avait trop souvent goûté au vrai danger, dans sa vie, pour apprécier ces combats orchestrés comme des spectacles. Pourtant, il aurait préféré aimer la boxe. Car, dans ce cas, son meilleur ami serait toujours en vie. Quelques mois plus tôt, Julian avait accepté d'assister à un match, à l'invitation de Leo. Il s'était désisté à la dernière minute, préférant passer la soirée dans les bras d'une femme.

C'était la pire décision qu'il ait prise de sa vie. Et pas seulement parce que Carnelia était très mauvaise au lit.

Leo s'était rendu au match sans lui. En sortant, il s'était fait agresser par deux types dans une ruelle de Whitechapel. L'enquête avait conclu à un banal crime de rôdeurs.

Mais Julian savait à quoi s'en tenir. L'agression lui était destinée. C'est pourquoi, depuis la mort de Leo, il assistait à tous les matchs de boxe, combats de chiens ou de coqs qui se déroulaient dans Londres et même alentour. Il ne trouverait pas le repos tant qu'il n'aurait pas démasqué les assassins de Leo.

— Croyez-vous vraiment que vous les retrouverez simplement en assistant à ces combats ? demanda la jeune femme, qui était au courant de ses intentions. Après tout, vous savez à peine à quoi ils ressemblent. Vous pourriez les croiser dans la rue sans les reconnaître.

En réalité, Julian disposait d'une description plus précise que ne le pensait Lily. Il n'en demeurait pas moins que celle-ci restait encore trop vague. Mais cela n'avait aucune importance. Julian jugeait impensable de renoncer.

— Vous ne comprenez pas.

— Non, en effet, je ne comprends pas. Et il y a beaucoup de choses que je ne comprends plus chez vous, ces derniers temps. Par exemple, comment avez-vous pu passer d'un match de boxe à Southwark à une charrette de quatre-saisons dans Mayfair ?

— Après la boxe, il y a eu un combat opposant un taureau à des chiens. Le taureau a réussi à sortir de son enclos et la foule a paniqué.

Julian ferma brièvement les yeux. Il croyait encore entendre les cris des spectateurs affolés, les aboiements des chiens et le vacarme quand tout le monde s'était précipité en même temps vers la sortie.

Il rouvrit les yeux.

— Le taureau a chargé, reprit-il. Je me trouvais sur son chemin.

— Auriez-vous eu la noblesse d'esprit de vous jeter en travers de ses sabots pour sauver, je ne sais pas, quelque vieillard ?

Tout en parlant, elle touchait son bandage d'une main distraite. Mais ses caresses affectaient beaucoup trop Julian.

Il repoussa doucement sa main.

— Non, dit-il, secouant la tête. Rien de noble. J'étais simplement le seul à porter du rouge.

Elle fronça les sourcils.

— Julian, vous devriez arrêter de vous comporter comme une cible.

— Le taureau m'a juste un peu écrasé contre un mur, avant de passer à autre chose. Il n'a pas pris le temps de vraiment me blesser. À part au bras. Mais je me sentais d'attaque pour rentrer à pied.

— À pied ? De Southwark ?

Il haussa sa bonne épaule.

— Ce n'est pas si loin.

De toute façon, depuis cinq mois, il passait une grande partie de ses nuits à arpenter la ville à pied.

Et ses « rondes » nocturnes s'achevaient toujours au même endroit : dans le square en face de Harcliffe House. Là, en levant la tête, il avait une très bonne vue sur la quatrième fenêtre à droite, au premier étage. Celle de la chambre de Lily. Si la lumière était éteinte, il en déduisait qu'elle dormait tranquillement. Il pouvait alors rentrer chez lui le cœur apaisé. Mais si une lampe brûlait, Julian se sentait gagné par le chagrin de la jeune femme. Il restait alors planté dans le square, jusqu'à ce que la lampe s'éteigne enfin.

Durant les semaines qui avaient suivi la mort de Leo, la lumière était restée souvent allumée toute la nuit. Les mois passant, Lily s'endormait plus facilement. Hier soir, par exemple, Julian avait été soulagé de trouver la fenêtre éteinte. Mais juste au moment où il s'apprêtait à tourner les talons pour rentrer chez lui, sa douleur au bras était soudain devenue insupportable.

— Je passais dans le coin, dit-il, sans donner davantage de détails. Je me suis arrêté sous un réverbère pour examiner mon bras de plus près. Je croyais à une simple égratignure, mais quelque chose s'était logé dans mes chairs. Un éclat de verre, je présume. Quand je l'ai retiré, le sang s'est mis à couler en abondance. Je ne m'y attendais pas et j'ai…

— Vous vous êtes évanoui.

— Évanoui ? Jamais de la vie !

— Vous vous êtes évanoui.

— Non, répliqua-t-il d'un ton sec. Je ne me suis pas évanoui, Lily. Les hommes ne s'évanouissent pas.

— Vous vous êtes écroulé par terre, et quand le marchand vous a découvert, vous étiez inconscient. Moi, j'appelle ça un évanouissement. Pas vous ?

— Non, c'est autre chose. Cela ressemble plus à une attaque d'apoplexie. Ou à une crise de malaria.

N'importe quoi qui fasse plus masculin qu'un *évanouissement*.

La jeune femme leva les yeux au plafond.

— Vous n'avez pas la malaria, Julian. Et vous n'avez pas eu non plus d'attaque d'apoplexie. À part votre blessure au bras et quelques bleus ici ou là, le docteur n'a rien décelé d'inquiétant. Du moins, extérieurement. Mais vous êtes épuisé. À quand remonte votre dernière nuit de vrai sommeil ?

— Pour être honnête, je ne m'en souviens pas.

— Hmm. Et à quand remonte votre dernier repas digne de ce nom ?

— Ah, ça, je m'en souviens. J'ai mangé un très bon steak au Stoat's Head.

— Hier ?

Il se passa la main dans les cheveux.

— Non, c'est un peu plus ancien.

Elle secoua la tête.

— Vous vous êtes évanoui, Julian.

— Bon, et alors ? Qu'attendiez-vous de ma part ? Que je porte un flacon de sels sur moi ?

Il s'esclaffa à cette idée. Ce serait trop drôle ! En moins d'une semaine, tous les jeunes aristocrates de la ville l'imiteraient. Comme Beau Brummell avant lui, Julian faisait et défaisait les modes londoniennes. Ses vêtements, sa coupe de cheveux et même ses gestes étaient méticuleusement copiés par les jeunes gens impressionnables de la bonne société. Le phénomène ne devait rien au hasard : Julian l'avait soigneusement prémédité.

— Ne soyez pas ridicule. J'aimerais simplement que vous preniez davantage soin de vous, c'est tout. Dormez. Mangez. Évitez les endroits dangereux. Est-ce vraiment trop vous demander ?

— Oui ! Vous me demandez l'impossible.

La jeune femme grimaça. Julian regretta son ton un peu trop véhément. Mais il ne lâcherait rien sur le fond.

— Je ne voudrais pas qu'il vous arrive quelque chose, insista-t-elle. Je tiens à vous. Qu'y a-t-il d'impossible, là-dedans ?

Tout.

Julian inspecta la pièce du regard, à la recherche de ses vêtements. Il devait quitter ce lit et cette chambre au plus vite, avant que cette conversation ne l'entraîne là où il ne souhaitait pas aller.

Il posa un pied par terre. Mais à peine voulut-il faire porter son poids dessus, qu'il sentit un vertige l'assaillir. Il fut obligé de se cramponner au matelas pour garder l'équilibre.

— C'est la malaria, j'en suis sûr, marmonna-t-il.

— Je vous répète que vous n'avez pas la malaria. Et il ne s'agit pas d'un évanouissement, cette fois. Le docteur m'a confié une poudre somnifère. J'en ai versé un peu dans votre eau.

Elle l'aida à se rallonger. Ses mains couraient partout sur le lit, pour arranger les draps ou les oreillers. Son parfum enivrait Julian. La situation devenait de plus en plus périlleuse.

— Je croyais que vous souhaitiez me voir éviter le danger ?

— Mais oui. C'est pour cela que vous allez dormir. Quand vous vous réveillerez, vous commencerez par manger quelque chose. Ensuite, nous causerons.

Julian mit quelques secondes à comprendre ce qu'elle venait de dire.

— Combien m'avez-vous donné de somnifère ?

— Double dose, et même une pincée supplémentaire. Vous êtes robuste, Julian.

— Ah, Lily, vous l'avez remarqué, ne put-il s'empêcher de répondre, comme s'il flirtait avec elle.

Bon sang ! Il était si groggy qu'il n'était même plus capable de surveiller ses paroles.

— Mais vous êtes aussi un bel idiot.

— Vous me connaissez décidément très bien.

Elle posa la main sur sa joue.

— Croyez-vous ? Je n'en suis pas si sûre. J'ai parfois l'impression de ne pas vous connaître du tout.

— Ne dites pas cela.

Elle cherchait à accrocher son regard. Ses yeux noirs étaient magnifiques. Julian aurait voulu les contempler pendant des heures, mais ses paupières se fermaient.

— Reposez-vous bien, dit-elle.

Elle se relevait déjà.

— Non, attendez. Ne partez pas tout de suite. Je suis désolé.

Il se redressa sur un coude et tendit l'autre main pour saisir doucement la nuque de la jeune femme et l'obliger à le regarder. Ce qu'il voulait lui dire était important. Et cela ne pouvait pas attendre : il voulait s'assurer qu'elle saurait le comprendre.

— Je suis désolé, Lily, répéta-t-il. Sincèrement désolé. Tout cela est de ma faute. La mort de Leo... Mais je suis bien décidé à le réparer. Enfin, non, sa mort ne pourra jamais être réparée. Mais je vous jure que je...

La peste soit du somnifère ! Il se perdait en élucubrations incompréhensibles. D'ailleurs, la jeune femme fronçait les sourcils, preuve qu'elle avait du mal à le suivre.

— Ne vous inquiétez pas, dit-elle.

— Je suis désolé, répéta-t-il encore, d'une voix de plus en plus faible. Sa... Sachez que je ferais tout pour vous. Tout. J'aimerais tant...

— Reposez-vous, Julian.

Julian. Le prénom résonna dans son crâne, mais c'est à peine s'il le reconnut comme le sien. Peut-être tout simplement parce que ce n'était pas son vrai prénom.

— Dormez, maintenant, insista-t-elle.

Il hocha machinalement la tête. Cela lui ferait du bien de dormir, oui.

Pourtant, ses yeux se rouvrirent d'un coup. Il ne pouvait pas se résoudre à la laisser partir. Pas si vite. Et s'il ne parvenait pas à la convaincre verbalement, il voulait essayer autre chose. Avec ce qui lui restait de force, il l'attira à lui...

Et l'embrassa. Que Dieu lui pardonne, mais il embrassa lady Lily Chatwick avec toute la ferveur dont il se sentait capable – c'est-à-dire, hélas, assez peu dans les circonstances présentes.

Il la sentit se raidir. L'effet de surprise, sans doute. Peut-être aussi était-elle choquée. Ses lèvres étaient chaudes, mais elles restèrent scellées.

Julian n'en continua pas moins de presser ses lèvres contre celles de la jeune femme avec une sorte de désespoir. Tous les artifices de la séduction qu'il maîtrisait d'ordinaire si bien l'avaient déserté au plus mauvais moment. Après tant d'années à avoir rêvé de cet instant, voilà qu'il était en train de tout gâcher...

Il pencha la tête, pour tenter de l'embrasser sous un autre angle.

Un petit gémissement paniqué monta dans la gorge de la jeune femme.

Julian se maudit intérieurement. Je sais beaucoup mieux embrasser que cela, se gronda-t-il.

C'est alors qu'il se passa quelque chose. Ou, plus exactement, il ne se passa rien du tout.

Ni l'un ni l'autre ne bougeait plus, ni ne respirait. Ils étaient comme figés dans l'instant présent. Toute tension les avait désertés. Comme si une complicité les unissait tout à coup.

Ils s'en aperçurent en même temps, et ils en furent si surpris qu'ils se séparèrent d'un même mouvement.

Julian la regarda, incapable de parler, tandis qu'ils reprenaient instinctivement leurs distances. Puis le sommeil fut le plus fort. Il sentit qu'il lâchait la nuque de la jeune femme.

Il retomba sur l'oreiller. Et ce fut le noir.

2

Il fut un temps, pas si éloigné que cela, où Julian n'éprouvait jamais ni remords ni regrets. Mais l'assassinat de Leo avait tout changé.

Et ce qui s'était passé ce matin n'arrangeait rien.

Il tourna la tête sur l'oreiller, pour lire l'heure à l'horloge de la cheminée. Midi, déjà ! Il avait perdu la moitié de sa journée.

Mais ce n'était pas le pire. Tu as embrassé Lily, pauvre idiot. Et tu n'as même pas été capable de l'embrasser convenablement !

Bon sang. Il ne voyait pas comment remédier à son geste. À supposer qu'il soit possible d'y remédier.

Le mieux à faire était de partir d'ici.

Il se leva du lit en prenant soin de ne pas s'appuyer sur son bras bandé et se dirigea vers la table de toilette. Pas question d'attendre qu'on lui coule un bain : il se débrouillerait avec la cuvette et le pichet d'eau.

Après s'être lavé le visage et le torse, il s'essuya avec une serviette et chercha quelque chose à se mettre. Des vêtements propres – chemise blanche, pantalon ordinaire et veston bleu foncé – étaient pliés sur une chaise. Julian ne les reconnut pas comme les siens, et il en déduisit qu'ils avaient dû appartenir à Leo.

Réprimant un frisson, il sonna un domestique.

— Je veux mes vêtements, dit-il au valet qui apparut promptement.

— Mais, monsieur, ils étaient très sales. La blanchisseuse n'a pas encore eu le temps…

— Je m'en moque. Apportez-les-moi.

Le valet s'inclina.

— Oui, monsieur.

Pendant qu'il attendait, Julian s'intéressa à un plateau posé sur la table. Soulevant la cloche en argent, il découvrit un assortiment de viandes froides, du pain, du fromage, une grappe de raisin et des abricots. Son estomac se mit à gargouiller. Bien qu'il lui répugnât de le reconnaître, Lily avait raison. Il devenait urgent qu'il se montre plus raisonnable pour se sustenter s'il voulait conserver ses forces. Même s'il ne se sentait pas d'appétit. Le brandy et la colère ne nourrissaient qu'un temps.

Il s'obligea à manger un peu de viande froide, mordit dans une tranche de pain et avala une bouchée de fromage. Il terminait par une tasse de thé lorsque le valet revint avec ses vêtements.

Sa cravate et sa chemise avaient été lavées et repassées à la hâte. Quelques gouttes de sang étaient encore visibles sur la manche gauche. Il n'en éprouva pas moins un sentiment de profond bien-être à l'enfiler. Quant à son veston, il était à peu près impeccable.

Son manteau avait davantage souffert. Quelqu'un, cependant, avait tenté de le ravauder tant bien que mal.

Julien le brûlerait dès qu'il serait rentré chez lui. Malgré l'eau de Cologne dont l'avaient aspergé les domestiques de Lily, il sentait encore l'odeur du caniveau.

Ses détracteurs auraient jubilé de le voir dans cette tenue peu ragoûtante : ne prétendaient-ils pas que Julian sortait lui-même tout droit du caniveau et qu'il aurait dû y rester ?

Il ajusta les manches du manteau en maudissant sa stupidité. Certes, il avait connu le caniveau. Mais il s'était juré de ne jamais y retourner. Et pourquoi avait-il fallu qu'il s'écroule précisément devant Harcliffe House ? Dire que Lily l'avait vu dans cet état...

Juste au moment où Julian se répétait qu'il était temps qu'il parte de cette maison, Swift, le majordome, apparut à la porte.

— S'il vous plaît, monsieur, lady Lily demande que vous la rejoigniez en bas dès que vous vous sentirez présentable.

Sur ces mots, le majordome s'inclina et tourna les talons.

Présentable ? Le ventre plein et le bras bandé, il était en tout cas plus présentable qu'à son arrivée, même si son manteau laissait toujours à désirer. Mais pour ce qui était de son état d'esprit, c'était une autre histoire.

Il songea s'éclipser sur la pointe des pieds. De retour chez lui, il enverrait un mot d'excuse – peut-être accompagné d'un gigantesque bouquet pour se faire pardonner.

Julian soupira lourdement. Non, il ne pouvait pas faire cela à Lily.

Il descendit lentement l'escalier, puis chercha la jeune femme dans toutes les pièces du rez-de-chaussée. Le petit salon, le grand salon et le salon de musique étaient déserts.

Pas de trace de Lily.

La bibliothèque de Leo se trouvait juste après le salon de musique. Julian ne pensait pas y trouver la jeune femme, mais au moment de passer devant la pièce, il entraperçut un éclair de mousseline par la porte à demi ouverte. Il s'arrêta.

Lily était assise au bureau. Elle écrivait sur un registre grand ouvert devant elle. Sa plume semblait se promener sur le papier.

Julian poussa le battant et s'adossa au chambranle.

La plume s'immobilisa. Puis la jeune femme la replaça dans l'encrier. Elle avait relevé légèrement la tête, offrant son gracieux profil au regard de Julian. Le soleil de midi, qui pénétrait largement par les fenêtres, éclairait le modelé parfait de son visage. Elle avait aussi les plus belles oreilles qu'on puisse imaginer. Aussi délicates que les anses d'un service à thé en porcelaine.

Délicates et vulnérables.

— Vous savez, murmura Julian, beaucoup de gens aimeraient me voir mort. Des gens influents. Et très riches. Des gens qui peuvent se payer les services de tueurs professionnels. J'ai toujours réussi à les éviter, jusqu'ici. Mais vous, Lily, vous me tuez.

Elle fronça les sourcils en fixant le registre, avant de le refermer d'un coup sec. Puis elle le poussa de côté et sortit un paquet de lettres d'un tiroir.

Pendant qu'elle dépliait celle du dessus, Julian s'approcha d'un petit miroir accroché au bout d'un ruban punaisé au mur, près de la porte. Il en existait de semblables dans chaque pièce de la maison.

Il tourna le miroir en direction de la fenêtre, pour capter les rayons du soleil et provoquer des éclats de lumière qui finirent par attirer l'attention de la jeune femme.

Elle pivota vers la porte et, reconnaissant Julian, esquissa un sourire.

— Oh, Julian, pardonnez-moi. J'ignorais que vous étiez là.

— Bonjour, dit-il, inclinant la tête avant de prendre la main de la jeune femme pour l'étreindre furtivement – rien de plus.

Quand il relâcha ses doigts, elle tira sur sa manche pour l'ajuster.

— Vous n'aviez pas besoin de vous servir du miroir. Il est destiné aux domestiques. Pas aux amis ni aux membres de la famille. Or, vous êtes les deux.

— Je ne voulais pas vous surprendre.

Julian, lui, était *surpris* par autre chose : la générosité des Chatwick à son égard. Et il se demandait s'il finirait un jour par s'y accoutumer. Dès qu'il s'était lié avec le frère jumeau de Lily, Julian avait été le bienvenu dans cette demeure. D'abord comme ami. Ensuite, comme un quasi-membre de la famille. Pourtant, ils ne connaissaient rien de lui : ni son passé, ni même son véritable nom.

Leo et Lily Chatwick incarnaient, au sein de la bonne société, un exemple singulier et pour ainsi dire unique de générosité et de bonté. Mais à présent Leo était mort, et c'était la faute de Julian. Et si Lily se retrouvait seule, c'était aussi sa faute.

— Vous êtes ravissante, lui dit-il, comme si un compliment aussi banal pouvait tout racheter.

— Merci. Malheureusement, je n'en dirais pas autant de vous. Regardez votre manteau !

— Je compte m'en servir pour lancer une nouvelle mode. La saison prochaine, tout le monde portera des manteaux avec une manche déchirée. Les tailleurs vont me détester.

Lily lui décocha un regard réprobateur.

— Nous avons à parler sérieusement, Julian.

Il comprit qu'il ne pourrait pas se dérober.

— Bon, très bien, soupira-t-il. Parlons.

— Pas ici.

La jeune femme rangea les lettres dans le tiroir, qu'elle ferma à clé, puis elle s'empara de ses gants avant d'ajouter :

— Descendons plutôt dans le square. Il fait un temps magnifique.

Julian hésita.

— Je ne suis pas sûr d'être présentable. Et je...

Ignorant ses protestations, elle passa son bras sous celui de Julian. Il renonça du coup à protester.

Le temps était réellement magnifique, pour une fin octobre. L'air était sec, débarrassé de cette humidité qui poissait si souvent l'atmosphère londonienne, et un soleil généreux brillait dans le ciel uniformément bleu.

Et puis, Julian avait Lily à son bras. Dès lors, pouvait-on rêver plus bel après-midi ?

Après avoir franchi la grille du square, ils trouvèrent facilement un banc libre où ils s'installèrent face à face.

— Je suis désolé, commença-t-il.

— Vous pouvez l'être.

— Je... J'ai agi inconsciemment. Vous avez ma parole que cela ne se reproduira plus.

— Je l'espère bien.

En d'autres circonstances, et de la part d'une autre femme, l'orgueil de Julian aurait souffert d'un acquiescement aussi abrupt.

— Je ne sais pas ce qui m'a pris, ajouta-t-il. Peut-être était-ce l'effet du somnifère, conjugué à mon extrême fatigue. Je...

Elle leva la main pour l'arrêter.

— Attendez. De quoi me parlez-vous ?

Il haussa les sourcils, désarçonné.

— Comment cela ?

— Vous n'êtes quand même pas en train de vous excuser pour ce baiser ?

— Je... Je... balbutia Julian.

Elle ne voulait pas qu'il s'excuse ? Elle n'avait quand même pas pu *désirer* ce baiser. Et encore moins l'apprécier ! Mais, après tout, savait-on jamais ? Même si c'était stupide de sa part, Julian se prit soudain à espérer.

Elle fit un geste de la main, comme pour balayer la discussion.

— Cela ne méritait pas de revenir sur le tapis, dit-elle.

Et voilà, songea Julian. Son espoir était bel et bien stupide.

Il plissa les lèvres.

— Je m'excuse quand même de mon comportement. C'était mal de ma part.

— Vous n'étiez pas dans votre état normal, lui rappela-t-elle, avant de sourire. En plus, vous vous êtes évanoui en pleine action.

— Pour la dernière fois, Lily, je ne m'évanouis jamais.

Son visage redevint grave.

— Vous vous êtes évanoui, Julian. Et vous me devez effectivement des excuses. Mais c'est pour m'avoir donné une peur bleue. Songez que j'ai été réveillée en pleine nuit, pour vous découvrir gisant sur le pas de ma porte ! Comme le soir de la mort de Leo ! Je ne veux plus jamais revivre une scène pareille.

Julian se sentait tout à coup très coupable.

— Lily...

— Leo est mort depuis cinq mois, le coupa-t-elle.

Julian courba la tête, et il y eut un moment de silence recueilli. Beaucoup de gens avaient aimé Leo, mais personne autant qu'eux deux.

— Très exactement quatre mois, trois semaines et un jour, finit par corriger Julian.

— Précisément. Mais, à vous regarder, on pourrait croire que cinq ans se sont écoulés. Vous êtes devenu méconnaissable depuis que vous hantez les rues jusqu'à l'aube, et que vous vous êtes laissé fasciner par les sports sanglants. Vous avez beaucoup maigri. Et vous êtes si pâle que je pourrais vous prendre pour un vampire.

Julian s'esclaffa.

— Pourtant, me voilà assis en pleine lumière, et je ne me suis pas encore désintégré en poussière.

— Non, pas encore, admit-elle le plus sérieusement du monde. Mais vous devez cesser, Julian. Renoncez à cette traque, avant qu'elle finisse par vous tuer.

Julian se frotta brièvement les yeux, puis il laissa retomber ses mains.

— Impossible.

— Rien n'est impossible. Mais c'est difficile, je le reconnais. Et je sais de quoi je parle. Voilà des semaines que je me noie dans les paperasses relatives à l'héritage. Je pourrais abandonner cette corvée à quelqu'un d'autre, mais non. J'ai besoin de cette distraction. Le deuil est un travail de longue haleine.

Julian n'aurait pas songé à formuler les choses ainsi, mais elle avait raison. Il avait le sentiment d'avoir passé ces derniers mois à creuser une tranchée avec une petite cuiller. Cependant, Lily n'était pas au courant de tout.

— Ce n'est pas qu'une distraction, voulut-il se justifier, tout en se gardant de révéler trop de détails. J'ai besoin de réponses. La mort de Leo mérite des réponses.

— Parfois, il n'y a pas de réponse.

Avant qu'il puisse répliquer, deux fillettes enrubannées passèrent à côté d'eux, main dans la main. Une nurse les suivait, tirant un petit chien en laisse. Le chien grogna à l'adresse de Julian.

Lily s'éclaircit la voix.

— J'ai reçu une visite inattendue, l'autre jour. Lady Norwich. J'imagine que vous vous souvenez d'elle ?

Julian ne s'attendait pas à un changement de conversation aussi abrupt.

— Euh… je devrais ?

— Il me semble. Vous avez eu une liaison avec elle, il y a deux ans de cela. *Avant* que son mari ne rende l'âme.

— Ah oui, lady Norwich, bien sûr, murmura Julian.

Et, après un silence embarrassé, il s'enquit avec une fausse nonchalance :

— De quoi voulait-elle vous entretenir ?

— Elle aimerait me voir épouser son frère, M. Burton.

Julian faillit s'étrangler. Maria Norwich n'était pas connue pour sa subtilité, mais quand même !

— Elle vous a dit ça ?

— Non, elle ne me l'a pas dit aussi directement, bien sûr. Mais comme elle ne m'a parlé que de son frère tout au long de sa visite, ses intentions étaient faciles à deviner.

— Ah oui, je comprends.

Elle lui décocha un regard noir.

— Cessez de faire l'innocent. Je suis convaincue que c'est vous qui lui avez mis cette idée dans la tête. Vous essayez à nouveau de me caser.

— Burton héritera d'une jolie fortune. Et d'un titre de comte.

— Je ne suis intéressée ni par M. Burton, ni par sa fortune, ni par son titre.

Julian s'empara de sa main.

— Vous devez vous marier, Lily. Et vite.

— Je n'ai pas l'intention de me marier.

— L'héritier de Leo arrivera d'Égypte d'ici quelques semaines.

— Oui, et le nouveau marquis est mon cousin. Je ne l'ai pas vu depuis une éternité, mais je doute fort qu'il me jette à la rue. Je pense au contraire qu'il sera ravi que je dirige la maisonnée jusqu'à ce qu'il se marie, comme je le faisais pour Leo. Et si cela ne lui convient pas, nous nous entendrons pour que je m'installe dans mes propres quartiers.

— Seule ? Vous ne pouvez pas vivre seule.

— Bien sûr que si. J'ai de l'argent. Beaucoup d'argent. Pourquoi aurais-je besoin d'un mari ?

Julian relâcha sa main.

— Lily… vous êtes sourde.

— Je suis sourde, en effet. Mais ce n'est pas nouveau. Cela fait neuf ans que je suis sourde. Et alors ?

Et alors, la surdité compliquait terriblement la vie d'une femme qui devait tenir une maisonnée. Lily ne pouvait pas l'ignorer.

— Les commerçants chercheront à vous gruger, plaida Julian.

— Holling et Swift se chargent déjà des courses pour moi. Je pourrais aussi engager une dame de compagnie.

Julian eut un geste d'exaspération.

— La dame de compagnie essaiera de vous gruger.

— Je serai quand même plus en sécurité avec une dame de compagnie qui voudra me gruger qu'avec un coureur de dot en guise de mari, répliqua la jeune femme. Même à supposer que les domestiques prélèvent dix pour cent de ma fortune, je resterai à l'abri du besoin jusqu'à la fin de mes jours. Mais si je me marie, je perdrai le contrôle du moindre penny. Et franchement, Julian, Malachi Burton !

S'esclaffant, elle ajouta :

— Quand nous étions plus jeunes, il n'avait même pas l'audace de me demander une danse. S'il est prêt à m'épouser, c'est qu'il doit me croire au désespoir.

Elle laissa son regard errer dans le square, avant de reprendre avec un sourire :

— Vous ne m'avez pas connue, avant ma maladie. Mais j'avais beaucoup de prétendants, à l'époque de ma première saison mondaine.

Julian n'en croyait pas ses oreilles. Elle avait dit cela comme s'il s'agissait d'un miracle.

— Vous pourriez en avoir tout autant maintenant. Montrez-vous à des réceptions, et les hommes se jetteront à vos pieds.

Elle rougit légèrement.

— S'il vous plaît, Julian. J'ai vingt-huit ans. Je ne suis plus une débutante.

— Auriez-vous quarante-huit ans que beaucoup d'hommes seraient encore chanceux de pouvoir vous épouser.

— Vous voulez dire, d'épouser ma fortune.

— Ne quémandez pas de flatteries, Lily. Vous savez très bien ce que je veux dire.

— Je ne quémande rien. J'énonce des faits. Au regard des canons de la bonne société, je suis une vieille fille.

— C'est ridicule, répliqua-t-il, lui caressant la joue avec son pouce. Vous êtes fraîche comme la rosée.

Elle lui décocha un regard réprobateur. Julian l'imita et, finalement, ils éclatèrent tous deux de rire. Puis elle riva son regard au sien.

— Cela commençait à me manquer, dit-elle tout à coup. Notre amitié.

Julian ne sut pas quoi répondre. Bien sûr, leur amitié lui avait également manqué. Mais était-elle obligée de le regarder ainsi pour lui dire cela, au risque d'éveiller en lui des désirs incompatibles avec une simple amitié ?

— La maison est bien vide, depuis que Leo n'est plus là, soupira-t-elle.

Oui, voilà, songea-t-il. Parlons de Leo, pour que mes pensées inconvenantes soient étouffées par la culpabilité et le chagrin.

— Cela fait des années que je ne me suis plus rendue à une réception, poursuivit-elle. Je n'en avais pas besoin. La maison était toujours pleine de ses amis. Je ne manquais jamais de compagnie. Mais à présent… J'aurais pensé que ses meilleurs amis continueraient à venir aussi souvent qu'avant.

Julian n'osait plus la regarder en face.

— J'ai été très occupé, ces derniers temps.

De combien de manières possibles pouvait-on trahir une amitié ? Julian avait menti à Leo durant toutes ces années où ils s'étaient fréquentés, il avait désiré sa sœur pendant à peu près aussi longtemps et, pour finir, il avait envoyé Leo à une mort qui lui était en réalité destinée. Il avait honte, rétrospectivement, d'avoir autant failli à une si belle amitié. Mais il voulait absolument se racheter, même si ce pauvre Leo était à présent au cimetière. Se racheter, cela voulait dire obtenir justice pour le meurtre de son ami et trouver un mari acceptable pour Lily. Sa vie, désormais, était tout entière concentrée sur ces deux objectifs.

— Je sais que vous vous êtes beaucoup impliqué dans cette enquête, dit-elle. Vous êtes comme Leo, qui était toujours révolté par l'injustice. C'est d'ailleurs pour cela que vous étiez si bons amis, tous les deux.

Elle lui prit le menton, pour l'obliger à la regarder dans les yeux, avant d'ajouter :

— Il avait compris, et moi aussi, que sous vos allures de débauché, vous êtes quelqu'un de bien, Julian Bellamy.

Quelqu'un de bien ? Grands dieux ! Elle ignorait décidément beaucoup de choses.

Le contact de la paume de la jeune femme sur son menton lui incendiait les sangs. Il brûlait d'envie de l'embrasser, là, sur ce banc. Mais cette fois, de l'embrasser dans les règles.

Le conflit perpétuel entre ses pulsions masculines et ce qui lui restait de bonne conscience l'épuisait. C'était un combat titanesque.

Vous êtes quelqu'un de bien, Julian Bellamy.

Non, il n'était pas quelqu'un de bien. Pas plus qu'il ne s'appelait Julian Bellamy. Mais il continuerait à faire semblant d'être l'un et l'autre. Au moins encore quelque temps.

Il s'éclaircit la voix.

— Leo, lui, était un type bien. Et vous avez raison sur un point : je ne supporte pas l'injustice. Les garçons comme Leo ne méritent pas de finir sur le pavé d'une ruelle obscure. Les meurtriers ne doivent pas rester impunis. Et les ravissantes jeunes femmes en âge de se marier ne devraient pas se retrouver seules et vulnérables.

Elle se rapprocha de lui. Le combat titanesque n'en était sans doute qu'à ses débuts.

— Dans ce cas, ne m'abandonnez pas.

3

Lily avait du mal à soutenir le regard de Julian. Ses yeux étaient d'un bleu glacier qui vous perçait au cœur. Et ils brillaient dans un visage... irrésistible.

Après tant d'années d'amitié, Lily aurait pensé qu'elle finirait par être immunisée par la beauté de Julian. Mais non. Sans doute réagissait-elle de manière instinctive – en femme. Car, de toute évidence, Julian produisait un effet certain sur la gent féminine. Aucune femme ne pouvait croiser Julian Bellamy sans ressentir un frisson au plus profond d'elle-même. Le nier serait aussi absurde que de prétendre qu'un lièvre pouvait fixer calmement un loup.

Cependant, malgré les battements effrénés de son cœur, Lily soutenait le regard de Julian, pour donner plus de poids à sa supplication.

Ne m'abandonnez pas. Je ne supporterais pas de vous perdre, vous aussi.

Serait-elle seulement capable de lui expliquer combien leur amitié comptait pour elle ? Leur relation était à la fois totalement ouverte, et très secrète. Avec Leo, Lily avait expérimenté une osmose sans pareille : ils se connaissaient l'un et l'autre parfaitement – presque trop bien. Avec Julian, en revanche, c'était différent. Il y avait toujours de la nouveauté. Et puis, il la faisait rire.

Enfin, ces derniers temps, il l'avait plutôt inquiétée. Depuis la mort de Leo, chaque fois qu'elle le voyait, elle le trouvait mal en point. De moins en moins vivant. Une étape supplémentaire avait été franchie avec l'incident de cette nuit.

Elle sentait encore le sang de Julian sur ses doigts.

Et ce baiser… Tout maladroit et raté qu'il ait été, il avait tout changé. Julian l'avait embrassée comme un soldat partant à la bataille, ou un condamné montant à l'échafaud. Son baiser avait été celui d'un homme qui s'attendait à une mort prochaine.

Mais Lily ne permettrait pas que cela arrive. Elle s'y refusait absolument.

— Perdre mon frère a été l'épreuve la plus horrible de ma vie, dit-elle. Je ne veux pas vous perdre aussi. Je tiens à ce que vous restiez en vie. Et je tiens à votre sécurité.

— Essayez de comprendre que c'est également ce que je cherche pour vous. Je ne me préoccupe que de votre sécurité, Lily. Mais vous refusez toutes mes propositions pour asseoir votre avenir.

— Cela n'a rien à voir.

— Bien sûr que si, répliqua Julian. Si vous ne voulez pas que je vous trouve un mari, alors sortez dans le monde pour en choisir un vous-même.

Elle le contempla un long moment, le temps de prendre sa décision.

— Très bien, lâcha-t-elle finalement. C'est ce que je ferai. Mais avec vous.

Julian secoua la tête.

— Tôt ou tard, vous...

Lily sut, à son regard, l'instant précis où il comprit vraiment ce qu'elle venait de lui répondre.

— Qu'avez-vous dit ? Pouvez-vous me le répéter plus lentement ?

Elle ne put s'empêcher d'éclater de rire.

— Je pensais avoir été assez claire.

Il ne parut pas goûter son hilarité.

— Je vous propose un marché, reprit-elle plus sérieusement. Je suis d'accord pour me montrer dans le monde. Mais à la condition que vous m'accompagniez.

Il semblait à la fois mécontent et désarçonné.

— Regardez, poursuivit Lily, désignant le ciel bleu et le soleil au-dessus de leurs têtes. C'est un magnifique après-midi d'automne. Le jour idéal pour sortir du deuil.

— Sortir du deuil ? Mais...

— Ne vous méprenez pas. Nous n'oublierons *jamais* Leo. C'est impossible. Mais il aimerait nous voir reprendre goût à la vie. Nous sommes l'un et l'autre riches et encore jeunes. De plus, nous habitons l'une des villes les plus merveilleuses du monde. Sortons. Voyons nos amis. Amusons-nous.

— Nous amuser ? répéta-t-il, incrédule. Tous les deux ?

— Mais oui, nous amuser ! Je sais que cela ne nous est pas arrivé depuis longtemps, mais vous n'avez quand même pas oublié comment vous y prendre ! Avant, c'était toujours vous qui donniez le ton à une fête.

— Oui, *avant*. Mais nous sommes *après*.

— Cela ne reviendra pas d'un coup. Mais nous ne pouvons pas continuer ainsi. Nous avons besoin de la compagnie des autres.

En vérité, Lily n'avait aucune envie de se rendre à des réceptions. Mais elle ne voyait pas d'autre solution pour distraire Julian de sa quête stérile et dangereuse. De toute façon, il fallait qu'elle tente quelque chose.

Il se passa la main dans les cheveux.

— Vous veniez juste de m'expliquer que vous ne vouliez pas vous marier.

— En effet. Mais puisque vous insistez, je suis disposée à laisser quelques gentlemen essayer de me faire changer d'avis.

— *Quelques* gentlemen ? répliqua-t-il avec véhémence. Vous serez vite assiégée. Assistez à un seul bal, et ils seront des dizaines à faire le pied de grue devant votre porte dès le lendemain matin.

— Je pensais que cela vous ferait plaisir ?

Bizarrement, Julian ne semblait plus du tout ravi par cette perspective. Mais il ne répondit rien, feignant de s'intéresser à un groupe de pigeons qui picoraient dans les gravillons de l'allée.

— Réfléchissez, reprit-elle dans l'espoir de détendre l'atmosphère. Si vous voulez que j'attire les prétendants, j'aurai besoin de pouvoir m'appuyer sur un ami de toute confiance. Quand Leo était là, c'est toujours lui qui m'accompagnait dans les réceptions et qui m'évitait de tomber dans les chausse-trapes de toutes sortes.

Lily appréhendait de sortir dans le monde sans son frère. Leo avait toujours été derrière elle. Pour lui indiquer, par exemple, quand elle parlait trop fort. Ou trop bas. Mais elle se débrouillerait. Elle était prête à tout pour sauver Julian.

— Lily, je refuse de vous escorter. Ce serait inconvenant. Vous ne pouvez quand même pas ignorer ma réputation.
— Non, bien sûr. Je suis au courant.
— Je suis un séducteur. Tout le monde le sait. Mes liaisons sont innombrables. Dans l'un de mes clubs de jeu, une guirlande, dans la salle de billard, est composée des jarretières de toutes mes maîtresses passées.
— Je suis au courant de votre réputation, répéta Lily avec une grimace. Mais soyez gentil de m'épargner les détails.
— J'ai bien conscience que c'est de très mauvais goût. Du reste, ce n'était pas mon idée. Et toutes les jarretières n'appartiennent pas vraiment à mes…
— Merci, Julian. Inutile de me donner davantage d'explications, j'ai très bien compris, le coupa la jeune femme, qui sentait le rouge lui monter aux joues. Et ne vous inquiétez pas. Je n'ai aucune intention d'entraver l'enrichissement de votre collection.
— Non, il ne s'agit pas de cela, répliqua-t-il avec un geste d'impatience. Le problème est ailleurs : ma réputation ruinera la vôtre. Si on vous voit avec moi, cela vous nuira forcément.
— Si j'étais pauvre, j'aurais à me soucier de ma réputation. Mais quand vous êtes riche, les gens ne s'arrêtent pas à ces détails. De toute façon, tout le monde comprendra que nous ne sommes que des amis. Et puis, à supposer qu'ils s'imaginent… enfin, vous voyez ce que je veux dire, ce ne sera pas si grave. Mieux vaut passer pour l'une de vos conquêtes que d'être considérée comme frigide. Vous me ferez penser à faire parvenir l'une de mes jarretières à votre club.

— Ne plaisantez pas avec ces choses, Lily, s'offusqua-t-il.

Après un autre silence consacré à contempler les pigeons, il ajouta :

— Et puis, il y a autre chose.

— Quoi donc ?

— Je n'ai tout simplement pas le temps de sortir dans le monde. Je suis trop occupé. Il reste des endroits que je n'ai pas fouillés, des gens que je n'ai pas interrogés.

Nous y voilà, se réjouit Lily. C'est justement de cela que je veux le distraire.

— Julian, je ne vous demande pas de me consacrer tout votre temps. Il ne s'agirait que de quelques soirées.

Voyant qu'il serrait les dents et détournait le regard, elle soupira.

— Leo est mort. Ses meurtriers ne seront peut-être jamais identifiés. Ce fut une horrible tragédie. Nous avons beaucoup souffert et pleuré, vous et moi. Mais la réalité est ce qu'elle est. À présent, je veux aller de l'avant. Ne pensez-vous pas que je mérite d'être à nouveau heureuse ?

— Bien sûr que si. Mais je...

Il n'acheva pas sa phrase. Lily, cependant, devina la suite :

— Mais vous, vous ne croyez plus avoir droit au bonheur, c'est cela ?

Il ne chercha même pas à nier.

— C'est là tout votre dilemme, poursuivit-elle. Vous ne pensez pas avoir droit au bonheur parce que vous vous reprochez toujours la mort de Leo. Au point de mettre votre propre vie en péril.

Elle lui prit le bras et le secoua, avant d'ajouter :

— Julian, ce n'était pas votre faute. Personne ne vous tient rigueur de quoi que ce soit. Et certainement pas moi. Leo détesterait vous voir dans cet état. Il faut absolument vous ressais...

— Non, la coupa-t-il, se relevant pour échapper à son emprise. Je ne peux pas faire ce que vous me demandez. Si vous avez besoin d'un chaperon, adressez-vous à quelqu'un d'autre.

Lily en resta d'abord muette. Son refus, glacial, la blessait au-delà de toute expression.

— Ce matin, risqua-t-elle prudemment, vous disiez que vous étiez prêt à tout pour moi.

Il tressaillit, presque imperceptiblement, mais feignit de ne pas avoir entendu. Une ruse bien cruelle. Comme il savait qu'elle ne maîtrisait pas toujours le volume de sa voix, il pouvait lui faire croire qu'il n'avait pas entendu.

Lily fouilla dans ses poches pour en tirer un carnet et un crayon. Elle ne s'en séparait jamais. Le carnet lui servait surtout chez les commerçants. Qu'elle soit obligée de le sortir pour Julian en disait long sur l'état de leur amitié. Elle écrivit :

Êtes-vous vraiment prêt à tout pour moi ?

Puis elle arracha la feuille du carnet et la lui tendit.

— J'étais épuisé et drogué, Lily, répondit-il finalement, serrant le papier dans sa main. Je n'étais pas moi-même, comme vous me l'avez très bien fait remarquer. Maintenant, excusez-moi, mais je dois vraiment y aller. Venez. Je vous raccompagne chez vous.

La jeune femme croisa les mains sur ses genoux.

— Non, merci. Je vais rester ici pour profiter encore un peu du soleil.

Elle était consciente que son acte de rébellion était bien modeste, mais elle voulait affirmer, d'une manière ou d'une autre, son indépendance.

— Lily...

Elle détourna le regard pour contempler la fontaine au milieu du square. Puisqu'il feignait de ne pas l'entendre, elle feindrait de ne pas le voir. Au bout d'un moment, elle le sentit s'éloigner.

Lily resta sur le banc quelques minutes de plus, partagée entre frustration et colère. Quelle situation impossible ! Comment Julian pouvait-il se montrer aussi protecteur dès qu'il s'agissait d'elle, et dédaigner dans le même temps sa propre sécurité ? Pourquoi ne voulait-il pas comprendre que prendre soin de lui était la meilleure façon de la rendre heureuse ? Et pourquoi s'entêtait-il à s'accuser de la mort de Leo ?

Elle ne désirait qu'une chose : que leur amitié reprenne comme avant.

Le Ciel avait-il décidé de l'exaucer ? Toujours est-il que Julian revenait justement sur ses pas.

— Trois, dit-il, brandissant trois doigts devant elle. Si vous êtes d'accord pour songer au mariage, j'accepte de vous accompagner à trois réceptions. Pas une de plus.

Lily se releva, portée par une vague de soulagement.

— Merci, Julian. C'est merveilleux. Nous pourrions commencer dès ce soir, par un dîner chez Amelia et Morland.

— Quoi ?

— Ils sont rentrés à Londres vendredi dernier. Vous n'étiez pas au courant de la bonne nouvelle ?

Il s'esclaffa.

— Je ne vois pas en quoi la présence de Morland à Londres serait une bonne nouvelle.

— Je sais que vous ne vous êtes jamais très bien entendu avec le duc, mais Amelia est mon amie et je suis heureuse de la savoir de retour.

Dire que Julian et le duc ne s'entendaient « pas très bien » revenait à prétendre que la Tamise n'était qu'un petit ruisseau insignifiant. Les deux hommes ne partageaient rien en commun, sinon d'être membres du club hippique fondé par Leo. En tout, il n'y avait que dix membres. Chacun, à son entrée dans le Stud Club, recevait un jeton en laiton. Et chaque jeton représentait une part d'Osiris, un cheval de course aux performances lucratives. Pour le reste, Julian et Morland s'étaient toujours cordialement détestés. Toutefois, après la mort de Leo, Julian avait espéré que Morland épouserait Lily. Apprenant qu'il préférait se marier avec Amelia, Julian, furieux, l'avait alors accusé d'avoir tué Leo. Une accusation sans fondement, bien sûr, mais depuis cet épisode l'animosité entre les deux hommes avait encore grandi d'un cran.

— Amelia m'a invitée à dîner ce soir, expliqua Lily. Je vais faire en sorte qu'elle vous invite également. Ce sera une petite soirée entre amis. Le genre de réception idéale pour mon retour dans le grand monde. Ensuite, nous pourrons aller n'importe où. Au théâtre, à l'opéra, dans des bals…

Julian secoua la tête.

— Ensuite, Amelia et Morland vous serviront d'escorte. Puisqu'ils sont de retour en ville, vous n'aurez plus besoin de mes services.

— Eh là, pas si vite ! Vous m'avez promis trois soirées, et je compte bien que vous teniez parole.

— Ignoreriez-vous ma réputation de gredin ? Ma parole ne vaut rien. Elle n'a jamais rien valu.

Elle sourit.

— Sauf avec moi.

Leurs regards s'accrochèrent un long moment. Lily se sentit soudain mal à l'aise, sans bien savoir pourquoi – mais elle n'était pas certaine de vouloir en connaître la raison.

— Je dois vraiment partir, dit-il finalement. J'ai rendez-vous avec mon tailleur et je suis déjà très en retard.

Il inclina poliment la tête pour la saluer, et Lily reprit contenance.

Julian était connu pour s'habiller à la perfection et lancer les modes. Un grand nombre de jeunes gens de la société cherchaient à le copier. Pourtant, en dépit de leurs efforts, l'imitation n'arrivait jamais à la hauteur de l'original. Il ne suffisait pas de porter les mêmes vêtements que Julian pour lui ressembler. Dès qu'il pénétrait dans une pièce, son charisme s'imposait à l'assemblée.

Après son départ, Lily sortit à son tour du square et regagna Harcliffe House.

— Faites atteler ma voiture, demanda-t-elle dans l'entrée à Swift, son majordome. Je dois rendre visite à quelqu'un.

Swift dissimula assez bien sa surprise. Depuis la mort de Leo, Lily n'avait plus rendu visite à personne. Mais elle avait décidé de reprendre goût à la vie et d'afficher son indépendance, pas à pas.

Pendant qu'elle attendait sa voiture, elle se rendit dans le bureau de Leo. Elle rouvrit le registre qu'elle avait abandonné tout à l'heure. Leo avait toujours été fâché avec les chiffres, et il n'aurait pas su dire ce que lui rapportaient exactement ses propriétés. Aussi, plutôt que de s'en remettre à des régisseurs, Lily avait préféré se charger elle-même de la gestion familiale. Elle adorait tenir des livres comptables. Leur ordonnancement millimétré la rassurait. Et elle tirait une grande satisfaction d'équilibrer, en bas de chaque page, recettes et dépenses.

Sa relation avec Leo avait tenu de cet équilibre entre les plus et les moins. Et cela, dès l'enfance. Quand l'un était malade, l'autre était en pleine forme. Leo avait toujours été affable et expansif, alors que Lily était de nature réservée et songeuse. Après sa maladie qui l'avait rendue sourde, cette distribution des rôles avait été encore plus marquée. Leo s'acquittait des obligations sociales liées à son titre de marquis, tandis que Lily s'occupait des comptes et de la paperasse. À eux deux, ils avaient formé une merveilleuse équipe. Les deux moitiés d'un tout.

Mais Leo n'était plus là. Et Lily se retrouvait orpheline de sa moitié. Pendant des années, elle s'en était remise à son frère pour sa vie sociale. Les amis de Leo étaient les siens. Elle se mouvait dans les mêmes cercles que lui. Du coup, elle avait négligé ses propres amies – comme Amelia, par exemple.

Mue par une impulsion, Lily se releva pour aller fermer la porte. Puis, tirant une clé de sa châtelaine, elle ouvrit l'un des tiroirs du bureau. Après une pause pour reprendre sa respiration et s'armer de courage, elle se saisit du paquet de lettres qu'il contenait.

D'un coup d'œil, elle s'assura que la porte était bien fermée. Il s'en était fallu de peu, tout à l'heure, qu'elle soit dérangée dans sa lecture. Heureusement, elle avait réussi à replacer les lettres dans le tiroir sans attirer l'attention de Julian.

D'une main tremblante qui trahissait son émotion, elle déplia la première lettre.

Je n'ai pas de temps à perdre en salutations et formules de politesse. Cette lettre n'a ni commencement, ni fin : elle n'est que le reflet de mon amour transi.

Mon amour, mon amour.

Viens vite. Je n'en peux plus d'attendre.

En réalité, Julian n'avait pas rendez-vous avec son tailleur, mais avec son plus fin limier, qui l'attendait chez lui.

Il dépassa Bond et Regent Street, les rues de la mode, sans ralentir l'allure. La prochaine fois, il s'arrêterait pour commander un nouveau gilet à broderies contrastées, ou pour demander qu'on rajoute un bouton à ses poignets de veste. C'est grâce à ces petits détails qu'il avait réussi à gagner l'allégeance des jeunes aristocrates londoniens. Son influence était telle, désormais, qu'il pourrait faire porter à ces gandins des robes de bure, s'il décrétait que c'était du dernier chic !

Il lui fallut vingt minutes pour gagner, à pied, sa « modeste » demeure, en limite du quartier de Bloomsbury. Il aurait pu s'offrir une maison beaucoup plus imposante, dans un quartier davantage huppé, mais cette adresse convenait parfaitement à ses besoins. Les pièces étaient trop exiguës pour recevoir du monde, ce qui le dispensait d'avoir à lancer des invitations. Le deuxième étage, en revanche, abritait une chambre assez vaste pour s'y livrer à toutes sortes d'amusements érotiques. Et l'arrière donnait sur une rue commerçante, ce qui s'avérait de la plus grande utilité.

Aussitôt arrivé, Julian se dirigea tout droit, comme à son habitude, vers la bibliothèque. Un jeune homme s'y était assoupi dans un fauteuil près de la fenêtre. C'était Levi Harris, l'un des détectives que Julian avait engagés pour enquêter sur le meurtre de Leo. Harris était très jeune, mais il avait de l'ambition et déjà une excellente réputation.

Julian claqua la porte bruyamment, et Harris se réveilla en sursaut.

— Bonjour, monsieur Bellamy.

— Des nouvelles, Harris ?

— Rien de très intéressant, hélas.

— Faites-moi votre rapport en détail. C'est à moi de déterminer ce qui est intéressant ou non.

Harris ne raconta rien à Julian qu'il ne sût déjà. Il avait lui aussi assisté au match de boxe de Southwark. L'affiche avait réuni, entre autres pugilistes, l'un de ceux qui avaient combattu le soir de la mort de Leo. Harris et ses aides étaient supposés se tenir près de toutes les sorties, pour repérer quiconque correspondait à la description des assassins de Leo.

— Je suis désolé, monsieur, plaida Harris, mais avec la cohue provoquée par le taureau en furie, la foule est devenue incontrôlable. Après la mêlée, mes hommes et moi avons arpenté les rues du quartier. Nous n'avons rien remarqué d'anormal. Ni personne qui ressemblait à l'un des deux assassins.

Julian hocha la tête. La description dont ils disposaient était malheureusement insuffisante.

La prostituée qui avait assisté à l'agression de Leo avait seulement pu parler de deux types très costauds, avec des habits d'ouvriers, l'un chauve et l'autre s'exprimant avec un accent écossais.

Assommé par la fatigue autant que par la frustration, Julian se laissa choir dans le fauteuil en cuir de son bureau. Presque cinq mois s'étaient écoulés depuis le meurtre de Leo et, malgré tous ses efforts, il ne tenait toujours pas la moindre piste un peu sérieuse pour démasquer ses assassins. Et bien sûr, tant que les meurtriers couraient en liberté, il ne pouvait pas connaître le nom du commanditaire. Julian n'avait aucun moyen de savoir lequel, parmi ses nombreux ennemis, avait juré sa mort. Mais peut-être menait-il son enquête sous le mauvais angle. Depuis le début, il ne s'intéressait qu'aux tueurs. Il ferait sans doute mieux de concentrer sa réflexion sur celui qui les avait engagés.

— Très bien, dit-il à Harris. Ce sera tout.

— Nous nous revoyons demain ?

Julian secoua la tête.

— Non, c'est terminé.

Harris se leva.

— Terminé ? Mais, monsieur, vous voulez abandonner l'enquête ? Et laisser le meurtre irrésolu ?

De toute évidence, cette idée répugnait à Harris, et Julian lui sut gré de son implication. Mais il était inutile de poursuivre dans la même voie alors qu'ils n'obtenaient aucun résultat. Et Julian ne pouvait pas se permettre de donner à Harris certaines informations le concernant, pour le lancer sur la piste du commanditaire. Désormais, il devrait donc agir seul.

— Je voulais simplement dire que je n'avais plus besoin de vos services. Faites-moi parvenir votre note. Je veillerai à ce qu'elle soit réglée dans les plus brefs délais.

Harris ouvrit et referma plusieurs fois la bouche, comme s'il voulait argumenter, mais il se résolut à s'incliner.

— Comme vous voudrez, monsieur Bellamy.

Il salua et quitta la pièce.

Après son départ, Julian dépouilla la correspondance qui s'était accumulée sur son bureau. Pour l'essentiel, des invitations, les plus diverses possibles. Il y avait de tout, depuis « Votre présence est cordialement requise le... » à « Chéri, mon mari sera absent du... ». Peu importait qu'il n'ait plus honoré une seule invitation depuis cinq mois : les bristols continuaient d'affluer quotidiennement.

Avec un soupir, il les jeta à la poubelle. De toute façon, il n'avait jamais répondu à ce genre de courrier. Si son humeur l'y incitait, il se contentait d'apparaître, sans prévenir, à telle ou telle réception. Le plus drôle, c'est que ce mépris souverain de l'étiquette n'avait fait qu'accroître sa popularité chez les snobs. Car s'il décidait de se montrer quelque part, c'était toujours en soignant son style.

Une apparition de Julian Bellamy à une soirée était donc, pour la maîtresse de maison, un gage de réussite. Il veillait, en outre, à ce que ses apparitions ne fussent pas trop rares, au risque de devenir mythiques, ni trop fréquentes, pour ne pas lasser. En résumé, Julian cultivait un dilettantisme parfaitement étudié.

Un dilettantisme que partageait aussi son personnel de maison.

Quand il quitta son bureau pour gagner sa chambre, il fut accueilli par son valet de chambre qui le salua sans même replier le journal sportif qu'il lisait.

— Bonjour, monsieur.

— Bonjour, Dillard. Inutile de te lever.

Son valet acquiesça par un grognement.

— Mon bain est-il prêt ?

Dillard tourna une page de son journal.

— Je crois, oui.

Dillard était le plus gâté et le plus inutile de tous les valets de chambre londoniens. D'ordinaire, Julian exigeait compétence et efficacité des gens qu'il employait, mais il faisait une exception pour les domestiques à son service personnel. Dans cette maison, l'indolence et le manque de curiosité étaient des qualités appréciées. Julian ne gardait Dillard que pour les apparences. Et certainement pas pour sa propre apparence ! Certes, c'était à cela que servait un valet de chambre – vous laver, vous raser, vous habiller et tout le reste. Mais Julian préférait veiller lui-même au moindre détail de sa toilette.

Il se posa sur une chaise pour ôter ses souliers.

— Après mon bain, je ferai une petite sieste. Veille à ce que je ne sois pas dérangé. Et cire mes souliers pour ce soir.

Dillard répondit par un autre grognement.

Julian l'abandonna à son journal et passa dans son dressing. C'était un vaste espace, anciennement chambre à coucher, qu'il avait aménagé en étagères et miroirs. C'était là aussi qu'il avait fait placer son tub.

Il se baigna rapidement, puis il se frictionna avec une serviette, avant d'enfiler un peignoir de soie décoré de motifs orientaux.

Après quoi, avec une gravité solennelle, il sélectionna les vêtements qu'il porterait pour la soirée. Il s'était fait livrer récemment un nouveau gilet rouge. Il le mit de côté pour être repassé, ainsi qu'un manteau bleu roi et un pantalon gris charbon. Il choisit ensuite, parmi sa soixantaine de chapeaux, un modèle jaune à bande rouge. La combinaison de toutes ces couleurs criardes était bien entendu révoltante. Mais, ce soir, Julian avait besoin d'attirer l'attention. Encore plus que d'habitude.

Bien qu'il s'y fût d'abord opposé, à la réflexion il jugeait utile l'idée de Lily de l'entraîner avec elle dans le monde. Pour l'instant, son enquête ne l'avait mené nulle part – sinon à se retrancher de toute vie sociale. Or, Leo était mort à sa place. S'il voulait obtenir justice pour l'assassinat de son ami, Julian devait obliger le commanditaire à sortir de sa cachette – en redevenant une cible en vue.

Pour ce soir, il commencerait par ce dîner chez Morland. Puis il ferait la tournée de tous les clubs de gentlemen. Par la suite, il honorerait les deux autres soirées qu'il avait promises à Lily. Dès qu'il aurait rétabli sa place en tête des listes d'invités et qu'elle serait courtisée par des maris potentiels, il tendrait son piège.

Mais, dans l'immédiat, il avait besoin de dormir un peu.

Du moins était-ce ce qu'il avait prétendu à son valet.

Une fois dans sa chambre à coucher, Julian verrouilla soigneusement la porte, puis il attendit quelques minutes. Quand il fut certain que personne n'écoutait derrière le battant, il traversa la pièce, contourna le grand lit à baldaquin et se posta devant un meuble bibliothèque. Il actionna alors un levier caché dans les profondeurs de la troisième étagère en partant du haut, puis il recula pour laisser le meuble pivoter sur lui-même.

De l'autre côté du mur se trouvait un petit réduit, communiquant avec un appartement de l'immeuble mitoyen.

Une étagère portait un assortiment de chemises blanches, de cravates ordinaires et de pantalons de couleurs neutres. Deux chapeaux et quelques manteaux passe-partout étaient accrochés à des patères.

Julian entra dans le réduit, se débarrassa de son peignoir et se dépêcha de se changer.

Sa nuit en tant que Julian Bellamy était depuis longtemps terminée.

Il était en retard pour commencer sa journée en tant que James Bell.

4

M. James Bell n'avait pas de valet de chambre. Ni de cuisinière, ni de majordome. Pas le moindre domestique, à l'exception d'une femme de ménage qui venait deux fois par semaine. Elle était illettrée, et pas du tout du genre à fouiner dans les affaires des autres.

M. Bell était toutefois un patron généreux. D'après sa femme de ménage, il payait trois fois mieux que la moyenne. Et il traitait bien tous ses employés : leurs gages n'étaient jamais versés en retard et une prime tombait chaque Noël. Des employés qui ne songeaient pas à se plaindre, ni à poser de questions.

M. Bell habitait un modeste appartement au-dessus de ses bureaux, et il avait des horaires pour le moins fantaisistes. Les employés ne savaient jamais à quelle heure il descendrait de chez lui. Il justifiait cette irrégularité par des migraines récurrentes, qui l'obligeaient parfois à garder le lit. Certains matins, les premiers arrivés le trouvaient déjà à son bureau à huit heures. Mais il pouvait aussi ne se montrer, comme aujourd'hui, qu'après le déjeuner. Cet emploi du temps fluctuant avait pour conséquence de mettre toujours ses employés sur le qui-vive.

M. Bell s'habillait avec soin, mais de manière banale. Il se coiffait avec la raie au milieu, et aplatissait ses cheveux noirs sur son crâne avec de la brillantine. On pouvait le décrire comme quelqu'un de minutieux, mais les moins charitables l'auraient sans doute jugé d'une fadeur à mourir. Il ne sortait jamais sans chapeau et portait des lunettes en toute circonstance.

Les verres étaient évidemment sans la moindre correction. Julian n'avait pas besoin de lunettes pour voir. Il les portait pour *ne pas être vu*.

Son déguisement fonctionnait à merveille depuis des années.

L'après-midi était déjà entamé quand il descendit au rez-de-chaussée. Sans surprise, il trouva ses huit employés consciencieusement penchés sur leurs bureaux. Ils se levèrent d'un même mouvement pour le saluer.

— Bonjour, monsieur Bell.

Il hocha la tête en guise de réponse.

Les deux coursiers, dans un coin, lui jetèrent un regard embarrassé. Probablement jouaient-ils aux dés juste avant son arrivée. Julian décida d'ignorer l'infraction. Il avait assez de travail à leur donner pour les occuper le restant de la journée.

— Vous pouvez vous rasseoir, lança-t-il, avant de se diriger vers son propre bureau, isolé du reste de la pièce par une cloison vitrée.

Sur la porte, une inscription en lettres dorées disait : *J. Bell. Directeur. Aegis Investissements.*

Pour ses employés, M. Bell s'occupait des intérêts d'une poignée d'investisseurs fortunés. Personne ne connaissait leurs noms : il devait s'agir d'aristocrates de haut rang, qui préféraient qu'on ne sache pas qu'ils se salissaient les mains dans le négoce de matières premières, l'exploitation minière, l'industrie textile ou l'immobilier. M. Bell s'occupait de tout à leur place – avec l'aide de ses employés, bien sûr – et il voyait régulièrement ses commanditaires pour leur faire son rapport.

En réalité, M. Bell n'avait pas de commanditaires. Et il n'y avait qu'un seul investisseur : Julian en personne. Non seulement il possédait des filatures dans le Nord et des immeubles de rapport à Bristol, Oxford et York, mais il était également propriétaire de tout l'immeuble qui abritait la société Aegis Investissements. Sa fortune était immense. Mais il lui était indispensable de continuer à garder le secret sur ses activités financières.

Si certains hommes d'influence apprenaient comment il avait amassé sa fortune, et de quelle manière il comptait l'utiliser...

En fait, il connaissait déjà la réponse à cette éventualité : ces mêmes hommes s'arrangeraient pour l'entraîner dans une ruelle déserte et sombre, où il serait battu à mort.

Julian frissonna en pensant à Leo.

Son secrétaire, Thatcher, le rejoignit dans son bureau avec une pile de lettres.

— Le courrier du jour, monsieur.

— Qu'y a-t-il d'intéressant ?

Thatcher feuilleta la pile.

— Un avertissement sur le cours volatil de l'indigo. Une lettre d'une association de charité réclamant la reconduction de la généreuse participation de nos investisseurs. Le contrat de location de la propriété de Douvres. Le rapport hebdomadaire des filatures...

— Donnez-moi ce rapport. Et posez le reste sur la table. Ensuite, vous pourrez disposer.

Thatcher s'exécuta sans broncher, comme à son habitude.

Julian décacheta le rapport et le parcourut rapidement. D'après ses contremaîtres, la production se maintenait à un bon niveau et le moral des ouvriers était excellent.

Parfait. En début d'année, des grèves avaient éclaté sporadiquement dans le Nord. Depuis, Julian surveillait de près ses filatures. Jusqu'à présent, les manœuvres extérieures pour entraîner son personnel dans la dissidence s'étaient révélées infructueuses. Et cela n'était guère surprenant : les ouvriers de Julian étaient les mieux payés de toute la région. Il prenait grand soin, en outre, qu'ils puissent travailler en toute sécurité. Il avait même été jusqu'à visiter chaque atelier pour assurer les ouvriers qu'aucun emploi ne serait sacrifié à cause des nouvelles machines.

Ses concessions s'avéraient payantes : plus les ouvriers se sentaient en confiance, plus la production était régulière et de qualité. Julian n'avait jamais compris pourquoi les autres patrons de filatures ne l'imitaient pas. Mais leur entêtement lui profitait. Grâce à sa réputation de pouvoir fournir de la toile d'excellente qualité en quantités régulières, Julian recevait beaucoup de commandes très lucratives de l'armée. Au cours de ces dix dernières années, une bonne moitié des recrues de l'armée anglaise avaient porté des vêtements provenant des filatures Aegis.

À présent que la guerre contre Napoléon était terminée, l'économie anglaise devait affronter une récession. Mais les riches avaient encore de l'argent à dépenser. Et M. James Bell faisait en sorte que toutes les meilleures merceries, boutiques de confection et autres marchands drapiers du pays aient des produits Aegis en rayon. Dans le même temps, Julian Bellamy s'ingéniait à lancer de nouvelles modes qui obligeaient ses imitateurs à se fournir en laines et flanelles de première qualité.

Il signa le contrat de location et rappela son secrétaire.

— Voilà pour Douvres. Et dites à l'association de charité que nous renouvellerons notre souscription. Demandez aussi à notre entrepôt de leur envoyer les surplus de tissu.

— Oui, monsieur. Et j'en profite pour vous dire que les tailleurs sont arrivés.

— Faites-les entrer.

Schwartz et Cobb pénétrèrent dans le bureau avec de pleines brassées d'échantillons de tissu et de dessins de modèles. Finalement, Julian n'avait pas tellement menti à Lily. Il avait effectivement rendez-vous avec ses tailleurs. Mais pas ceux qu'imaginait la jeune femme.

Les dessins qui s'étalaient à présent sur son bureau étaient le fruit de plusieurs mois de réflexion menée en grand secret avec ses collaborateurs. Ces derniers attendaient son approbation définitive avant de lancer la production. Mais quelque chose retenait toujours Julian. Les dessins ne lui convenaient pas tout à fait. Ou les coûts n'étaient pas suffisamment ajustés. Il trouvait toujours une raison ou une autre de retarder sa décision.

En fait, non.

Une seule raison le retenait de se lancer.
Lily.
Le parfum de la jeune femme, à base d'essence de romarin, l'obsédait. Et ses yeux. Il s'obligea à juguler ses émotions. Pas ici. Il ne pouvait pas se permettre de penser à elle ici. M. James Bell n'avait pas de temps à consacrer aux femmes.

— J'ai menti horriblement, aujourd'hui, confessa Lily à son amie qui l'accueillait dans le grand salon de la résidence du duc de Morland.
Amelia haussa les sourcils.
— Ça ne te ressemble pas.
— C'est pourtant ce qui s'est passé. Et j'ai besoin de ton aide, Amelia. Il faut absolument que mes mensonges aient un air de vérité.
— Je suis impatiente d'entendre les détails. Pour une fois que je suis conviée à partager un secret. Ça ne m'arrive pas si souvent ! Mais assieds-toi d'abord. Je vais servir le thé.
Le cœur de Lily battait si vite qu'elle ne voulait pas perdre une minute. Mais toute précipitation serait impolie et pourrait lui nuire. Or, elle avait une grande faveur à demander à son amie.
Amelia l'entraîna vers une paire de fauteuils placés près d'une fenêtre. Une petite table, entre les deux fauteuils, supportait le plateau des rafraîchissements. Tout, bien sûr, était du plus grand raffinement et du meilleur goût. Amelia possédait un talent rare pour la décoration intérieure, et elle savait recevoir comme personne.
La soie recouvrant les fauteuils était si lisse et si parfaitement tendue que Lily faillit glisser de son siège en s'asseyant.

— Pourquoi êtes-vous revenus en ville ? demanda-t-elle tandis qu'Amelia servait le thé. Je croyais que vous aviez décidé, avec le duc, de rester dans le Cambridgeshire jusqu'à la naissance du bébé ?

Amelia tendit sa tasse à Lily avec un haussement d'épaules.

— Spencer préférait que nous soyons à proximité des meilleurs médecins en prévision de l'accouchement. Il a beau posséder l'un des plus grands haras d'Angleterre et avoir assisté à la naissance de centaines de chevaux, quand il s'agit de ses propres enfants, il devient un paquet de nerfs.

— C'est la preuve qu'il t'adore.

Malgré le caractère autoritaire du duc, Lily était convaincue, depuis le début, qu'il se révélerait un mari tendre et attentionné pour Amelia. Apparemment, elle ne s'était pas trompée.

— Je ne suis pas une spécialiste, ajouta-t-elle, mais tu m'as l'air en pleine forme. Et je ne parle pas seulement de ta santé, mais de ton humeur.

Avec son ventre rebondi et son visage épanoui, Amelia incarnait littéralement le bonheur domestique. Lily, bien malgré elle, ne put s'empêcher de l'envier un peu. Peut-être était-ce pour cela qu'elle avait négligé ses amitiés féminines, ces dernières années. L'une après l'autre, ses amies étaient toutes devenues épouses, puis mères. Même si elle tenait à son indépendance financière, Lily se surprenait parfois à désirer un destin analogue.

— Je me sens très bien, confirma Amelia avec modestie. Mes nausées ont disparu. Je crois que j'ai plus de chance que la plupart des femmes dans mon état.

Elle porta sa tasse à ses lèvres et les deux amies burent une gorgée de thé en silence. Lily attendit ensuite un signe d'Amelia pour l'inciter à parler. Mais le silence s'étira. Lily glissa un regard anxieux à l'horloge de la cheminée.

Finalement, elle s'éclaircit la voix.

— Eh bien… commença-t-elle.

Amelia haussa un sourcil.

— Oui ?

Avait-elle oublié que Lily avait quelque chose à lui confesser, ou jouait-elle avec ses nerfs ? Juste au moment où Lily se demandait si elle ne devait pas tout reprendre depuis le début, Amelia parut soudain se souvenir.

— Ah oui ! s'exclama-t-elle, reposant sa tasse. Tu as besoin de mon aide pour réparer tes mensonges. Excuse-moi, ma chérie. Cela doit être un effet de la grossesse, je perds facilement la mémoire. Dis-moi ce que je peux faire pour toi.

— C'est à propos de Julian, expliqua Lily, soulagée. Il est toujours obsédé par l'idée de retrouver les meurtriers de Leo et rien d'autre ne l'intéresse. Il passe ses nuits à hanter les rues. C'est à peine s'il prend le temps de manger et de dormir. Il ne voit plus ses amis, et décline toutes les invitations. S'il continue ainsi, il finira par rejoindre Leo dans la tombe. C'est peut-être naïf de ma part, mais j'ai la conviction que si j'arrivais à le faire sortir dans le monde, il rependrait sa vie d'avant. Comprends-tu ce que je veux dire ?

Amelia hocha la tête pour l'encourager.

— Continue.

— Ce matin, nous… nous sommes un peu disputés. Mais j'ai réussi à lui extorquer une promesse. Il est d'accord pour m'accompagner à trois soirées. Je lui ai fait croire que j'étais disposée à me chercher un fiancé, mais la vérité, c'est que je veux juste le distraire de son obsession. Et pour ne pas perdre de temps, je lui ai annoncé que la première soirée serait pour aujourd'hui.

— Je vois, fit Amelia.

En réalité, pour l'instant, elle ne voyait encore rien du tout.

Lily se mordit la lèvre.

— C'est là que j'ai le plus menti. Je lui ai raconté que Spencer et toi donniez un dîner.

— Un dîner ? Ce soir ? répéta Amelia avant de glisser, à son tour, un regard anxieux à la pendule. Mais, ma chérie, il est déjà deux heures et demie.

Lily étreignit la main de son amie.

— Je sais que je ne devrais pas t'imposer cela dans ton état. Mais mon audace est dictée par mes craintes pour la vie de Julian. Cela n'a pas besoin d'être un grand dîner. Et je t'aiderai pour la préparation.

— Le problème n'est pas là. J'ai tout le personnel nécessaire. Mais inviter des gens en si peu de temps… Et puis, il faudra convaincre Spencer. Il déteste les soirées.

— Peut-être que si tu lui expliques ce qui est en jeu…

— Lui dire que nous donnons un dîner pour sauver Julian Bellamy ? Non, non. Excuse-moi, mais je ne pense pas que ce soit le bon argument. Pour autant que je le sache, Spencer et M. Bellamy ne s'apprécient pas particulièrement.

Lily sentit son cœur chavirer.

— Alors, tu ne pourras pas le convaincre ?

— Oh, j'ai mes petits secrets pour convaincre Spencer, assura Amelia avec un regard de séductrice accomplie. Malheureusement, il ne s'agit pas seulement des réticences de mon mari ou du délai très court. Je suis désolée, Lily, il y a d'autres obstacles. Je peux t'en parler, mais je compte sur toi pour ne le répéter à personne.

Lily hocha la tête et se concentra sur les lèvres de son amie.

— Parle lentement, s'il te plaît.

— Nous ne sommes pas venus seuls à Londres. Te souviens-tu, cet été, quand nous étions tous à Briarbank et que…

Amelia se tut soudainement, comme si elle avait vu quelqu'un derrière Lily.

Celle-ci se retourna et découvrit une jeune fille sur le seuil. C'était Claudia Dumarque, la cousine du duc de Morland et sa pupille. Claudia était une fille étrange, à la fois rebelle et très sensible, mais Lily attribuait ses sautes d'humeur à son âge. Elle n'avait que quinze ans – du moins, c'était son âge lorsqu'ils s'étaient tous retrouvés durant l'été dans la maison de famille d'Amelia, dans le Gloucestershire. Peut-être Claudia avait-elle, depuis, fêté son seizième anniversaire. Elle restait en tout cas très jeune.

Et visiblement, elle était enceinte. De plusieurs mois.

Lily en resta bouche bée.

Claudia entra dans la pièce. À la façon dont sa robe se tendait sur son ventre, Lily en déduisit qu'elle n'était plus très loin d'accoucher.

— J'ignorais que vous aviez une invitée, dit-elle à Amelia au moment de les rejoindre. Je cherchais juste mes…

Elle s'interrompit en croisant le regard de Lily. Un sourire étira ses lèvres.

— Grands dieux, lady Lily, je ne suis pas un spectre ! Je suis juste enceinte.

Lily referma la bouche, le feu aux joues. Elle était consciente d'avoir regardé cette pauvre fille avec un peu trop d'effarement.

— Vous ne le lui aviez pas dit ? demanda Claudia à Amelia.

— Je m'apprêtais à le faire.

Lily, entre-temps, s'était enfin reprise.

— Je suis ravie de vous revoir, Claudia, dit-elle, se levant pour l'embrasser sur les deux joues. J'espère que vous allez bien ?

Quelle question stupide ! Et que pourrait lui répondre Claudia ? Enceinte à seize ans sans être mariée, elle ne devait pas se sentir au mieux de sa forme.

— Disons, aussi bien qu'on peut le souhaiter dans mon état.

Lily lui désigna un fauteuil vacant :

— Voulez-vous prendre le thé avec nous ?

— Non, merci. J'allais monter faire une sieste. Je cherchais mon livre, mais j'ai dû le laisser en haut. Si vous voulez bien m'excuser, lady Lily.

Elle hocha la tête en guise de salut, avant de tourner les talons.

Amelia se leva.

— Une minute, lança-t-elle à Lily, tendant le bras dans sa direction pour lui indiquer de patienter, pendant qu'elle se précipitait à la suite de Claudia.

Lily les observa brièvement par la porte restée grande ouverte, avant de détourner le regard et de se resservir du thé. Elle ne voulait pas être surprise à épier.

La minute d'après, Amelia reprenait son fauteuil.

— Alors, voilà, commença-t-elle.

Et elle entreprit de raconter toute l'histoire. Mais son émotion, perceptible, rendait son élocution difficile à suivre pour Lily. Elle parlait vite, et partait dans plusieurs directions à la fois. Lily ne put donc pas tout comprendre. Elle retint cependant que Claudia avait été séduite par l'un de ses précepteurs et avait caché sa grossesse le plus longtemps possible.

Amelia finit par ralentir son débit.

— Nous sommes venus à Londres pour elle, pas pour moi. Ma grossesse se passe très bien. Mais Claudia a eu plusieurs saignements douloureux. Au moins, ici, nous pouvons disposer des meilleurs médecins.

— Mon Dieu, murmura Lily. Quelle situation dramatique.

— Claudia est confinée à la maison. Pour l'instant, sa grossesse n'a été révélée à personne. Cela semblait plus prudent, dans la mesure où nous ne savons même pas si elle gardera l'enfant.

Lily se demanda si Amelia faisait allusion à une éventuelle fausse couche, ou à l'abandon de l'enfant dans une famille adoptive. Sans doute les deux.

— Je croyais que tu n'avais pas souvent de secrets à partager ?

Amelia haussa les épaules.

— On dirait que cela change, ces derniers temps. Ce pauvre Spencer s'inquiétait tellement, dans le Cambridgeshire, qu'il se réfugiait en permanence dans ses écuries. À présent, le voilà enfermé dans un hôtel particulier avec pour toute compagnie deux femmes enceintes, dont l'une souvent malade. Tu comprendras, dans ces conditions, qu'un dîner...

— Bien sûr. Je ne pouvais pas me douter.

Amelia croisa les mains.

— Tu es déçue.

— Non, pas du tout, mentit Lily. C'était juste une idée comme ça. Et je vois qu'elle était mauvaise. Nous dînerons une autre fois. Je vais envoyer un mot à Julian pour lui annoncer que la soirée est annulée.

En espérant qu'il ne sera pas mort d'ici demain matin, songea-t-elle, fermant les yeux.

Quand Amelia lui prit le bras pour la réconforter, Lily ne put retenir les larmes qui affluaient à ses yeux. Elles étaient si nombreuses qu'elle finit par sangloter sur l'épaule de son amie.

— Je suis désolée, s'excusa-t-elle. Mais je m'inquiète tant pour lui. Ce matin, un marchand de quatre-saisons l'a déposé devant ma porte un peu avant l'aube. Il était inconscient et il saignait. J'ai d'abord cru... J'ai d'abord cru qu'il était mort. Comme Leo.

Amelia lui offrit un mouchoir. Elle aussi avait les yeux humides.

— Ma pauvre chérie. Il va mieux, maintenant ?

Lily s'essuya les yeux avec le mouchoir.

— Oui. Ce n'était qu'une blessure superficielle, conséquence d'un mouvement de panique de la foule, après un match de boxe. Il continue d'assister à ces spectacles dans l'espoir d'y surprendre les assassins de Leo. Mais j'ai peur qu'il ne finisse par y laisser lui-même sa vie. Cela fait déjà presque cinq mois. Je ne comprends pas qu'il s'obstine à ce point.

— Il se sent responsable. N'oublie pas qu'il était supposé accompagner Leo, ce soir-là.

Lily renifla.

— Il doit s'imaginer avoir l'exclusivité des remords. Mais je me sens tout aussi coupable que lui. Rien ne serait arrivé si j'avais demandé à Leo de rester à la maison. Ou si j'avais insisté pour qu'il prenne la voiture, au lieu d'emprunter un fiacre. Ou même si j'avais été avec lui. Je ne suis qu'une femme, et pas spécialement robuste, mais si je m'étais retrouvée face à ses assassins, je les aurais combattus avec tout ce qui me serait tombé sous la main. J'aurais tout fait pour sauver mon frère. Fût-ce au détriment de ma propre vie.

Un dernier sanglot lui échappa. Elle poursuivit :

— Et maintenant, j'ai l'impression de laisser Julian aller au-devant du même sort. La seule différence, c'est que tout se passe beaucoup plus lentement. Je le vois s'approcher du danger, mais je me sens totalement impuissante. Jusqu'à ce matin…

Ce matin avait tout changé. Lily avait serré Julian inconscient dans ses bras. Et puis, il y avait eu ce baiser désespéré. À présent, elle refusait de le laisser courir vers son destin sans réagir.

— Avant la mort de Leo, Julian vivait pour s'amuser et pour amuser les autres, reprit-elle. Il aimait les bals, le théâtre, ses amis, les sorties… Je veux qu'il reprenne son ancienne vie. Puisqu'il n'y aura pas de dîner ce soir…

— Attends, l'interrompit Amelia. Ce dîner aura lieu. Nous allons nous débrouiller.

Le cœur de Lily bondit d'espoir.

— C'est vrai ? Mais comment vas-tu convaincre ton mari ? Et pour Claudia ?

— Laisse-moi faire, je m'occupe de tout. Claudia restera dans sa chambre. Mais je te préviens : le menu sera très simple. Et je ne peux pas te promettre que Spencer sera le plus délicieux des hôtes.

— Peu importe, répondit Lily.

Pressant la main de son amie, elle ajouta :

— Tu ne peux pas savoir ce que cela représente pour moi.

— Tu sais, ce sera un plaisir. J'adore donner des soirées, mais j'en ai rarement l'occasion. Qui allons-nous inviter d'autre ? As-tu des noms à me suggérer ?

Lili s'arma de courage.

— Je sais que ce sera difficile en si peu de temps, mais pourrais-tu réunir quelques jeunes gens célibataires et bons partis ?

Amelia éclata de rire.

— Qu'est-ce que j'entends ? Voilà qui ne manque pas de sel, de la part d'une jeune femme qui a toujours fui les prétendants !

— C'est juste parce que j'ai promis à Julian de réfléchir sérieusement au mariage. C'était la condition pour qu'il accepte de m'accompagner à trois soirées. En réalité, je n'ai pas du tout l'intention de me marier.

Amelia était de plus en plus amusée.

— Si j'ai bien compris, tu veux que je trouve quelques beaux représentants de la gent masculine pour occuper les chaises du dîner ? Tous célibataires, de surcroît assez affamés et esseulés pour répondre à une invitation en quelques heures. C'est bien cela ?

— Euh, oui… acquiesça Lily, embarrassée.

Amelia lui tapota l'épaule avec un grand sourire.

— Ma chérie, tu ne pouvais pas tomber mieux. Je crois qu'aujourd'hui, c'est ton jour de chance.

5

La soirée serait bleue.

Lily remarqua que toutes les personnes présentes dans le salon des Morland portaient une variante de cette couleur. Elle-même avait jeté son dévolu sur une robe de soie indigo, une couleur assez sombre pour convenir à une personne officiellement encore en deuil. Amelia portait une adorable robe de satin pervenche qui s'harmonisait à merveille avec ses yeux. Quant au duc, son costume paraissait noir de loin, alors qu'en réalité il était bleu très foncé.

Et puis, il y avait ces cinq officiers de la Royal Navy, tous en uniforme – bleu à boutons dorés.

Mais pour l'instant, une nuance de bleu manquait à la soirée : le cobalt des yeux de Julian. Le dîner avait déjà été reculé d'une demi-heure, et il n'était toujours pas là. Lily oscillait entre la peur qu'il lui soit arrivé quelque chose et une envie furieuse de le châtier comme il convenait. Comment pouvait-il l'abandonner ainsi ? Ne se doutait-il pas de l'épreuve que constituait pour elle ce dîner ? Lily n'avait pas assisté à la moindre réception depuis cinq mois. Et avant, elle ne se rendait jamais nulle part sans Leo.

Tout autour d'elle, les invités parlaient les uns avec les autres, sans qu'elle puisse rien capter de leurs conversations trop nombreuses. Amelia lui lançait de temps à autre un regard d'excuse. Sans doute se reprochait-elle de ne pouvoir aider son amie, mais elle devait d'abord veiller à son rôle de maîtresse de maison.

Lily était donc livrée à elle-même.

Mais, après tout, n'avait-elle pas assuré à Julian qu'elle pouvait parfaitement se débrouiller toute seule ?

C'est ce qu'elle allait faire.

Carrant les épaules et plaquant un sourire sur ses lèvres, la jeune femme se dirigea vers l'officier blond près de la fenêtre : Michael d'Orsay, l'un des cinq frères d'Amelia. Lily l'avait connu petit garçon, mais désormais il était le lieutenant de vaisseau d'Orsay.

— Je suis ravie de vous voir, dit-elle. C'est une chance que votre bateau soit rentré justement aujourd'hui.

Et quelle bonne idée Amelia avait eue de l'inviter, ainsi que ses camarades, songea-t-elle. Aurait-on pu rêver groupe d'invités plus disponibles que des officiers de marine avides de retrouver le monde après six mois passés en mer ?

— Je suis moi aussi ravi de vous revoir, répondit d'Orsay. J'ai été navré d'apprendre ce qui était arrivé à Leo.

— Merci. Vous savez vous-même ce qu'est de perdre un frère.

Hugh d'Orsay avait été tué à Waterloo.

— Oui, mais la mort de Leo était si… imprévisible. Et si tragique.

Sa voix résonnait d'une tristesse qui le faisait paraître plus âgé que ses vingt-huit ans. De tous les frères d'Orsay, Lily et Leo avaient toujours été plus proches de Michael. Les deux garçons avaient fréquenté les bancs d'Eton en même temps.

Lily ne voulait pas offenser les sentiments de Michael, mais elle n'avait aucune envie de parler de Leo maintenant. Elle sortait peu en société et ne souhaitait pas rouvrir ses blessures avec chaque personne qui évoquerait son frère devant elle.

Elle inspecta la pièce du regard, cherchant une diversion. Elle la trouva. Le sourire séducteur d'un autre officier réussit à la distraire de ses pensées. Il n'était pas spécialement bel homme, mais il n'était pas laid non plus. Et il avait un regard intelligent.

S'estimant encouragé, il se dirigea droit sur elle.

Lily sentit sa nervosité monter d'un cran.

— Avez-vous parlé de mon handicap à vos amis ? chuchota-t-elle à Michael.

Il secoua la tête d'un air contrit.

— Non. J'aurais dû ? Je pensais que…

Lily n'eut pas le temps de répondre : l'officier les avait rejoints.

— Allons, d'Orsay, dit-il, le regard rivé sur Lily, vous n'allez pas garder cette charmante lady pour vous toute la soirée ? Je m'inscris sur les rangs, et j'aimerais être présenté.

— Lady Lily Chatwick, puis-je vous présenter mon officier supérieur, le commandant…

Zut ! Lily lut mal son nom sur les lèvres de Michael. Était-ce Merryman ? Ou Barryman ? Profitant de ce que l'officier s'inclinait pour la saluer, elle chercha furtivement sur son uniforme : son nom était peut-être brodé quelque part. Malheureusement, elle ne vit rien.

— Je suis enchantée de faire votre connaissance, commandant, assura-t-elle, se raccrochant à son grade.

Cela suffirait pour l'instant. Et, Dieu merci, Amelia et le duc approchaient.

Amelia lui prit le bras pour l'entraîner un peu à l'écart.

— Je ne vais pas pouvoir retarder indéfiniment le dîner. Devons-nous continuer à attendre M. Bellamy ?

Lily soupira de déception.

— Non, tant pis. Inutile d'attendre davantage.

Le duc de Morland, qui avait prêté l'oreille à leur conversation, ne put retenir un commentaire désobligeant.

— J'ai bien raison de détester cet homme, murmura-t-il, avant de porter son verre de whisky à ses lèvres.

Lily était effondrée. Elle savait que le duc haïssait les réceptions, pourtant elle l'avait forcé à accepter ce dîner improvisé. Et voilà que l'invité d'honneur – ou plutôt, de *déshonneur* – ne se donnait même pas la peine de montrer le bout de son nez !

Amelia convia tout le monde à passer à table. Aussitôt, le commandant offrit son bras à Lily. La jeune femme le prit avec un sourire poli.

À mesure que les convives pénétraient dans la salle à manger, Amelia désignait sa place à chacun. Le duc, bien sûr, trônait au bout de la table. Amelia était assise à sa gauche, et son frère, Michael, à la gauche de celle-ci. Le commandant s'installa à la droite du duc. Lily s'assit à sa droite, en face de Michael.

— Six messieurs et seulement deux dames, remarqua Amelia. Je ne sais même plus équilibrer mes plans de table. Je deviens une très mauvaise hôtesse.

— C'est quand même un pourcentage nettement supérieur à celui auquel nous sommes habitués en mer, commenta Michael.

Le commandant répondit quelque chose, mais Lily tourna la tête trop tard dans sa direction et elle manqua sa repartie.

Michael, avisant son embarras, expliqua :

— Le commandant disait que vous et ma sœur êtes si adorables que vous valez, chacune, au moins trois ladies. Si bien que, finalement, le compte y est.

Lily sourit.

— Du moins, jusqu'à ce que M. Bellamy arrive.

À supposer que M. Bellamy finisse par arriver.

Lily glissa un regard à la fois furieux et désespéré à la chaise vide, à sa droite. L'absence de Julian la mettait dans tous ses états. Cependant, elle ne perdait pas complètement espoir. Il avait promis de venir, et il tenait toujours parole.

Portant son regard plus loin, elle sourit aux trois jeunes lieutenants qui occupaient l'autre bout de la table. À la façon dont ils lorgnaient leurs assiettes encore vides, ils semblaient affamés. Lily était prête à parier qu'aucun d'entre eux n'avait plus de vingt ans. Quand elle leur avait été présentée tout à l'heure, ils s'étaient presque bousculés pour lui serrer la main. Ils parlaient si vite entre eux qu'elle ne comprenait rien.

Lily crispa les poings sous la table, de frustration. Cela n'arrivait jamais avec Julian. Elle avait plus de facilité à lire sur ses lèvres qu'avec n'importe qui d'autre, tout simplement parce qu'il était très expressif. Elle ne saisissait pas chaque mot, mais elle parvenait toujours à comprendre le sens général de ses propos. En outre, il n'oubliait jamais de s'adresser à elle de face. Il évitait de parler trop vite. Et il n'hésitait pas à se répéter, le cas échéant, sans même qu'elle ait à le lui demander. Mais il est vrai que Julian avait un avantage sur ces jeunes officiers : il était au courant de sa surdité.

Lily prit sa décision en un éclair et passa à l'acte avant de changer d'avis. Plaquant ses deux mains sur la table, elle se leva de son siège. Les hommes échangèrent des regards intrigués, avant de reculer leurs chaises dans l'intention de se lever à leur tour, par galanterie.

— Non, c'est inutile, assura Lily, leur faisant signe de rester assis. J'ai quelque chose à dire, mais ce sera très bref. Et je m'adresse principalement aux convives qui ne me connaissent pas encore, car mes vieux amis sont tous au courant, bien sûr. Voilà : j'ai été malade il y a quelques années, et il m'en est resté des séquelles. J'ai perdu l'ouïe. En d'autres termes, je suis sourde.

La réaction des invités fut immédiate : d'abord la surprise – la plupart en restèrent bouche bée –, puis la curiosité. À présent, ils regardaient tous Lily comme une bête étrange.

La jeune femme prit une inspiration pour continuer.

— Je sais lire sur les lèvres, mais il m'est difficile de suivre la conversation de tout un groupe. Tout ce que je vous demande, si vous souhaitez me parler, c'est de vous tourner face à moi, et de ne parler qu'un seul à la fois. Et si vous désirez parler *de moi*... vous savez maintenant comment vous y prendre en toute impunité.

Un des lieutenants – un rouquin – s'esclaffa, avant de suspendre son rire, tout honteux.

— Ce n'est pas grave, le rassura Lily. Vous pouvez rire. Moi-même, je plaisantais. Je ne veux surtout pas qu'on s'apitoie sur mon sort.

Le commandant, assis à sa gauche, attira son attention par une petite tape sur son poignet.

— Nous sommes des officiers de la Royal Navy, milady, rappela-t-il. Il serait malséant de notre part de parler dans votre dos.

Et, pour ses lieutenants, il ajouta :

— Si l'un d'entre vous souhaite dire quelque chose, quoi que ce soit, merci de vous lever et de parler en vous adressant à lady Lily. Et un seul à la fois, s'il vous plaît.

— Franchement, commandant, ce n'était pas nécessaire de les contraindre autant, lui murmura Lily.

— Non, peut-être, mais ça promet d'être amusant, répliqua le commandant avec un clin d'œil. D'ailleurs, nous allons les tester tout de suite.

Et, brandissant son verre à vin, pour l'instant vide, il demanda à haute voix à ses hommes :

— Messieurs, qui voudra du vin ?

Les trois jeunes lieutenants échangèrent des regards affolés. Puis le rouquin se décida à se lever le premier, les doigts sur la couture de son pantalon. Faisant face à Lily, il répondit à son supérieur :

— Moi, monsieur, je veux bien.

Un deuxième l'imita, avec autant de formalisme. Puis le troisième et dernier. Lily éclata de rire, gênée.

Le commandant lui fit un autre clin d'œil, avant de demander à la cantonade :

— Messieurs, rouge ou blanc ?

Le rouquin se leva encore en premier.

— Rouge, dit-il à Lily, avec un sourire.

— Blanc, choisit le second.

Le troisième suggéra :

— Les deux, si c'est possible.

Cette fois, toute la tablée éclata de rire. Sauf le duc, que Lily vit froncer les sourcils. La farce était un peu théâtrale. Sans doute le commandant cherchait-il à montrer son autorité sur ses hommes pour impressionner l'assistance. Mais Lily voulait croire qu'il était mû par un sentiment altruiste. Probablement entendait-il sacrifier l'orgueil de ses lieutenants pour la mettre à l'aise. Désormais, si l'on devait rire de quelqu'un à table, ce serait d'eux, et non d'elle.

Une fois le vin servi par les domestiques, les premiers plats arrivèrent. Le menu, comme l'avait prévenue Amelia, était très simple.

— J'espère que personne ne s'offusquera de ce petit dîner « en famille », déclara la maîtresse de maison.

Les invités hochèrent la tête, mais personne ne pipa mot. Lily commençait à redouter que l'ordre du commandant – se lever et déclamer face à elle – ne coupe court à toute conversation.

La jeune femme s'arma de courage et se tourna vers lui :

— Je serais curieuse de savoir où vit votre famille, commandant ?

— Dans le Somersetshire, milady. Mon père est baron. Je suis son troisième fils. Le bon à rien de la famille, j'en ai peur. J'ai été envoyé dans la Navy à dix-sept ans.

— Pourtant, vous avez dû vous illustrer rapidement, pour être déjà commandant.

— Le commandant est trop modeste, intervint Michael. Il est l'un des héros de la baie de Chesapeake. Et il était là, lors de l'incendie de Washington.

— C'est vrai ?

Le commandant n'eut pas le temps de répondre : Amelia venait brusquement de se lever de table. Aussitôt, par réflexe, tous les hommes l'imitèrent. Lily, croyant deviner ce dont il s'agissait, jeta un regard vers la porte.

Elle ne s'était pas trompée.

Julian venait d'arriver. Et il arrivait en *grand style*. Ce soir, il s'était surpassé. Chaque détail de sa toilette – boutons, nœud de cravate, manchettes – était arrangé avec précision.

Il s'inclina cérémonieusement.

— Je m'excuse pour mon retard, dit-il. J'ai été... retenu.

Le duc hocha la tête. Il dissimulait mal son irritation. Amelia se chargea rapidement des présentations, puis tout le monde se remit à table.

Lily indiqua à Julian le siège à côté d'elle.

— Vous arrivez juste à temps. Le dîner vient de commencer.

Elle aurait dû être soulagée. Il avait fini par venir. Cela voulait dire qu'il n'était pas en train de risquer sa vie dans les ruelles de la ville.

Cependant, quand il s'approcha pour gagner son siège, ce n'est pas du soulagement qu'elle ressentit, mais de la nervosité.

Tandis qu'il prenait place et qu'un valet lui servait à boire, la jeune femme s'intéressa à des détails qui lui échappaient d'ordinaire. La coupe nette et rectiligne de ses ongles, par exemple. Ou le rasage parfait de son menton. Ou encore son léger parfum de bois de santal.

Ses lobes d'oreilles avaient-ils toujours eu cette forme ? Pourquoi ne l'avait-elle pas remarqué plus tôt ?

Et pourquoi le remarquait-elle aujourd'hui ?

Julian tourna soudain la tête dans sa direction, et riva son regard au sien. Lily tressaillit, embarrassée d'avoir été surprise à le contempler. Il haussa un sourcil interrogateur, mais elle n'avait pas de réponse à lui fournir.

Elle pivota vers son autre voisin de table.

— Commandant, vous deviez nous raconter l'incendie de Washington ?

— Ah oui, acquiesça le commandant, sa poitrine se gonflant imperceptiblement. J'ai fait partie du commando qui a incendié la Maison-Blanche. À notre entrée, nous avons trouvé le dîner servi. Au moins, ces gens témoignaient d'un certain sens de l'hospitalité !

— C'est vrai ? fit Amelia.

— Oui. Le dîner était servi pour quarante couverts. Alors, avant de mettre le feu, avec mes hommes nous nous sommes installés à table, et nous avons mangé le repas destiné aux convives du président Madison. Mais vous savez, Votre Grâce, ce n'était pas aussi bon que le menu « familial » que vous nous servez ce soir.

Amelia, le feu aux joues, bredouilla un remerciement.

Le duc couva sa femme d'un regard fier, avant de lever son verre :

— Je propose que nous portions un toast à Sa Grâce, la duchesse de Morland.

Les lieutenants se levèrent d'un même mouvement pour porter le toast, avant de se rasseoir et de vider leurs verres.

Julian semblait atterré.

— Que de puérilité ! Obéissent-ils à une tradition de la Navy ?

Lily se chargea de lui expliquer.

— Le commandant leur a demandé de se lever chaque fois qu'ils veulent parler, pour que je puisse comprendre ce qu'ils disent. C'est très prévenant de sa part, ne trouvez-vous pas ?

Il fit la moue.

— Prévenant ne me semble pas le mot indiqué.

L'un des lieutenants se releva.

— Si vous le permettez, monsieur Bellamy, je voulais vous dire que c'est un honneur de vous rencontrer.

Lily s'amusa de son enthousiasme. Comme beaucoup de jeunes gens de leur génération, ces trois officiers idolâtraient visiblement Julian.

À peine le lieutenant se fut-il rassis que le rouquin se leva à sa suite.

— En mer, nous nous racontons souvent des histoires amusantes. Les plus drôles nous ramènent toujours à vous.

Le troisième, oubliant la règle édictée par le commandant, bondit littéralement de son siège avant que le rouquin n'ait eu le temps de se rasseoir.

— Faites-nous Prinny[1] ! Ou Byron, si vous préférez.

Lily n'ignorait pas que Julian s'était rendu populaire par ses imitations. Il possédait un don pour

1. Le prince de Galles, devenu régent en 1811 et qui sera couronné roi en 1820 sous le nom de George IV. *(N.d.T.)*

reproduire n'importe quelle voix, même s'il ne l'avait entendue qu'une seule fois. Les amis de Leo ne se lassaient pas de ses numéros. Lily, évidemment, n'avait jamais pu les savourer.

Il secoua la tête.

— Pas maintenant.

Le jeune lieutenant voulut insister.

— S'il vous plaît, monsieur.

— Asseyez-vous, répliqua sèchement Julian. Et restez assis. Tous les trois. Apprenez donc la politesse. Vous insultez lady Chatwick.

Le lieutenant, cramoisi, se laissa tomber sur sa chaise. Les deux autres piquèrent du nez dans leur assiette. Il était clair qu'ils ne diraient plus un mot de tout le repas : ils ne voudraient pas désobéir à l'ordre de leur commandant de se lever pour parler, et ils n'oseraient pas enfreindre l'interdiction de Julian de se lever.

— Pourquoi avez-vous fait cela ? murmura Lily à Julian, profitant de ce qu'elle lui passait un plat de légumes.

— Pour vous, bien sûr.

Elle lui lança un regard navré avant de détourner la tête.

Pendant un moment, tout le monde s'affaira à manger, ce qui évitait d'avoir à converser.

Le commandant tapota le poignet de Lily pour attirer son attention.

— Partez-vous bientôt à la campagne, milady, ou passerez-vous tout l'hiver à Londres ?

— Je vais rester à Londres. Mon cousin, le nouveau marquis, doit bientôt rentrer d'Égypte. Et vous ? Pour combien de temps votre bateau est-il à quai ?

— Oh, plusieurs mois, répondit le commandant, avant d'ajouter, avec un sourire de séducteur : Nos chemins auront peut-être l'occasion de se recroiser.

— Peut-être.

Elle se tourna vers Julian pour recevoir son assentiment, mais il avait les yeux rivés sur la main du commandant qui s'attardait sur son poignet. Et il semblait furieux.

Certes, le commandant prenait des libertés. Mais il n'y avait rien dans son geste qui justifiât une telle réaction. Julian fixait la main du commandant comme s'il avait l'intention d'y planter son couteau.

Lily retira doucement son bras et s'empara de son verre. Elle but une longue gorgée de vin, afin de marquer un intermède. Mais Julian paraissait toujours aussi tendu. Pourquoi était-il en colère ? Ne pourraient-ils donc jamais retrouver leur amitié d'antan ?

Le repas terminé, Amelia proposa :

— Puisque ce soir nous ne sommes pas à égalité des sexes, je suggère que tout le monde passe directement au salon. Ces messieurs pourront boire leur porto sans craindre d'offenser notre sensibilité féminine. Vous êtes d'accord, lady Lily ?

— Oui, bien sûr.

— Parfait. Nous pourrons ainsi nous livrer tous ensemble à des jeux de salon.

Les convives se levèrent de table. Le duc semblait horrifié à l'idée de se livrer à des « jeux de salon ». En revanche, les jeunes lieutenants paraissaient revigorés par la perspective de boire un excellent porto. Lily espéra que la soirée s'achèverait dans la bonne humeur.

Au moment de quitter la salle à manger, le commandant fut le plus rapide pour lui offrir son bras. Lily ne pouvait évidemment pas refuser. Elle glissa un regard suppliant à Julian. Pourvu qu'il ne fasse pas une scène !

— Je vous rejoindrai plus tard, lança-t-il. Je voudrais dire un mot au duc.

Le duc hocha la tête. Probablement était-il soulagé d'échapper aux jeux de salon.

Les deux hommes s'éloignèrent dans le couloir.

Lily soupira. Elle pria le Ciel pour que la conversation entre Julian et le duc ne tourne pas à l'échange d'insultes, voire au pugilat.

Hélas, cette dernière hypothèse n'avait rien d'improbable.

À peine eut-il pénétré dans le bureau de Morland que Julian avait déjà envie de se jeter sur lui.

Le duc déboucha une carafe de brandy d'un geste emphatique.

— Eh bien, Bellamy. Cela fait une éternité.

Julian s'obligea à garder son calme. Il se concentra sur le liquide ambré qui remplissait le verre que lui tendait le duc.

— Pour ma part, j'aurais préféré que l'éternité dure un peu plus longtemps.

Le duc se servit à son tour.

— Je l'aurais préféré moi aussi. Mais j'estime que vous me devez certaines explications.

Julian serra les dents. Il ne « devait » rien du tout à cet homme.

— Je suppose que vous faites allusion aux recherches sur la mort de Leo ?

— J'ai accepté de verser des fonds pour cette enquête. Plusieurs milliers de livres. Il me semblerait donc logique d'être tenu un peu au courant.

Mais d'abord... (Morland désigna deux fauteuils, dans lesquels ils s'assirent.) Parlons chevaux.

— Ah oui, bien sûr. Oublions notre ami assassiné. Avec vous, les chevaux passent toujours en premier.

Le duc ignora la remarque acide.

— En arrivant à Londres, ma première visite a été pour Osiris. Imaginez ma surprise quand j'ai découvert qu'il avait été changé d'écurie.

— C'est effectivement moi qui l'ai changé d'écurie. Je pensais que vous m'en remercieriez. Je croyais que vous n'étiez pas satisfait de l'écurie précédente ?

— En effet.

— Alors ?

— Je veux qu'Osiris rejoigne mon haras, dans le Cambridgeshire. N'oublions pas que nous parlons d'un cheval de course de première catégorie. Mes écuries sont les meilleures de tout le pays.

Julian goûta à son brandy. Il aurait dû se douter que le duc ne consentirait à aucune autre écurie que la sienne. Morland était évidemment convaincu que le meilleur pur-sang méritait l'homme le mieux né, et inversement. Julian détestait ces aristocrates arrogants. C'était d'ailleurs pour cela qu'il fréquentait la bonne société : pour les mépriser plus facilement. Ou, mieux encore, pour les cocufier.

Heureusement pour Morland, Julian ne s'abaisserait jamais à séduire la si parfaite Amelia. À supposer, d'ailleurs, qu'il ait envie de séduire qui que ce soit, ce qui n'était pas le cas ces derniers temps.

— Dois-je vous rappeler que je possède plus de parts que vous sur ce cheval ? fit le duc. J'en ai sept, et vous une seule.

— Non, c'est inutile de me le rappeler.

Les dix jetons en laiton qui symbolisaient l'appartenance au Stud Club ne pouvaient être ni vendus, ni achetés. Il était simplement possible de les gagner ou les perdre à des jeux de cartes. C'était là une parfaite illustration de la nature généreuse de Leo. Quel autre marquis aurait eu l'idée d'ouvrir un club à ceux qui s'intéressaient au jeu, plutôt que de les sélectionner selon leur fortune ou leur lignage ? Bien que né noble, Leo ne s'était jamais senti supérieur à quiconque du fait de sa seule naissance.

Pourtant, il avait été supérieur à beaucoup d'hommes – notamment Morland. Le Stud Club avait été un endroit délicieux pendant des années, jusqu'à ce que le duc en ruine la bonne humeur par sa volonté acharnée de rafler tous les jetons pour s'emparer d'Osiris. Aujourd'hui, le duc possédait sept jetons.

— Mais vos chiffres ont besoin d'être rectifiés, ajouta Julian.

Il reposa son verre et fouilla dans ses poches pour en tirer un jeton en laiton : une tête de cheval était gravée sur une face, et une queue de cheval sur l'autre.

— J'en possède deux, désormais. Le mien, et celui-ci. Il appartenait à Leo. Je l'ai gagné contre lord Ashworth, dans le Devonshire.

— Que faisiez-vous dans le Devonshire ?

— Vous souvenez-vous de la catin témoin du meurtre de Leo ?

Le duc hocha la tête.

— La dernière fois que nous nous sommes vus, vous projetiez de l'interroger.

— C'est ce que j'ai fait. Ensuite, pour sa sécurité, je l'ai expédiée dans le trou perdu du Devonshire où Ashworth a sa propriété de campagne.

— Pour sa sécurité ? Était-elle donc en danger ?

Après une brève hésitation, Julian décida de tout dire à Morland. Il avait beau le détester, il avait besoin du duc. Et Lily encore davantage. Ce qui était un argument imparable.

— Le soir de sa mort, Leo avait rencontré cette fille sous les arcades de Covent Garden. Il lui avait demandé de l'accompagner au match de boxe. Ensuite, ils ont déambulé dans les rues, pour négocier… vous devinez quoi.

— Je peux imaginer, grimaça le duc. Épargnez-moi ce genre de détails.

Julian n'eut pas à se forcer. Il n'aimait pas lui non plus savoir que Leo avait passé sa dernière soirée avec une catin. Cela ne lui ressemblait pas du tout de s'encanailler avec des femmes de petite vertu.

— Quoi qu'il en soit, poursuivit-il, un type est soudain apparu devant eux.

— Celui qui vous ressemblait vaguement ?

— Oui. D'après la fille, Leo semblait le connaître. Ils se sont éloignés vers un recoin. La fille les a entendus se disputer. Puis il y a eu un silence. Après quoi, elle a entendu un bruit de bagarre. La fille s'est précipitée et elle a vu deux types s'en prendre à Leo et à l'inconnu.

Julian reprit son verre et le vida d'un trait. L'alcool lui brûla la gorge.

Il s'éclaircit la voix avant d'enchaîner :

— Elle n'a pas pu distinguer clairement les agresseurs. Elle a simplement remarqué deux brutes vêtues de vêtements d'ouvriers. L'un était chauve et l'autre s'exprimait avec un accent écossais. Les cris de la fille les ont mis en fuite. Mais Leo et son compagnon étaient gravement blessés. Le temps que la fille trouve un fiacre et revienne sur place, l'inconnu avait disparu. Il ne restait que Leo. Elle a voulu l'emmener chez moi. Vous connaissez la suite. Il est mort en route.

— Qui était cet autre homme ?

— La question m'a occupé pendant des semaines, avoua Julian.

Les recherches avaient été beaucoup plus compliquées qu'il ne l'avait prévu. Comme Julian était réputé pour lancer les modes, un grand nombre de jeunes gens lui ressemblaient, au moins de loin.

— Mais j'ai fini par apprendre son nom, ajouta-t-il. Vous le connaissez. Peter Faraday. C'est un ancien membre du Stud Club.

— Je m'en souviens, en effet, dit le duc, remplissant de nouveau leurs verres. J'avais gagné son jeton quelques jours avant la mort de Leo.

— Juste après le meurtre, Faraday a quitté Londres pour un cottage en Cornouailles. Je pensais tenir le coupable. Faraday avait sans doute des problèmes d'argent. Il avait essayé d'attirer Leo dans une embuscade. Je suis donc allé en Cornouailles. Ashworth m'accompagnait, avec la fille, pour qu'elle l'identifie formellement. Mais quand nous sommes arrivés là-bas... Le pauvre pouvait à peine marcher, deux mois après l'agression. Il a prétendu qu'il ne faisait que discuter avec Leo quand les deux brutes leur sont tombées dessus.

— Et vous l'avez cru ?

Julian haussa les épaules.

— Ashworth l'a cru. Il était convaincu qu'il n'aurait pas pu s'infliger de telles blessures, même pour couvrir son implication dans un meurtre. Pour ma part, je pense que Faraday cache quelque chose. Embuscade ou non, je suis sûr qu'il n'a pas tout dit. Mais pour l'instant, mon enquête est au point mort.

Il reprit le jeton et le fit tourner entre ses doigts.

Morland fixait le jeton.

— Il aurait dû me revenir. Je vous ai signé une traite de banque pour financer votre enquête, mais à la condition que ce jeton me revienne.

— Vous êtes vraiment…

— Faites-moi grâce de vos commentaires. Je me fiche de ce que vous pensez. En revanche, je veux ce qu'il y a de mieux pour ce cheval. Vous me faciliteriez les choses en reconnaissant qu'Osiris sera mieux traité dans mon haras. Mais puisque vous ne semblez pas disposé à le faire, je me vois obligé de vous réclamer votre dette.

— Il n'y a pas de dette, répliqua Julian.

Il reposa le jeton et fouilla de nouveau dans ses poches pour en tirer un papier qu'il tendit à Morland.

Le duc s'en empara, fronçant les sourcils.

— Serait-ce… ?

— Votre traite de banque, oui. Je n'ai pas retiré les fonds.

Morland cligna des yeux.

— Oh, je n'ai pas lésiné sur la dépense pour mon enquête, précisa Julian. J'ai engagé les meilleurs limiers afin de me seconder. Mais, à ce jour, je n'ai utilisé que mon propre argent.

Le duc brandit la traite.

— Alors, pourquoi l'avoir acceptée ?

— Disons que c'était un indice de votre bonne foi et de votre innocence. J'ai fini par m'en convaincre. À regret, d'ailleurs.

— Bien, fit le duc sèchement. Mais je croyais qu'une partie de la somme était destinée à Lily ?

— Elle n'en voudra pas. Vous pouvez me croire.

— Dans ce cas…

Le duc déchira la traite et jeta les morceaux au feu.

— Mais cela n'empêche pas que je compte toujours sur vous pour aider Lily, ajouta Julian.

— J'ai l'impression que vous avez une idée en tête ?

Julian acquiesça.

— Je ne vous ai pas tout dit. Faraday a suggéré une hypothèse, pour l'agression. Et, ma foi, les faits semblent lui donner raison.

— C'est-à-dire ? le pressa Morland, dont la curiosité était piquée.

Julian hésita. Il n'avait encore parlé de ceci à personne depuis son retour de Cornouailles.

— En réalité, l'agression me visait. Quelqu'un voulait ma mort.

À peine eut-il lâché cet aveu qu'il sentit la tension, dans ses vertèbres, refluer. Si étrange que cela puisse paraître, le seul fait d'admettre un danger imminent était source de soulagement. Parler vous libérait, en quelque sorte. Mais Julian connaissait très peu de gens avec lesquels discuter ouvertement de ce sujet. Ses confidents privilégiés étaient Leo et Lily. L'un était mort, et l'autre ne devait rien savoir de cette histoire.

— Juste quelqu'un ? ironisa Morland. J'aurais pensé qu'ils étaient plusieurs.

— Bon sang, c'est du sérieux ! gronda Julian.

Se levant de son siège, il se mit à faire les cent pas sur le tapis.

— Leo est mort, ajouta-t-il, et...

Sa voix se brisa au souvenir du visage massacré de son ami. Cette image continuait de le hanter, cinq mois après.

— Leo est mort et c'est ma faute. Vous avez raison, mes ennemis sont nombreux. C'est bien là le problème. S'il n'y avait qu'une seule personne, je saurais où me diriger. Mais ils sont trop nombreux à m'en vouloir.

Et bien sûr, il ne pouvait pas aller frapper à chaque porte pour demander : « Excusez-moi de vous déranger, mais est-ce vous qui souhaitez ma mort ? »

— Si je veux démasquer les assassins de Leo, reprit-il, je dois trouver celui qui les a payés. Ce qui veut dire que je dois réussir à le provoquer, pour le faire sortir de sa cachette.

— J'avoue que j'ai du mal à vous suivre. Leo est mort depuis un moment, déjà. Si quelqu'un voulait vraiment votre peau, il aurait largement eu le temps, en cinq mois, de risquer une autre tentative. Or, que je sache, personne ne s'en est pris à vous récemment.

— Non, en effet, admit Julian.

— Alors, pourquoi cette conviction que vous étiez visé ?

— Par pure déduction logique. Le moment de l'agression, la méthode, la ressemblance entre moi et Faraday. Celui-ci m'a d'ailleurs raconté que les derniers mots de Leo, avant de sombrer dans l'inconscience, ont été : « Prévenez Julian. » Le pauvre ! Il agonisait, et sa dernière pensée a été pour me mettre en garde !

Leo s'était toujours montré généreux et altruiste. Et que lui avait offert Julian en échange ? Des mensonges. Et cette concupiscence envers sa sœur. Il avait décidément été un bien piètre ami.

— Cela ne prouve rien, objecta Morland. Il était blessé, et vous étiez son plus proche ami. Il aurait de toute façon souhaité que vous soyez prévenu. Écoutez, Bellamy. Leo a été victime de la racaille qui sévit dans certains quartiers. Ses agresseurs sont tombés sur lui par hasard. Personne ne les avait payés pour le tuer. L'hypothèse d'une attaque surprise, qui a prévalu dès le départ, me semble plus que jamais crédible. C'est une tragédie, je n'en disconviens pas, mais à présent vous devez aller de l'avant.

Julian se rassit.

— Je ne *peux* pas. C'est impossible. Vous ne comprenez pas.

Et Julian ne pouvait pas le lui expliquer. Il soupçonnait Morland de connaître certaines choses sur ses origines, mais le duc ignorait l'essentiel.

En revanche, quelqu'un était au courant de tout. Et ce quelqu'un voulait le voir mort, tôt ou tard. Cinq mois n'étaient pas si longs, après tant d'années.

— Il se pourrait, reprit-il, que je disparaisse bientôt. Quand cela se produira, je voudrais que vous me promettiez de veiller sur Lily.

Morland parut surpris.

— Certainement. Amelia est très proche de Lily. Nous lui fournirons toute l'aide dont elle pourrait avoir besoin.

— Il n'est pas seulement question d'aide, s'impatienta Julian. Je vous demande de la *protéger*. Et mieux que ce soir, de préférence.

— Que voulez-vous dire ?

— Vous savez très bien à quoi je fais allusion. À cette bande de crétins en uniforme, à table.

Le duc haussa un sourcil.

— Ce n'était pas...

— Et je ne parle pas de cet odieux commandant Merriwin, qui ne perdait pas une occasion de lui toucher la main.

— Je ne pense pas que...

— C'est tout le problème. Vous ne pensez pas assez, le coupa encore Julian. Lily est *votre* invitée, dans *votre* maison. Comment avez-vous pu laisser ces imbéciles se moquer d'elle ?

— Personne ne s'est moqué de Lily, répliqua Morland. C'est plutôt vous qui l'avez insultée.

— *Moi ?* Insulter Lily ?

— Oui. En la traitant comme une enfant qui a sans cesse besoin qu'on s'occupe d'elle. Lily est une femme intelligente, et pas du tout aussi fragile que vous semblez le croire. Elle se débrouille très bien toute seule. C'est d'ailleurs ce qu'elle faisait ce soir. Jusqu'à ce que vous arriviez. C'est à ce moment-là qu'elle a perdu sa bonne humeur.

La vérité cloua Julian à son siège. Morland avait raison. Lily souriait lorsqu'il était entré. Mais elle s'était tendue dès qu'il s'était assis à côté d'elle. Et il se souvenait du regard qu'elle lui avait lancé quand il avait aboyé aux trois jeunes lieutenants l'ordre de se rasseoir.

Il savait que Lily était une femme capable, intelligente, qui n'avait pas besoin de son aide. Mais aussitôt qu'il se trouvait avec elle, toute rationalité l'abandonnait. Il n'était plus mû que par une jalousie protectrice.

— Bon, dit-il, se frottant le visage d'une main. Au moins, elle n'aura plus à me supporter très longtemps.

Il se releva pour quitter la pièce.

— Que sait-elle, exactement ? demanda le duc.

— Sur quoi ? Les folâtreries de son frère avec une catin ? Faraday ? Mes ennemis ?

— Sur vos sentiments pour elle.

Julian eut l'impression de recevoir un coup au plexus. Morland avait donc deviné ?

— Évidemment, j'ai deviné, enchaîna le duc comme s'il avait lu dans ses pensées. Il faut croire que ça saute aux yeux, car quand il s'agit d'affaires de cœur, je manque généralement d'intuition.

Julian s'était immobilisé, le regard rivé sur la poignée de la porte. Il avait gardé d'innombrables secrets pendant des années. Pourquoi ne parvenait-il pas à cacher celui-là ? Si Morland avait deviné, Lily devait sans doute aussi s'imaginer des choses. C'était d'autant plus probable depuis ce stupide baiser.

Trois soirées, se répéta-t-il. Ce n'était pas la mer à boire.

— Lily ne sait rien, lâcha-t-il sèchement. Et elle ne saura jamais rien.

6

— Un pou !

Le lieutenant rouquin secoua négativement la tête, avant d'essayer autre chose : il passa la main dans ses cheveux d'un geste maniéré, tout en renversant la tête en arrière.

— Une vachère ? suggéra le plus jeune des trois militaires.

Le rouquin secoua encore la tête et tenta une nouvelle imitation : les pouces calés sous les aisselles, il se mit à marcher dans la pièce, en basculant cette fois la tête d'avant en arrière.

Michael leva la main pour proposer :

— Un coq ?

Le rouquin l'encouragea d'un geste de la main, pour lui signifier qu'il se rapprochait de la solution. Et il répéta ses mouvements, se passant de temps à autre la main dans les cheveux. Il ressemblait à quelque chose entre Julian Bellamy et un coq de basse-cour.

Ah, mais c'était bien sûr…

— Un poseur, devina Lily.

Le rouquin inclina la tête avec un grand sourire et quitta le cercle.

Tout le monde rit, mais surtout les trois lieutenants. Lily en conclut que c'était une manière de restaurer leur orgueil en se moquant de l'homme qui les avait si cruellement tancés durant le dîner.

Assis à côté d'elle, le commandant lui toucha encore la main.

— Bien joué, milady. À votre tour, maintenant.

Lily secoua la tête.

— Pour tout vous avouer, ce genre de jeu n'est pas mon fort.

— Alors, choisissez-en un autre.

Lily hésita. Elle n'avait jamais été friande d'aucun jeu de salon.

— Les cartes ?

Le commandant se leva et ordonna aussitôt aux trois jeunes lieutenants de préparer la pièce afin qu'on puisse jouer aux cartes.

Lily abandonna son siège pour s'asseoir près de la fenêtre, pendant que les officiers bougeaient les tables. Ses pensées la ramenèrent vers Julian. En fait, elle n'arrêtait pas de penser à lui, depuis ce matin.

Michael la rejoignit.

— Je n'arrête pas de penser à lui.

— C'est vrai ? fit Lily, qui se demandait bien pourquoi Michael était obsédé par Julian.

— Oui. J'ai... J'ai beaucoup de mal à admettre qu'il n'est plus là.

Il parle de Leo, idiote ! Bizarrement, pour la première fois depuis cinq mois, Lily n'avait pas pensé à Leo de toute la journée.

— J'aurais aimé assister à ses funérailles, reprit Michael. Je ne l'avais pas vu depuis deux ans.

— Vous ne l'aviez pas vu au mois de juillet de l'année dernière ? Ah, mais probablement étiez-vous en mer.

Michael secoua la tête.

— Non, pas à ce moment-là. Je me trouvais à Plymouth. Il n'était pas avec vous dans le Gloucestershire ?

— Non, en juillet il était... commença Lily, avant de se mordre la langue. Oh, pardonnez-moi, je crois que je mélange tout.

En juillet de cette année-là, Leo avait participé à une réunion de ses anciens condisciples d'Eton. Elle ne voulait pas froisser Michael en lui apprenant qu'il avait été exclu de ces retrouvailles. Mais au fait, pourquoi Michael en aurait-il été exclu ? Il avait été l'un des meilleurs amis de Leo durant leurs années d'école. Cela ne rimait à rien. À moins que...

À moins que Leo n'ait pas participé à une réunion d'anciens élèves d'Eton. À moins qu'il ait passé son mois de juillet autre part.

La vision de la jeune femme se brouilla. Des fragments de ces lettres qu'elle avait lues dansaient devant ses yeux.

Quand je ferme les paupières, le soir, j'imagine que nous sommes encore ensemble. Allongés tous les deux dans l'herbe grasse. Un beau ciel bleu est accroché au-dessus de nos têtes. Le soleil chauffe notre peau. Tes doigts sont entrelacés aux miens. Nous rions comme des enfants.

Puis tu te tournes vers moi.

Nous nous embrassons. Et soudain, nous ne sommes plus des enfants.

Lily fut ramenée brutalement au présent : le commandant se tenait devant elle.

— Nous vous attendons pour commencer, milady, dit-il, désignant les deux tables aménagées pour les cartes.

— Oh ! Oui, bien sûr.

Ils s'assirent tous pour jouer au whist. Lily, Amelia, Michael et le commandant occupèrent la première table, tandis que les trois jeunes lieutenants furent laissés entre eux, avec une chaise vide en guise de quatrième joueur.

Lily faisait équipe avec Michael, et le commandant s'assit à sa gauche. La jeune femme profita de ce qu'Amelia distribuait les cartes pour essayer de se concentrer sur la partie à venir.

En vain.

D'ordinaire, elle était plutôt bonne au whist, mais ce soir, son esprit divaguait. Plusieurs fois, elle dut se faire rappeler que c'était son tour de jouer. Le commandant s'impatientait : il ne disait rien, mais Lily le voyait bien à la façon dont il crispait les mâchoires.

Malheureusement, c'était plus fort qu'elle : son attention s'égarait. Elle revivait sa conversation avec Michael, ou elle songeait aux lettres qu'elle avait découvertes dans les tiroirs de Leo. Elle s'était toujours imaginé qu'il n'y avait jamais eu aucun secret entre elle et son frère. De toute évidence, elle s'était trompée.

Que lui avait-il caché ? Ou plus exactement : *qui* lui avait-il caché ?

Et où diable était passé Julian ? Il lui avait promis de *l'accompagner* à trois soirées, pas d'apparaître juste le temps de l'humilier devant tout le monde, avant de s'esquiver.

Plus les minutes passaient, plus sa frustration et sa rage l'étranglaient. Des larmes montaient à ses yeux, l'empêchant de distinguer clairement les cartes.

— Je vous demande pardon, dit-elle soudain, lâchant ses cartes pour se lever de table. Je crois que j'ai besoin de prendre l'air.

Comme les autres s'apprêtaient à se lever par politesse, elle leur fit signe de rester à leur place. Amelia semblant s'inquiéter, Lily voulut la rassurer d'un sourire.

— Je reviens dans une minute, précisa-t-elle.

Dès que j'aurai trouvé Julian.

Elle quitta la table en s'efforçant de paraître à son aise. Oui, elle pouvait endurer une soirée comme celle-ci toute seule. Mais elle préférait avoir Julian à ses côtés.

Pourquoi donc sa présence lui était-elle devenue aussi indispensable ?

Elle tourna les talons pour gagner la porte.

Mais elle s'immobilisa aussitôt. Julian venait d'entrer. Il se dirigeait vers elle.

Leurs regards s'accrochèrent. Il sourit, comme s'il s'amusait de la coïncidence. Ils hochèrent tous deux la tête, brièvement, puis Lily serra les lèvres pour ne pas éclater de rire. En quelques secondes, et sans dire un mot, ils avaient réussi à se comprendre. La jeune femme éprouva soudain une terrible envie de se jeter à son cou – avec l'espoir qu'il refermerait les bras sur elle.

Heureusement, elle n'eut pas le temps de provoquer une situation embarrassante : Julian détourna le regard pour s'intéresser à la tablée, derrière elle. Il s'empourpra soudain de colère.

— Qu'avez-vous dit ?

Oh, zut ! Le commandant avait sans doute fait une réflexion dans le dos de Lily. Un commentaire désobligeant à son endroit. Et, bien sûr, Julian refusait de passer outre.

À la manière dont il serrait les poings, Lily comprit qu'il n'hésiterait pas à déclencher une bagarre.

La jeune femme se planta devant lui. Pour l'instant, la scène n'avait encore rien de désastreux. Si Lily feignait de ne s'être aperçue de rien, tout le monde l'imiterait et la dispute s'arrêterait là.

— Monsieur Bellamy, commença-t-elle d'un ton léger. J'allais sortir prendre l'air. Voulez-vous m'accompagner quelques minutes dans le jardin ?

Elle lui prit la main, ou plutôt le poignet, puisque sa main était refermée sur elle-même, prête à frapper.

Il l'ignora. Son regard était toujours rivé sur le commandant.

— Vous n'êtes qu'un beau salaud. Mais ne vous inquiétez pas, elle s'en doute bien.

— Vite, emmenez-moi dans le jardin. Maintenant ! lui murmura Lily, paniquée.

Cette fois, elle n'attendit pas son assentiment. Puisant une force dont elle ne pensait pas disposer, elle le tira à lui, et noua son bras au sien avec autorité. Il se raidit un instant, surpris, mais Dieu merci, dès qu'elle se mit en marche, il la suivit. Ils quittèrent la pièce, abandonnant derrière eux le commandant et la partie de cartes.

Mais ils n'allèrent pas dans le jardin.

Lily l'entraîna dans la pièce d'en face, dont elle referma soigneusement la porte derrière eux. C'était un petit salon à l'usage d'Amelia, décoré confortablement. Un panier à ouvrage trônait sur une table. Les fenêtres étaient encadrées de lourdes tentures en velours. L'endroit idéal pour une conversation privée.

Cependant, la jeune femme demanda à voix basse, pour être sûre de ne pas être entendue par des domestiques :

— Pourquoi toute cette comédie ? Qu'a-t-il dit ?

Le visage de Julian se ferma.

— Rien.

— Enfin, vous pouvez bien me le dire ! Je me doute que le commandant a fait dans mon dos une remarque que je ne pouvais pas saisir. Une remarque acide. Sinon, vous ne vous seriez pas emporté ainsi.

Julian secoua la tête, refusant de répondre.

Lily croisa les bras sur sa poitrine. Parce que la pièce était froide et qu'elle avait besoin de se réchauffer – et que Julian ne semblait pas disposé à s'en charger.

— Laissez-moi au moins deviner. Voyons voir... Nous étions en train de jouer au whist. Mais je n'étais pas vraiment concentrée sur la partie. Il a dû faire un commentaire sur ma déplorable façon de jouer. Quelque chose comme ça, non ?

Julian n'objectant rien, Lily en conclut que sa supposition était la bonne. Elle s'esclaffa.

— Comment pouvez-vous rire ? s'insurgea-t-il.

— Et pourquoi pas ? J'ai joué abominablement mal.

Il la regardait, incrédule.

Lily se sentit rougir. Elle voulut se justifier.

— Mieux vaut rire que pleurer, vous ne croyez pas ? Si l'on n'a pas un peu le sens de l'humour pour des vétilles pareilles, la vie devient vite insupportable. Et si vous devez m'accompagner à d'autres soirées, vous devrez aussi en prendre votre parti. Les gens s'imaginent parfois que mon esprit est plus lent en raison de ma surdité. D'autres me crient dans les oreilles, croyant que je les entendrai ainsi. D'autres encore ne veulent pas se donner la moindre peine et préfèrent m'ignorer. Le commandant se prend peut-être un peu trop au sérieux, je vous l'accorde. Mais vous ne pouvez quand même pas piquer une colère chaque fois qu'un de ses jeunes lieutenants essaie d'engager la conversation.

— Ils vous insultaient.

— C'est à moi de décider si on m'insulte ou non, pas à vous. Je suis fatiguée de vous voir toujours penser à ma place. Je peux me débrouiller toute seule, vous savez. Je vous croyais mon ami, Julian, mais un véritable ami éviterait de me rappeler sans cesse mes lacunes. Un véritable ami croirait en moi. Et il m'aiderait à me convaincre que je peux surmonter tous les obstacles.

Son expression se radoucit.

— Bien sûr que je crois en vous, Lily. Mais…

— Mais quoi ? Si vous croyez en moi, il ne doit pas y avoir de « mais ». Ou alors, c'est que vous ne croyez pas vraiment en moi.

Elle soupira lourdement et fit quelques pas dans la pièce, pour se reprendre. Il y avait pire que d'être l'objet de la pitié des autres : s'apitoyer sur soi-même. Depuis neuf ans qu'elle était sourde, Lily ne songeait plus à se lamenter sur son handicap. Mais la réaction des gens lui minait parfois le moral.

— Vous n'en avez pas idée, Julian, mais les petites anicroches de ce soir étaient parfaitement vénielles. J'ai connu pire.

Passant à côté d'un guéridon, elle donna une petite tape affectueuse au chien en porcelaine – un beagle – posé dessus.

— Environ un an après ma maladie, reprit-elle, attardant sa main sur la tête du chien, j'ai reçu une lettre de ma tante Béatrice. Elle m'y exprimait sa très profonde tristesse pour mon « malheur », comme elle l'appelait, mais elle tirait de ses convictions religieuses que ma surdité était un châtiment divin. Le Créateur avait voulu me punir d'être trop belle et trop fière. Elle espérait que cette atteinte à mon intégrité physique m'inciterait à davantage de spiritualité.

Lily n'avait plus repensé à cette lettre depuis des années – du moins, pas consciemment. Mais, de toute évidence, la blessure ne s'était pas totalement refermée. Les gens l'avaient-ils jugée trop fière lors de ses débuts dans le monde ? Elle ne pensait pourtant pas l'avoir été. En tout cas, pas de manière excessive. Mais certains avaient dû prendre sa réserve naturelle pour de la vanité. Quoi qu'il en soit, la lettre de la tante Béatrice lui avait inspiré de la honte, car elle n'en avait jamais parlé à personne, pas même à Leo. Aussi se demandait-elle bien pourquoi elle en parlait ce soir.

Julian posa sa main sur la sienne qui caressait le chien en porcelaine, avec un mélange de fermeté et de douceur.

— Votre tante Béatrice n'était qu'une vieille imbécile impardonnable, dit-il, détachant bien chaque mot pour être sûr qu'elle le comprenne.

C'était exactement ce qu'elle avait besoin d'entendre. Et c'est sans doute pour cette raison qu'elle avait raconté cette histoire à Julian. Leo n'aurait jamais dit cela en ces termes. Il était beaucoup trop gentil avec tout le monde. Et puis, la tante Béatrice lui avait offert son premier poney.

— Oui, acquiesça Lily, qui avait soudain besoin de donner libre cours à des années de ressentiment. C'était une vieille imbécile.

— Comme si votre maladie pouvait être votre faute. Ou la conséquence de la volonté divine.

— Était-ce alors la faute du médecin ? Ou de mes parents ?

— Non. Ce n'était la faute de personne.

Il détacha délicatement la main de la jeune femme du petit chien en porcelaine, pour l'étreindre dans la sienne. Lily eut l'impression que des étincelles lui parcouraient le bras.

— Ce n'était la faute de personne, répéta-t-il. Parfois, le sort vous est funeste sans qu'il soit possible d'en blâmer qui que ce soit.

— Vous avez raison. C'est précisément ce qui s'est passé avec Leo. Personne n'est à blâmer de ce qui lui est arrivé. Sauf ses assassins, bien sûr.

— Non, c'est différent. Et vous le savez très bien.

— Mais...

Il lâcha sa main pour aller s'accouder au manteau de la cheminée.

Lily le rejoignit.

— Nous devons parler, Julian.

— Nous parlons, il me semble.

— Non, je veux dire...

La peste soit de lui ! Lily aurait préféré éviter cette discussion. Depuis la mort de Leo, Julian s'était montré très protecteur à son égard. Mais voilà qu'il semblait l'avoir contaminée et qu'elle lui rendait la pareille. Sans compter qu'elle ne cessait de penser à lui. Peut-être que s'ils parlaient librement de cette tension qui s'était instaurée entre eux, celle-ci finirait par s'atténuer.

— Depuis la mort de mon frère, commença-t-elle, j'essaie désespérément de répondre à cette question : sans Leo, qui suis-je ? Nos vies étaient tellement imbriquées ! Et je me définissais si souvent par rapport à lui ! Sans doute trop, d'ailleurs. Je commence peu à peu à sortir de ce piège, pour prendre mon envol par moi-même. Mais comme si cela ne suffisait pas, une autre question me tarabuste. Une question qui nous concerne tous les deux. Et qui est sans doute la source de nos querelles incessantes.

Il la regardait, impassible.

— De quelle question s'agit-il ?

Lily déglutit péniblement. Une boule d'angoisse s'était formée dans sa gorge. Mais elle rassembla son courage pour regarder Julian dans les yeux.

— Sans Leo… qui *sommes-nous* ?

Une émotion, difficilement déchiffrable, passa dans les prunelles de Julian. Mais Lily ne s'y attarda pas, elle baissa les yeux pour se concentrer sur ses lèvres, dans l'attente de sa réponse. Des lèvres pleines et sensuelles. Légèrement incurvées aux extrémités. Une petite pression de sa mâchoire suffisait pour que cette inflexion se transforme en un sourire de pure politesse, ou en un sourire sincère ou coquin. Avec des lèvres pareilles, il devait divinement bien embrasser – quand il n'était pas sous l'effet de la douleur et des somnifères.

Concentre-toi sur ce qu'il va dire, se morigéna la jeune femme.

Comme il restait silencieux, elle crut bon d'ajouter :

— Je veux dire, nous sommes devenus amis grâce à Leo. Maintenant qu'il n'est plus là, il me semble naturel de se poser cette question.

— Et êtes-vous arrivée à une réponse ?

— Je sais au moins ce que vous n'êtes pas. Vous ne remplacerez jamais Leo. De toute façon, je n'ai pas besoin d'un substitut de frère qui surveillerait mes moindres faits et gestes.

Il crispa légèrement les mâchoires.

— Ça tombe bien. Je n'ai aucune envie d'être votre frère.

— Je n'ai pas non plus besoin d'un tuteur. J'ai vingt-huit ans. Je ne suis plus une gamine.

— Je suis également d'accord.

— Alors, pourquoi vous montrez-vous si protecteur et si possessif avec moi ? Toujours à me demander de me marier, mais ensuite pourchassant tout homme qui ose poser la main sur moi ?

En même temps qu'elle prononçait ces mots, Lily était consciente de disposer d'un indice révélateur : l'électricité qui semblait se propager entre leurs deux corps.

Elle décida de continuer, dans l'espoir qu'un flot de paroles suffirait à l'éteindre.

— Vous... reprit-elle, plaquant la main sur son torse.

Ce fut évidemment une erreur. Les étincelles redoublèrent.

— Vous vous sentez coupable de la mort de Leo et vous vous êtes persuadé que vous deviez me protéger. Moi... (Elle retira sa main pour la poser sur sa propre poitrine.) Moi, je me sens terriblement seule. Et à la dérive. Comme si j'avais perdu mon ancrage. Nous avons tous les deux été très affectés par la disparition de Leo et j'espérais...

Elle baissa les yeux, car elle savait qu'elle ne supporterait pas d'être interrompue dans ce qu'elle voulait ajouter :

— J'espérais que notre amitié serait la seule chose qui ne serait jamais remise en question. C'est terrible, pour moi, de passer mon temps à me disputer avec vous, ou à m'inquiéter à votre sujet. Ce n'est pas parce que Leo est mort que notre relation doit changer du tout au tout. J'aimerais revenir à ce qu'elle était avant le drame.

Elle s'arrêta là, gardant les yeux baissés. Elle se demandait pourquoi ses dernières paroles avaient un arrière-goût de mensonge.

Julian la saisit par les épaules pour l'obliger à relever les yeux et croiser son regard.

— Nous ne pouvons pas revenir en arrière, Lily. C'est impossible. Trop de choses ont changé.

— Je n'ai pas envie que les choses changent. Pourquoi ne pourrions-nous pas rester amis pour toujours ?

— Parce que... commença-t-il, lui étreignant plus fortement les épaules. Enfin, Lily, vous ne pouvez pas prétendre ne pas savoir.

Non, elle ne pouvait pas prétendre cela. Au plus profond d'elle-même, son intuition féminine avait tout compris. Cependant...

— Je... J'aimerais que vous le disiez.

Il l'attira dans ses bras.

— Parce que j'ai envie de vous, Lily. Comme un homme désire une femme. Et cela, depuis très longtemps.

Lily retenait son souffle. Elle sentait le corps solide et ferme de Julian contre le sien, mais elle avait aussi une perception aiguë de son propre corps lové dans ses bras.

— Il a toujours existé une certaine tension entre nous, reprit-il. Je suis convaincu que vous la ressentez également. Avouez-le.

Elle hocha la tête. Oui, bien sûr. Une tension. Une attraction. Elle en était consciente depuis longtemps. Mais, à cet instant précis, elle percevait aussi autre chose – qui palpitait contre son ventre : l'évidence du désir de Julian. Elle n'en était nullement intimidée. Au contraire : pour la première fois depuis des mois, elle se sentait forte, puissante. Car c'était elle qui lui inspirait ce désir.

Julian chercha son regard, avant de baisser les yeux pour contempler ses lèvres. Elle l'imita et vit sa bouche esquisser les deux syllabes de son prénom. « Lily. »

Ses parents avaient eu une bonne intuition de la baptiser ainsi, car les sons en « L » étaient parmi les plus faciles à lire sur les lèvres. L'ennui, c'est que Lily avait toujours trouvé son prénom un peu puéril. Surtout quand on rajoutait son titre devant : « Lady Lily. » Deux syllabes en « L », c'était déjà beaucoup ; avec trois, on frisait le ridicule.

Sauf lorsque c'était Julian qui prononçait son nom. Dans sa bouche, « Lily » n'était jamais ridicule. La résonance devenait presque sensuelle, parfois même polissonne. Elle aimait beaucoup le voir prononcer son prénom.

Et cette fois-ci ne fit pas exception à la règle.

Lily en éprouva un sentiment de contentement et de plénitude.

À présent, tout s'expliquait avec la plus parfaite logique. Leurs querelles à répétition. Son anxiété pour Julian. Les frissons qu'il lui procurait chaque fois qu'il la touchait. Julian la désirait. Mais elle le désirait aussi.

Si la question était bien de savoir ce qu'ils étaient sans Leo, la réponse s'imposait avec une troublante évidence.

Ils étaient deux personnes qui se désiraient mutuellement.

Et, dans l'immédiat, ils étaient deux personnes qui s'apprêtaient à s'embrasser.

7

Lily s'abandonna avec délices à leur étreinte. Elle voulait que Julian sache qu'elle partageait son désir. Et parce qu'elle ne voulait rien manquer de leur baiser, elle garda les yeux grands ouverts, regardant avec un frisson d'anticipation les lèvres de Julian s'approcher des siennes.

Mais, juste au moment où leurs bouches allaient se sceller, il tressaillit. Et recula d'un bond.

Lily, n'ayant plus rien à quoi se raccrocher, s'agrippa au manteau de la cheminée pour ne pas tomber. Que s'était-il passé ? S'était-elle trompée à ce point sur les intentions de Julian ? Pourquoi lui imposait-il une nouvelle mortification ?

Finalement, à court d'explications, elle se décida à regarder Julian, juste au moment où il s'exclamait :

— Mon Dieu, mais vous êtes enceinte !

Quoi ? Lily essayait de rassembler ses esprits. Avait-il perdu la tête ?

Puis elle réalisa que Julian s'adressait à quelqu'un d'autre.

Lily, suivant son regard, se tourna vers la fenêtre et découvrit Claudia, la pupille du duc, qui venait d'émerger des lourdes tentures de velours.

— Vous êtes enceinte, répéta Julian, avant de se porter à sa rencontre.

Claudia posa la main sur son ventre.

— C'est aussi ce que m'a dit le médecin.

Julian se tourna vers Lily :

— Vous étiez au courant ?

Elle secoua la tête.

— Le secret était bien gardé, répondit-elle. Je ne l'ai appris que cet après-midi. Je croyais que vous deviez rester dans votre chambre ? demanda-t-elle à la jeune fille.

Claudia se mordit la lèvre inférieure.

— Oui. Mais je voulais juste jeter un coup d'œil à la soirée.

Et spécialement aux trois lieutenants de la Navy, devina Lily. Claudia avait toujours aimé admirer les beaux jeunes gens.

— Quand vous êtes entrés, poursuivit-elle, je me suis cachée. Je voulais simplement attendre que vous quittiez la pièce. Mais vous... (Elle s'empourpra.) Finalement, j'ai jugé préférable de révéler ma présence.

Claudia jeta un regard méfiant à Julian. Lily se demanda si la jeune fille n'avait pas causé cette interruption avec l'idée qu'elle la protégerait. C'était généreux de sa part, mais parfaitement inutile. Pour ne pas dire fâcheux. Elle chercha le regard de Julian, mais il contemplait le tapis, d'un air mécontent. Il était peu probable qu'il fût irrité par les motifs qui l'ornaient. Plus vraisemblablement était-il furieux contre lui-même à cause de ce qui s'était passé entre eux. Ou, plus exactement, de ce qui avait failli se passer.

— Vous feriez mieux de remonter dans votre chambre, suggéra Lily à la jeune fille.

Claudia acquiesça et partit vers la porte.

— S'il vous plaît, fit-elle, la main sur la poignée, ne dites pas au duc que j'étais en bas. Et ne parlez à personne de ma... (son autre main se posa à nouveau sur son ventre) ... de ma grossesse. En retour, je vous donne ma parole de ne raconter à personne ce qui s'est passé dans cette pièce.

— Il ne s'est rien passé dans cette pièce, répliqua Julian.

Claudia lui sourit, ainsi qu'à Lily.

— Vous avez raison. Il ne s'est rien passé. Ne vous inquiétez pas, je sais garder un secret.

Aussitôt qu'elle eut quitté la pièce, Julian se laissa choir dans un fauteuil et plongea son visage dans ses mains. Lily perdit tout espoir qu'ils puissent reprendre là où ils s'étaient arrêtés.

Finalement, Julian laissa tomber ses mains et redressa la tête.

— Dieu seul sait ce que cette fille peut imaginer avoir vu.

— *Imaginer* ? Julian...

Il se leva d'un bond.

— Je dois partir. On m'attend ailleurs.

— Non, Julian. S'il vous plaît, ne partez pas déjà. Je n'arriverai pas à dormir si je sais que vous arpentez les rues en solitaire.

— Vous ne devriez pas perdre le sommeil à cause de moi.

— C'est plus fort que moi.

La nuit, Lily restait des heures étendue sur son lit, éveillée, à se demander où il pouvait bien être, et ce qu'il pouvait bien faire. Tout simplement parce qu'elle aurait préféré l'avoir à côté d'elle, dans son lit. Pourquoi ne s'était-elle pas rendue plus tôt à l'évidence ?

Elle s'approcha de lui. Au bout de quelques pas, elle vit distinctement sa poitrine se soulever plus vite, preuve que sa respiration s'accélérait. Si elle posait la main sur son torse, elle était convaincue qu'elle sentirait son cœur battre à tout rompre dans sa poitrine. Exactement comme le sien battait. Mais les similitudes s'arrêteraient là. Son torse était ferme et musclé. Avait-il des poils ? Elle n'en savait rien. Jusqu'à présent, elle l'avait toujours regardé comme un ami.

Désormais, elle voyait l'homme. Et plus elle prenait conscience de sa masculinité, plus elle sentait sa féminité s'éveiller.

— Julian…

Elle tendit la main pour le toucher, mais il intercepta son geste et porta sa main à ses lèvres – chastement – pour l'embrasser.

— Notre absence a déjà beaucoup trop duré. Et il se fait tard, dit-il, relâchant sa main. Je vais demander à Morland qu'il vous fasse raccompagner dans sa voiture.

— Mais nous ne pouvons…

— Vous aviez raison. Je me suis mal comporté avec les lieutenants, tout à l'heure. Je vais me faire pardonner en les emmenant faire la tournée des clubs.

Peut-être pour se ressaisir, ou pour éviter de toucher Lily, il rajusta son gilet, avant d'enfouir les mains dans les poches de son pantalon.

— Je vous promets que je n'irai pas à un match de boxe, ajouta-t-il.

Lily était déçue, mais elle ne voyait pas comment argumenter. Après tout, n'était-ce pas ce qu'elle avait cherché en entraînant Julian à ce dîner ? Qu'il renoue avec une vie sociale, qu'il fréquente de nouveau les clubs, qu'il sorte avec des amis... De ce point de vue, elle pouvait se glorifier d'un franc succès.

Sauf qu'il restait beaucoup de questions en suspens. Julian lui avait dit qu'il voulait plus qu'une amitié. Mais que désirait-il exactement ? Son corps ? Son affection ?

Et elle, qu'attendait-elle précisément de lui ?

— Vous viendrez me voir demain ? demanda-t-elle.

Il sembla hésiter un instant, avant de hocher la tête.

— Si vous le souhaitez.

— Je le souhaite.

Et elle ne souhaitait pas que cela.

Quand Julian arriva à Harcliffe House, le lendemain matin, il trouva Lily dans la bibliothèque, assise au bureau de Leo, une plume à la main. Son cou, aussi gracieux que celui d'un cygne, était penché sur un registre grand ouvert.

Cette fois, il se passa du miroir pour s'annoncer et se dirigea droit vers le bureau. La jeune femme était si absorbée par son travail qu'elle ne remarqua sa présence que lorsqu'il se tint tout près d'elle, sur sa droite. Mais au lieu de lever la tête, elle se figea, sa plume suspendue au-dessus de la page. Seule une légère accélération de sa respiration fit comprendre à Julian qu'elle l'avait vu.

Elle attendait. Elle attendait de voir s'il la toucherait.

Ce qu'il fit : il posa la main sur son épaule.

— Bonjour, dit-elle d'une voix distraite, prenant le temps de terminer ce qu'elle écrivait avant de reposer sa plume dans l'encrier.

Puis elle soupira légèrement et tourna sa tête de droite et de gauche.

— Je suis restée trop longtemps assise, expliqua-t-elle. J'ai le cou tout raide.

Comment Julian aurait-il pu résister à une invitation pareille ? Il se plaça derrière la jeune femme pour lui masser la nuque avec ses pouces. Elle avait réellement trop travaillé. Ses muscles, raidis, résistèrent d'abord au toucher. Mais, peu à peu, il réussit à absorber avec ses doigts une partie de la tension qui la paralysait.

Un petit gémissement de plaisir s'échappa de la gorge de la jeune femme.

Julian en éprouva une violente bouffée de désir, qui lui incendia les veines.

— Oui, murmura-t-elle, c'est bon. Juste là.

Inutile de préciser que Lily n'était plus la seule à déplorer une raideur inconfortable. L'excitation de Julian lui égarait les sens. Et le décolleté de la jeune femme, qui s'offrait à sa vue plongeante, l'attirait irrésistiblement.

Il fit ce que n'importe quel homme ferait au bord d'un précipice : il se pencha pour mieux regarder ce qu'il y avait en dessous.

Le spectacle était à couper le souffle. Les deux monts de ses seins aux rondeurs parfaites encadraient une vallée de toutes les tentations. Julian avait tenu dans ses mains les plus belles étoffes – velours, soieries... – et les plus magnifiques fourrures venues des quatre coins du monde. Mais il savait, instinctivement, qu'aucune de ces parures n'approchait, en douceur et en velouté, la poitrine de Lily Chatwick.

— Tu ne peux pas l'avoir, se dit-il à lui-même, à haute voix. En tout cas, pas de cette manière.

Et il se recula d'un mouvement sec, avant de risquer de changer d'avis.

La jeune femme pivota de nouveau la tête de droite et de gauche, cette fois avec un soulagement visible.

— Hmm, merci, dit-elle, avant de se tourner vers lui et de hausser les sourcils en manière d'interrogation. Et alors… ?

Julian, soucieux de cacher la bosse qui gonflait son pantalon, s'empressa de s'asseoir sur un fauteuil.

— Je vous ai apporté quelque chose, annonça-t-il, plaçant sur le bureau un objet recouvert d'un tissu, qu'il avait déposé par terre à son arrivée.

Lily l'ignora.

— Julian. Pouvez-vous honnêtement prétendre qu'il ne s'est rien passé hier soir ?

Julian se figea sur son siège. Bien sûr, il pouvait nier en bloc. Avec un peu de persuasion, il pourrait même la convaincre qu'il ne lui avait jamais confessé qu'il la désirait depuis des années. Et avec un peu de chance, il la persuaderait qu'il n'avait jamais eu l'intention de l'embrasser – pour la deuxième fois dans la même journée.

Mais il réalisa qu'il lui était impossible de s'enferrer davantage dans les mensonges.

— Non, admit-il. Je ne prétends rien de tel.

Pourquoi ne comprenait-elle pas qu'elle l'attirait depuis le jour de leur rencontre ? Lily n'était pas idiote. Elle conviendrait que rien de bon ne pouvait sortir de cette attirance. Trop d'éléments plaidaient pour que Julian ne cède pas à ses désirs – le deuil de son frère, la différence de rang social... Sans parler du fait que d'ici une quinzaine de jours, Julian Bellamy disparaîtrait pour toujours de la société londonienne. D'une manière ou d'une autre.

— Donc, dit-elle, tapotant ses doigts sur le bureau, vous me désirez.

— Oui.

— Depuis longtemps.

— Depuis le début.

Ses doigts s'immobilisèrent.

— Et hier soir, quand vous vous êtes emporté contre le commandant...

— Merriwin. Commandant Merriwin.

— Oui. Ce n'était pas parce que vous pensiez que j'avais besoin d'être protégée.

— Non. C'était de la jalousie. Une réaction instinctive et typiquement masculine, mais que j'aurais dû réprimer.

Se penchant dans sa direction, il ajouta :

— Je crois en vous, Lily. Je sais que vous pouvez vous affranchir de ce genre d'homme. C'est moi qui me suis montré faible.

La jeune femme s'adossa à son fauteuil, faisant craquer le cuir.

— Eh bien, voilà qui me rassure.

— Comment cela ?

Elle rougit légèrement, avant d'avouer :

— Je commençais à me demander si je n'étais pas la seule femme, dans tout Londres, qui n'ait pas attiré votre regard.

Julian était effondré. Rien – absolument rien – n'aurait pu lui faire regretter son passé de débauché, à part cela : pour lui, d'avouer qu'il désirait Lily, et pour elle, de conclure qu'elle n'était finalement qu'une parmi des centaines d'autres. Elle se trompait en pensant cela. Cependant, c'était sans doute mieux ainsi.

— Puisque nous avons décidé d'être sincères, poursuivit-elle, détournant le regard, je dois reconnaître que je vous trouve moi-même très attirant. Mais cela n'a rien non plus de surprenant. Je semble partager l'avis d'une majorité de femmes.

— Si je comprends bien, nous sommes arrivés à la conclusion que nous étions deux personnes attirantes.

Elle hocha la tête.

— Et que, logiquement, nous nous attirions mutuellement.

Lily croisa les bras sur le bureau.

— Ce qui me semble parfaitement naturel. Je suis très heureuse que nous ayons pu avoir cette discussion, Julian. Pas vous ?

Sur le coup, Julian en resta muet. C'était à peine croyable ! Ils venaient de s'avouer qu'ils se désiraient l'un l'autre, et elle proposait de clore le sujet ? Comme si cela pouvait être aussi simple !

— Euh… oui, répondit-il finalement. J'en suis moi aussi ravi.

— Parfait. Maintenant, que m'avez-vous apporté ? demanda-t-elle, portant son regard sur l'étrange colis recouvert d'un tissu qui trônait sur le bureau.

— Un cadeau. Toute vieille fille se devrait d'en posséder un.

Et, d'un grand geste théâtral, il enleva le tissu.

La jeune femme écarquilla les yeux.

— Oh, Julian !

— Oh, Julian ! répéta le perroquet dans sa cage. Oh, Julian !

— Il parle ? Que dit-il ?

— Il semble beaucoup aimer mon prénom. Ou, du moins, la façon dont vous le prononcez.

— Oh, Julian ! répéta encore l'oiseau au plumage bleu et vert. Oh, Juuuuuuulian !

Julian fouilla dans sa poche et en tira un paquet de cacahuètes.

— Tenez, dit-il, tendant le paquet à Lily. Il doit avoir faim.

La jeune femme prit quelques cacahuètes et les offrit à l'oiseau, une à une, à travers les barreaux de sa cage. Elle rit de voir le perroquet pencher la tête de côté pour attraper les graines avec son bec.

— Où l'avez-vous eu ?

— J'ai perdu un pari.

— *Perdu* un pari ?

— Oui. Il n'en a pas l'air, mais cet animal n'est plus tout jeune. Il a survécu à son premier propriétaire, un avocat qui l'avait rapporté de Jamaïque il y a déjà plusieurs années.

— Coupable ! Coupable ! lança tout à coup le perroquet.

— Que dit-il ? demanda Lily, avant de lui offrir une nouvelle cacahuète.

— Probablement vient-il d'édicter son jugement me concernant.

L'oiseau ne manquait manifestement pas d'intelligence. Julian l'avait pris en pitié. Après la mort de l'avocat, le perroquet était passé de propriétaire en propriétaire. À chaque fois, il était l'enjeu d'un pari – et c'était le perdant qui héritait de l'animal. Tout le monde voulait s'en défaire, et Julian commençait à comprendre pourquoi. Son bavardage était amusant un temps, mais il devait vite lasser.

— Vous n'êtes pas obligée de le garder, dit-il. Je l'ai apporté parce que… je voulais vous offrir quelque chose. Et je me doutais bien que vous crouleriez déjà sous les fleurs.

— Crouler sous les fleurs ? Que voulez-vous dire ?

— Vous n'avez pas été dans le salon ?

Elle secoua la tête.

— J'ai travaillé toute la matinée. J'avais demandé à Swift de répondre à tout le monde que je n'étais pas là. Sauf pour vous.

Julian ne put s'empêcher de sourire. Il se releva, prit la cage du perroquet dans une main et offrit l'autre à la jeune femme.

— Venez.

Il l'entraîna vers le salon.

— Oh ! s'exclama-t-elle, sur le seuil. Mon Dieu !

Même le perroquet, dans sa cage, siffla d'admiration.

Le salon de Harcliffe House était immense. Presque digne d'un palais. Et ce matin, il resplendissait d'arrangements floraux grandioses. Roses, orchidées, delphiniums… et des lis. Une avalanche de lis. De toutes les variétés existantes, dans tous les coloris possibles[1].

— Entre le perroquet et les fleurs, c'est une véritable jungle, commenta la jeune femme.

Voyant que l'oiseau s'agitait dans sa cage, elle ajouta :

---

1. En anglais, « lis » se dit *lily*. *(N.d.T.)*

— Oh, laissez-le sortir. Ces fleurs doivent lui rappeler son pays.

Julian posa la cage par terre et ouvrit la porte. Mais le perroquet ne bougea pas.

Lily s'agenouilla devant la cage ouverte.

— Viens, dit-elle à l'oiseau, l'encourageant d'un geste de la main.

— Coupable ! Coupable ! cria l'oiseau, sans sortir de sa cage.

— Peut-être est-il intimidé par cette maison qu'il ne connaît pas, suggéra Julian, avant d'aider Lily à se relever.

— Peut-être. Laissons-lui le temps de s'acclimater.

Elle fit le tour de la pièce, pour examiner les bouquets de plus près.

— Tous ces lis ! s'exclama-t-elle, amusée. Ils n'ont pas beaucoup d'imagination.

— Non, sans doute, admit Julian. Mais ils ont incontestablement bon goût.

Il lui tendit un plateau rempli de cartes de visite et d'invitations. La jeune femme en lut quelques-unes.

— Je me demande bien comment la nouvelle a pu se propager aussi vite.

Julian ne se posait pas la question, car il connaissait la réponse : c'était lui qui avait répandu la rumeur. Après avoir quitté les Morland, hier soir, il avait entraîné les trois jeunes lieutenants dans tous les clubs de gentlemen et salles de jeu de la ville. À chaque fois, il les avait fait parler du sujet qui les passionnait le plus : lady Lily Chatwick. Sa beauté, son élégance, sa vertu, son sens de l'humour et, surtout, sa soudaine disponibilité.

— Tout se passe exactement comme je l'avais prédit, répliqua-t-il. Ces messieurs vont se précipiter pour vous faire la cour.

— Oh, je n'en suis pas si sûre. Je crois plutôt qu'après tant d'années d'absence des cercles mondains je ne suis qu'un objet de curiosité.

Julian ne sut quoi dire, car elle avait sans doute en partie raison. Mais dès qu'ils auraient tous l'occasion de voir à quel point Lily était belle et intelligente, la curiosité se transformerait en véritable intérêt.

— Vous devriez répondre à quelques invitations, suggéra-t-il en prenant l'un des cartons de la pile. Commencez par celle-ci.

Lily déchiffra le carton.

— Un bal donné la semaine prochaine par lord et lady Ainsley. Vous êtes au courant ?

Julian hocha la tête. Il avait reçu son propre carton depuis longtemps. Ce bal serait le plus grand événement mondain avant que la plupart des familles de la bonne société se retirent à la campagne pour y passer Noël. Tous ceux qui comptaient à Londres y seraient. Lily ne pouvait pas rêver meilleure occasion, avant la fin de l'année, pour encourager les prétendants à la courtiser.

— Vous devez absolument y aller, la pressa-t-il.

Elle haussa un sourcil.

— Ne vouliez-vous pas plutôt dire : « *Nous* devons absolument y aller » ?

— Si, bien sûr, se força à acquiescer Julian. *Nous* devons y aller.

Pourquoi éprouvait-il tant de difficulté à dire « nous » ? À les réunir tous les deux dans une seule syllabe ?

— Oh, Julian, faites attention !

Il se pencha à temps : le perroquet venait de s'envoler et passa juste au-dessus de sa tête.

— Oh, Julian ! cria l'oiseau, se posant sur un chandelier. Oh, Juuuuulian !

Julian le fusilla du regard.

— Cesse de répéter : « Oh, Julian ! »

Lily éclata de rire.

— Je crois que je vais le garder. Il me fait penser à vous. Beau. Ombrageux. Paré de couleurs vives. Une vraie copie de Julian Bellamy. D'ailleurs, je vais peut-être l'appeler Julian, puisqu'il semble aimer ce prénom.

Julian préféra ne pas répondre. Il aurait été grossier.

— Le bal des Ainsley, dit-il, tapotant le carton. Nous irons.

La jeune femme devint pensive.

— Je n'ai pas dansé depuis une éternité. J'ai peur d'avoir oublié comment m'y prendre.

— Vous ne serez pas obligée de danser si vous n'en avez pas envie. Votre deuil vous servira d'excuse. Et je dissuaderai quiconque insistera pour vous inviter.

— Voilà que vous recommencez. Je n'ai besoin ni d'excuse, ni d'un cerbère. J'ai envie de danser. Même si ce n'est que quelques pas. Hier soir, je n'étais pas préparée à ce dîner, organisé dans l'urgence. J'ai été trop émotive. Cette fois, je démontrerai à tout le monde que je sais tenir mon rang.

— Je vois, fit Julian, qui devina qu'elle avait surtout besoin de se le prouver à elle-même.

Pour sa part, il ne doutait pas une seconde qu'elle tiendrait son rang. Comme le perroquet qui volait maintenant d'un chandelier à l'autre, elle était restée trop longtemps en cage – par routine, puis par chagrin.

Lily possédait une nature généreuse. Ce n'était pas une femme destinée à mener une existence solitaire. Et si Julian était vraiment son ami et lui souhaitait sincèrement d'être heureuse – et donc, de se marier –, il devait cesser de la surprotéger. Lily avait raison : elle n'avait pas besoin qu'il joue les cerbères. Elle avait simplement besoin qu'on l'aide à avoir confiance en elle.

S'il était capable de lui donner cela, alors il pourrait être fier d'avoir au moins réussi quelque chose dans sa vie.

— Viens ici ! appela-t-elle le perroquet. J'ai laissé les cacahuètes dans le bureau ?

Julian hocha la tête.

— Voulez-vous que je demande à un domestique de les apporter ?

— Non, non. Laissons-le voler à sa guise.

Oui, songea Julian tandis qu'il regardait la jeune femme s'amuser à poursuivre l'oiseau, Lili avait simplement besoin de se sentir en confiance. Et, bizarrement, il avait remporté une première étape en lui confessant qu'elle l'attirait. Il aurait dû y penser plus tôt. Rien ne rendait une femme plus désirable que d'avoir conscience qu'elle était désirable. Julian pouvait déjà constater le changement. À ses regards. À ses mouvements de hanches. À la manière subtile dont elle faisait ressortir sa poitrine. Elle jouait de son corps comme elle ne l'avait jamais fait. D'ici une semaine, elle aurait tous les hommes de la ville à ses pieds.

Ce qui rendrait évidemment Julian fou de jalousie. Mais, pour le bien de Lily, il prendrait sur lui. C'était à son tour de rentrer en cage.

— Vous m'aiderez ? s'enquit-elle tout à coup. Je veux dire, pour danser. Nous pourrions nous entraîner un peu. Demain, par exemple. Ou…

— Non.

Elle cligna des yeux.

— Pas demain, répliqua-t-il avec un grand sourire. Et pas un peu.

Lui prenant la main, il ajouta :

— Nous allons commencer tout de suite. Et nous pratiquerons aussi longtemps qu'il le faudra. Je veux que le soir du bal, vous leur fassiez une démonstration éblouissante.

8

Bon sang, qu'il était agréable d'avoir un travail à faire pour elle ! se disait Julian. Même si ce travail, pour l'instant, consistait simplement à repousser quelques meubles et à rouler le tapis dans un coin, pendant qu'un perroquet s'agitait au-dessus de leurs têtes.

Quand le parquet fut dégagé, il entraîna la jeune femme vers le piano. Après avoir ôté le bouquet de lis qui trônait dessus, il fit glisser sa main sur le bois verni de l'instrument. C'était un très beau piano, bien supérieur en qualité à ceux sur lesquels il avait appris à jouer dans sa jeunesse. Il n'avait jamais pu prendre de leçon, mais à force de rester assis devant le clavier pour s'amuser avec, il avait fini par comprendre comment il fonctionnait. Il lui suffisait d'entendre un air pour être ensuite capable, instinctivement, de reproduire la mélodie.

Certains en auraient conclu que Dieu lui avait accordé un don. Pour Julian, c'était la même chose que sa facilité à imiter les voix : il avait tout simplement l'oreille très fine et très entraînée. Dès sa prime enfance, il avait toujours tendu l'oreille, toujours été en alerte. Sa vie en avait dépendu.

— Julian, dit-elle alors qu'il s'asseyait au piano, vous savez bien qu'il n'y a pas besoin de musique. En tout cas, pas pour moi.

— Faites-moi plaisir. Par quoi voulez-vous commencer ?

— Un quadrille ? Dans mon souvenir, les bals débutent toujours par un quadrille.

Il hocha la tête.

— Posez vos mains sur le haut du piano. Vous pouvez même vous appuyer dessus, si vous voulez.

Elle s'exécuta.

— Maintenant, fermez les yeux.

Elle obéit, avec un sourire.

Julian était fasciné.

— Par Dieu, Lily, comme vous êtes belle…

Elle ne réagit pas, bien sûr. Julian s'y attendait, mais c'était plus fort que lui, il ne pouvait pas s'empêcher de la tester. Enfant, il agissait déjà ainsi avec sa mère, lui lançant des avertissements fantaisistes dans son dos :

— Fais attention, il y a un éléphant !

Julian chassa ces souvenirs et plaça ses mains sur le clavier, puis il joua les premières mesures d'un quadrille. Dès qu'il s'arrêta, Lily rouvrit les yeux.

— Alors, qu'avez-vous ressenti ? demanda-t-il.

— Ce n'était pas très plaisant. J'avais l'impression de grincer des dents.

— Mais le rythme ? L'avez-vous reconnu ? Sauriez-vous visualiser les pas ?

Elle hocha la tête.

— Recommençons.

Elle referma ses yeux et Julian joua le même morceau, y ajoutant quelques mesures supplémentaires. La jeune femme se mit à tapoter des doigts en rythme.

— Encore une fois, dit-il. Mais à présent, les yeux grands ouverts.

Il joua l'ouverture entière, sans quitter Lily du regard, et ils récitèrent ensemble les pas :

— Un, deux, on tourne...

Le morceau terminé, il se leva et offrit sa main à la jeune femme :

— Êtes-vous prête à essayer ?

Elle acquiesça et prit sa main. Ils se placèrent au centre de la pièce, face à face.

La première tentative s'acheva avant même d'avoir débuté. Ils s'inclinèrent mutuellement pour se saluer, mais au moment où ils relevèrent la tête, le perroquet se posa par terre, entre leurs pieds, et les considéra avec curiosité. Lily éclata de rire, pendant que Julian poussait l'animal de côté.

Ils recommencèrent, et cette fois ils purent danser quelques pas. Mais le perroquet les interrompit encore. La fois suivante, c'est Julian qui perdit le rythme, au moment d'exécuter une figure qui les obligeait à se regarder dans les yeux. Fasciné par les prunelles de la jeune femme, il en oublia le mouvement suivant.

Au bout d'une demi-douzaine de tentatives, ils réussirent à danser à peu près proprement l'ouverture d'un quadrille. Puis Julian se remit au piano pour jouer la suite, tandis que Lily « écoutait » avec ses mains. Après quoi, ils retournèrent au milieu de la pièce pour exécuter les pas.

Le quadrille vaincu, Julian suggéra une danse campagnarde qui avait beaucoup de succès cette saison.

— C'est la folie du moment, dit-il. Je suis convaincu qu'elle sera jouée au bal des Ainsley.

Lily se mordit la lèvre.

— Je ne la connais pas du tout, mais essayons.

Ce fut un désastre. Le rythme était basique, mais les pas endiablés et compliqués. Julian montra ceux du cavalier et ceux de la cavalière, mais il ne pouvait occuper qu'un seul rôle à la fois.

Quand Lily rata son entrée dans la danse pour la quatrième fois, elle leva les mains en signe de reddition.

— Je suis désolée, je n'y arriverai jamais. Je vous fais perdre votre temps.

— Non, pas du tout.

La jeune femme secoua la tête. Son découragement était manifeste.

— Je n'arrive pas à prendre le bon rythme. Tant pis. À la mode ou pas, je resterai assise pendant cette danse.

— N'abandonnez pas déjà. Nous réessayerons demain. Et encore après-demain. Il nous reste une semaine.

Elle eut une moue dubitative. La poitrine de Julian se contracta de frustration. Ce n'était pas de la frustration dirigée contre elle, mais contre sa propre inaptitude à lui faire franchir cet obstacle.

— Lily, ce n'est qu'une danse. Je suis sûr que vous pouvez y arriver. Et vous verrez, ce sera beaucoup plus facile le soir du bal, au milieu d'autres danseurs qui vous communiqueront leur enthousiasme.

Elle s'écarta de lui avec un soupir.

— Non. Nous n'avons pas assez de temps. Je préfère me concentrer sur les danses que je connais déjà, même si elles sont moins à la mode. De toute façon, nous nous donnons du mal pour rien : je ne pourrai pas reconnaître les musiques. Les couples se seront déjà tous formés avant que je ne comprenne de quelle danse il s'agit.

— Ne vous inquiétez pas pour cela. Je me ferai communiquer l'ordre des danses avant la soirée et je vous l'écrirai sur un papier.

— Comment allez-vous vous y prendre ?

— Oh, ce sera très facile, assura-t-il.

Il suffirait de glisser une pièce dans la main du chef d'orchestre la veille du bal.

— Vous garderez la liste sur vous, ajouta-t-il. Et nous déciderons ensemble d'une stratégie quand il s'agira de choisir des cavaliers.

— Il y a toujours des valses. J'arriverai bien à danser au moins une valse avec un partenaire compétent. Je n'aurai qu'à suivre ses mouvements.

— En effet, acquiesça Julian. Nous nous arrangerons pour que vous puissiez valser avec quelqu'un que vous connaissez. Et bon danseur, de surcroît. Morland ferait très bien l'affaire.

— Ou vous.

Julian marqua un silence. Il se représentait tenant Lily dans ses bras, sous les regards de toute la bonne société.

— Ou moi, concéda-t-il finalement.

— Peut-on essayer ? demanda-t-elle avec un regard en direction du piano.

— Bien sûr.

Julian se rassit au piano. Il posa les mains sur les touches et réfléchit quelques secondes à ce qu'il allait jouer, avant de fermer les yeux et de décider de laisser ses doigts le guider. Il tira de l'instrument une valse très mélodique, dont il n'aurait pas su dire où il avait bien pu l'entendre. Peut-être tout simplement en ayant écouté un jour l'une de ces petites boîtes à musique autrichiennes qui dévidaient un morceau dès qu'on soulevait leur couvercle.

La valse terminée, il rouvrit les paupières et découvrit Lily appuyée au piano, qui regardait ses mains encore posées sur le clavier.

— J'ai toujours aimé vous regarder jouer, dit-elle. Vous y mettez tant de passion.

Il préféra ne pas répondre à cela, et se redressa pour lui offrir son bras.

Ils se positionnèrent une fois de plus au centre de la pièce, avant d'attaquer la valse. C'était Julian qui conduisait. Lily s'en remettait complètement à lui.

— Vous valsez très bien, la rassura-t-il quand ils eurent bouclé deux ou trois tours de la pièce. Oubliez vos craintes. Vous serez le point d'attraction de tout le bal.

Il en était réellement convaincu.

Lily commençait à fatiguer.

— Je crois que cela suffira pour aujourd'hui, dit-elle.

Julian s'immobilisa. Mais la jeune femme, au lieu de se reculer, resta attachée à lui.

Le pouls de Julian se mit à battre trois fois plus vite que la cadence de la valse.

— Vous souvenez-vous de notre première rencontre ? questionna-t-elle.

Julian se retint de s'esclaffer. Elle lui demandait s'il se souvenait de leur rencontre ! Évidemment, il s'en souvenait ! Il pouvait donner la date précise, les circonstances, l'heure, la température de l'air, la couleur du gilet qu'il portait ce soir-là, le nombre de boutons que comptait la robe de Lily… Tout. Il se souvenait de tout.

— Rafraîchissez ma mémoire, répondit-il pourtant.

— C'était ici, dans cette maison. Pour le dîner d'anniversaire de Leo.

— Votre anniversaire, également.

— Oui, puisque nous étions jumeaux. Mais tous les invités étaient ses amis. C'est ce soir-là qu'il décida de lancer ce club hippique. Vous en souvenez-vous, maintenant ?

Julian hocha la tête.

— Vous m'avez regardée toute la soirée, ajouta-t-elle. Vos yeux étaient rivés sur moi.

— Vous m'attiriez. Vous êtes une très belle femme, Lily. Il était normal que je vous admire.

— C'était plus que cela. Vous aviez un regard de prédateur. Je pense que vous aviez l'idée de me séduire.

— Moi ? répliqua Julian.

— Oh oui, dit-elle avec un petit sourire. Pendant que nous prenions l'apéritif au salon, j'ai voulu vérifier que tout était bien en ordre avant de passer à table, et vous m'avez suivie dans la salle à manger. Je suis sûre que vous l'avez oublié. Pour vous, ce n'était qu'un flirt parmi d'autres. Mais pour moi, ce dîner sortait de l'ordinaire. Je vous ai demandé si vous aviez besoin de quelque chose, et vous m'avez répondu « Non ». J'étais troublée par votre sourire arrogant. Je vous ai ensuite demandé pourquoi vous m'aviez suivie, et là, vous m'avez répondu…

— Je vous ai répondu que cela n'aurait pas dû vous surprendre. Quand une jolie femme quitte une pièce, elle espère généralement qu'un homme comme moi la suivra.

— Exactement ! Et votre réponse m'a mise très en colère.

— Non, c'est faux. Vous étiez ravie, au contraire.

— Pas du tout ! Enfin, peut-être un peu. J'ai cru que vous alliez m'embrasser. Mais vous ne l'avez pas fait.

— Non.

Julian n'embrassait jamais une femme la première fois : il préférait la laisser sur sa faim. Il était sûr, ainsi, de la trouver encore plus réceptive lorsqu'il la reverrait.

— Mais je reste persuadée que vous aviez l'intention de me séduire.

— Peut-être, admit-il prudemment. J'ai séduit beaucoup de femmes.

— Je connais votre réputation. Je la connaissais déjà ce soir-là, avant notre rencontre. Et cela m'impressionnait. Je n'ai pas pu en dormir de la nuit. J'essayais d'imaginer quelle serait ma réaction quand nous nous reverrions. Je n'étais pas certaine de repousser vos avances.

— Lily...

— Mais l'occasion ne s'est pas représentée. La fois suivante, vous vous êtes montré poli et amical. Charmeur, également. Mais vous n'avez plus poursuivi dans la même voie. Qu'est-ce qui avait changé ?

— Rien n'avait changé.

— Pourtant, il s'était bien passé quelque chose. Cela venait-il de vous ? Ou de moi ?

— Ni l'un ni l'autre.

Comment aurait-il pu lui expliquer ? Qu'elle connaisse sa réputation était une chose. Mais qu'il lui avoue qu'il avait couché, pendant des années, avec des femmes de l'aristocratie uniquement pour mieux les mépriser en était une autre. Comme le marquis de Harcliffe n'avait pas d'épouse, Julian avait d'abord décidé que séduire sa sœur jumelle suffirait. Mais il ne s'était pas attendu à être si chaleureusement accueilli dans cette maison – en ami, et en égal. Au terme de cette première soirée, il était ressorti membre du Stud Club. Et il avait précieusement chéri ces heures pendant lesquelles il s'était senti comme chez lui, alors que, bâtard ayant grandi dans la rue, il ne s'était jamais senti chez lui nulle part.

— Je suppose, répondit-il honnêtement, que je vous appréciais trop pour vous séduire.

Elle s'esclaffa.

— Je le prends comme un compliment.

Julian voulait à tout prix en finir avec cette conversation, et il ne voyait pas d'autre moyen qu'une conclusion abrupte – au risque de l'offenser.

— Je m'excuse, mais mes affaires m'attendent, dit-il.

Ce n'était pas un mensonge : il devait regagner son bureau.

— Nous reprendrons les leçons demain, ajouta-t-il.

— Attendez.

Il se figea.

— Si je veux vraiment m'attirer des prétendants à ce bal, je ne pourrai pas seulement me contenter de danser.

Il fronça les sourcils, attendant la suite.

— J'ai perdu l'habitude de flirter, expliqua-t-elle. Je ne me souviens même plus de la dernière fois où j'ai été embrassée. Enfin, euh... à part l'autre matin, bien sûr. Mais ça ne comptait pas vraiment.

— Vous avez raison, concéda Julian, mortifié.

— Quoi qu'il en soit, je pensais… puisque vous me dites que je vous attire… que peut-être… vous ne seriez pas contre l'idée de m'embrasser maintenant.

Julian la dévisagea, incrédule. Avait-il bien entendu ? Elle lui demandait de l'embrasser ?

— Je suis désolée, reprit-elle. Je suis ridicule.

Et, prenant une grande inspiration, elle se risqua à le regarder dans les yeux :

— Julian, que les choses soient bien claires entre nous. Je m'y prends sans doute de manière puérile, mais je vous offre une occasion de m'embrasser. Juste une fois. Sans l'influence d'un somnifère. Et sans… sans que nous soyons interrompus.

Lily regarda ses lèvres, attendant sa réponse. Les siennes tremblaient légèrement. Car malgré l'audace de sa requête, elle semblait redouter la suite.

Elle avait bien raison d'avoir peur. Elle voulait un baiser ? Julian désirait davantage. Si elle pouvait imaginer ce qu'il avait en tête, elle tournerait les talons pour s'enfuir. Car il avait envie de lui arracher sa robe et de la posséder. Ici. À même le plancher.

Il était dépravé à ce point. Il désirait cette femme élégante, noble et raffinée, mais il la voulait nue dans ses bras, haletante, sur le parquet ciré. Un baiser ne lui suffirait jamais.

Et à présent il tremblait également, car il avait peur, lui aussi.

Julian relâcha la main de la jeune femme. Elle ôta la sienne de son épaule. Ils se retrouvèrent face à face, les bras ballants, sans plus se toucher. Il lui aurait été facile de s'en aller.

— Juste un baiser, Julian. Une seule fois.

Comme il hésitait toujours, il vit de la tristesse dans son regard.

— Allez-vous refuser ?

Il ferma les yeux. Soupira. Les rouvrit.

Et dit le seul mot qu'il pouvait prononcer :

— Non.

Sa décision s'était imposée d'elle-même. D'une main, il enlaça Lily à la taille pour l'attirer contre lui, de l'autre il s'empara de sa nuque, l'obligeant à renverser légèrement la tête.

Cette fois, il entendait bien l'embrasser à la perfection.

9

Lily savait depuis toujours que Julian Bellamy était un coureur de jupons, un débauché, un séducteur sans scrupules.

Qui aurait pu imaginer, dans ces conditions, qu'il était si difficile de l'embrasser ?

D'abord ce premier essai, désastreux, l'autre matin. Puis leur étreinte interrompue chez les Morland. Lily espérait que la troisième fois serait la bonne. Toute la matinée, elle avait attendu en vain ses avances. Au bout du compte, elle avait dû lui demander de danser avec elle. Et c'est elle, encore, qui avait donné un tour suggestif à leur conversation. Avant de carrément le supplier de l'embrasser.

Elle avait conscience de s'y être prise très maladroitement. Mais cela n'avait plus d'importance, à présent, car elle avait gagné. Julian l'avait attirée dans ses bras et il s'apprêtait à l'embrasser. Et cette fois, pour de vrai.

À l'instant où leurs lèvres se rencontrèrent, la jeune femme ferma les yeux.

Oui, la troisième fois était la bonne.

Le charme opérait enfin.

Julian embrassait avec un mélange d'autorité et de douceur. Mais, si agréable cela fût-il, Lily trouvait qu'il se montrait un peu trop chaste. Elle en voulait plus. Pourtant, il prenait manifestement son temps, ignorant les gémissements qui montaient de la gorge de la jeune femme.

Enfin, il introduisit sa langue dans sa bouche. Elle ne lui opposa évidemment aucune résistance : après tout, c'était elle qui l'avait invité à l'embrasser. Mais elle se surprit très rapidement à vouloir lui rendre la pareille, nouant les bras à son cou.

Lily n'avait pas une grande expérience des baisers, mais Julian semblait vraiment très doué. Elle avait l'impression que des étincelles couraient dans tout son corps. À sa place, une autre femme aurait sans doute pensé : « J'ai hâte de raconter cela à mes amies », mais Lily se disait plutôt : « J'ai hâte de dire à Julian combien c'était merveilleux. » Cependant, elle ne voulait pas risquer de rompre le charme alors que…

Oh, mon Dieu ! La main de Julian descendait à présent le long de son dos, jusqu'à… oui, jusqu'à ses fesses, dans le même temps qu'il l'embrassait avec une fougue accrue.

Son torse était ferme, son ventre plat. Lily aimait presser ses rondeurs féminines sur ce corps si masculin. Et, palpitant contre son ventre, sa virilité érigée enflammait ses propres désirs. Les tétons de Lily s'étaient durcis. Ils réclamaient qu'on s'occupe d'eux. Que Julian s'occupe d'eux. Car lui seul saurait apaiser le feu qui les consumait.

C'était là le vrai désir. Un désir purement animal.

Lily avait beau manquer d'expérience, elle n'était ni idiote, ni prude. Elle avait déjà souvent ressenti une attirance purement physique pour un homme. En revanche, c'était la première fois qu'elle expérimentait ce besoin impérieux, bouleversant.

Mais tout à coup, Julian lâcha ses lèvres et recula sans prévenir. La jeune femme aurait sans doute trébuché s'il ne l'avait retenue par les épaules.

— Lily… murmura-t-il. Lily, je…

— Non, le coupa-t-elle, fermant les yeux pour ne pas subir son regard. Ne me dites pas que vous êtes désolé et que vous regrettez. Pour ma part, je ne regrette rien. C'était merveilleux, Julian. Je ne me suis pas sentie aussi vivante depuis des mois. Et même des années. Alors, s'il vous plaît, ne vous excusez pas. Surtout si c'est pour m'expliquer que vous m'appréciez trop pour m'infliger les… les attentions que vous prodiguez sans compter aux autres femmes de la bonne société.

Une lady plus conventionnelle se serait sans doute satisfaite qu'il fasse preuve d'autant de retenue. Après tout, c'était un compliment de savoir que Julian la respectait trop pour la séduire. Et qu'il attachait trop d'importance à leur amitié pour la gâcher en donnant libre cours à ses pulsions. Avec elle, il ne cherchait pas à ajouter un trophée à sa collection de jarretières. Avec elle, il se conduisait décemment. Elle comprenait tout cela. Et elle lui en savait gré. Mais maintenant qu'elle avait goûté au côté *indécent* du personnage…

Sa seule hâte était d'en profiter jusqu'au bout.

Elle se décida à rouvrir les paupières. Il souriait.

— Lily, je voulais juste dire que j'étais désolé, mais il y a un maudit perroquet sur mon épaule.

C'était vrai. L'oiseau s'était posé sur son épaule. Lily éclata de rire.

— Vilain ! lança-t-elle au perroquet.

— Voulez-vous que je vous en débarrasse ?
— Non, surtout pas. Il me fait trop penser à vous.
— C'est agréable.
Avec quelques caresses et paroles apaisantes, il convainquit l'oiseau de s'agripper à son poing, et il put ainsi le ramener dans sa cage, dont il referma la porte.
Puis il revint vers elle. Mais il ne souriait plus.
— Vous savez très bien qu'il ne peut rien se passer entre nous, Lily.
— Il s'est déjà passé quelque chose.
Il soupira.
— Nous ne devons pas aller plus loin.
— Julian, s'il vous plaît. Je vous avais demandé un baiser. Je l'ai eu. Je comprendrais que cela s'arrête là. En revanche, je ne supporterais pas que vous tiriez un trait sur ce qui vient d'arriver. Et ne partez pas maintenant. Ou alors, retrouvez-moi plus tard. Je n'ai pas envie de me retrouver seule ce soir. Je suis trop souvent toute seule. Nous pourrions aller… je ne sais pas, moi, au théâtre.
— Au théâtre ? répéta-t-il, manifestement surpris.
— Mais oui, assura la jeune femme. J'ai envie d'aller au théâtre. J'ai lu dans le journal qu'on jouait une pièce de Molière à Drury Lane. J'aimerais la voir. Je n'ai pas été au théâtre depuis des années.
— Alors, pourquoi cette soudaine envie de vous y rendre ?
— Et pourquoi pas ? Vous m'avez promis trois soirées, Julian, ne l'oubliez pas.
— Je vous ai promis trois soirées mondaines.
— Le théâtre est un lieu mondain, fit-elle valoir.
Pour être honnête, Lily n'avait jamais eu une grande passion pour le théâtre, et encore moins

depuis qu'elle était sourde. Mais elle ne supporterait pas de rester seule chez elle ce soir, à se demander ce que faisait Julian et s'il était en sécurité. Ou à rêver de leur baiser. Comme il paraissait délicat d'organiser un dîner de dernière minute deux jours de suite, le théâtre ferait l'affaire.

Il finit par capituler.

— Leo avait une loge à Drury Lane. Si vous ne l'avez pas cédée, elle doit toujours être libre.

Lily sentit son estomac se nouer.

— Non, je ne pourrais pas m'asseoir dans la loge de Leo. J'entends d'ici les commérages. Ce serait insupportable.

— Voulez-vous que je réserve une autre loge ?

— Non, non. Ce ne serait pas mieux. Tout le monde nous regarderait et chuchoterait dans notre dos. Je suggère plutôt que nous prenions des places à l'orchestre, au milieu des spectateurs ordinaires.

— Lily, une fille de marquis n'est pas une personne ordinaire.

— Parfois, j'aimerais bien l'être.

Il balaya le décor qui les entourait d'un regard éloquent : le piano luxueux, les portraits accrochés aux murs, le grand lustre du plafond…

— Mais vous ne l'êtes pas.

C'était dit assez gentiment pour que cela ne sonne pas comme un reproche, mais Lily n'était pas dupe. Bien que Julian ne parlât jamais de son passé, elle se doutait qu'il n'avait pas toujours été aussi riche qu'aujourd'hui. Alors qu'elle-même avait connu dès l'enfance la fortune et les privilèges.

— Je suis désolée, dit-elle, mortifiée. Je ne voulais pas me montrer offensante.

Il lui prit le menton pour l'obliger à le regarder dans les yeux.

— Vous ne l'avez pas été. Est-ce vraiment si important pour vous, cette soirée au théâtre ?

Elle hocha la tête.

— Oui, si vous m'y accompagnez.

— Dans l'immédiat, je dois absolument partir, répliqua-t-il. Mais je reviendrai à sept heures. Soyez prête. Mettez votre robe la plus ordinaire et coiffez-vous simplement.

— Ce n'était pas ainsi que je comptais m'habiller pour le théâtre.

— C'est bien pour cela que je prends la peine de le préciser.

Elle battit des mains.

— Oh, Julian ! Nous irons au théâtre déguisés ?

— Lady Lily Chatwick n'ira pas au théâtre, répondit-il, se dirigeant déjà vers la porte avant de lui adresser un clin d'œil. Une femme ordinaire la remplacera.

Et sur ces mots, il disparut, laissant Lily tout excitée. Si une femme ordinaire se rendrait au théâtre…

Qui donc l'escorterait ?

— M. James Bell, pour vous servir, madame.

Quand Julian revint à Harcliffe House, ce soir-là, Lily l'accueillit dans l'entrée. Ôtant son chapeau, il s'inclina si bas que ses lunettes glissèrent sur son nez, et il fut obligé de les remonter en se redressant.

Lily se retint d'éclater de rire.

— Oh, Julian !

Il haussa les sourcils.

— Je ne vois pas de qui vous voulez parler. Je ne suis qu'un modeste travailleur qui a besoin de sortir au théâtre pour se divertir l'esprit.

Le déguisement n'était pas totalement fictif, et s'exposer ainsi rendait Julian un peu nerveux. C'était la première fois qu'il prenait le risque de sortir de son bureau sans s'être changé. Mais cette soirée était importante pour Lily. Il se souvenait que Leo s'était souvent plaint qu'il ne pouvait plus entraîner sa sœur au théâtre depuis qu'elle avait perdu l'audition, car elle refusait de le suivre. Cette fois, c'était elle qui avait réclamé d'y aller.

— Si vous voulez bien m'accompagner, mademoiselle, j'ai réservé deux sièges à Drury Lane, au deuxième rang de l'orchestre.

Elle secoua la tête, incrédule.

— La transformation est stupéfiante. Vos cheveux collés sur votre crâne. Vos vêtements… (Elle désignait son pantalon de grosse toile et son veston marron, dépourvu du moindre ornement.) Et ces lunettes !

Il loucha derrière ses montures.

— Ne suis-je pas l'incarnation de la laideur masculine ?

— Pas du tout. Vous êtes plus beau que jamais.

— Bah !

— Je suis très sérieuse, assura-t-elle. Ne vous ai-je pas dit que j'avais un penchant pour les hommes à lunettes ?

Elle-même était ravissante à couper le souffle. Elle portait une composition diaphane de gaze couleur pêche attachée par une pléthore de fibules ornées de perles et de brillants. Et la coupe de sa robe était si audacieuse qu'elle dévoilait presque ses seins.

Julian en avait l'eau à la bouche.

— Ne me dites pas que c'est votre robe la plus ordinaire ! C'est tout le contraire. D'habitude, vos toilettes sont beaucoup plus modestes.

— Je sais. Et c'est bien le problème. *Toutes* mes robes sont ordinaires. Depuis des mois, je n'ai porté que du noir, du gris ou du bleu foncé. Même avant mon deuil, mes goûts vestimentaires étaient très sages. C'est pourquoi j'ai pensé que cette robe constituerait le plus parfait déguisement.

Elle se trémoussa légèrement, et aussitôt les brillants des fibules renvoyèrent leurs éclats sur les murs de l'entrée.

— C'est horrible, n'est-ce pas ? Je la gardais depuis des années dans un placard. Je ne l'ai jamais portée.

— Elle est trop voyante. Tout le monde vous regardera.

— Ils regarderont la robe, mais ils ne me verront pas, *moi*. Parce qu'ils n'imagineront jamais que je puisse porter une tenue pareille.

Avec un petit regard taquin, elle ouvrit un éventail à armature d'ivoire, cachant du même coup la partie inférieure de son visage. La sophistication de sa coiffure – un empilement savant de boucles retombant en cascade sur ses oreilles – se remarquait davantage encore.

— Qu'avez-vous fait à vos cheveux ? demanda Julian. Lily, vous étiez supposée vous déguiser en femme ordinaire, pas en…

— En catin ? Et pourquoi pas ? Un modeste travailleur comme M. Bell a bien le droit de fréquenter des prostituées.

Non. Ils ne joueraient pas cette comédie-là. Il n'en était pas question.

— Remontez vous changer.

Elle abaissa son éventail.

— Savez-vous combien de temps il me faut pour m'habiller ? Nous allons rater le début de la pièce.

Julian tourna la tête.

— Holling ! cria-t-il.

La gouvernante replète, entre deux âges, prit son temps pour arriver – probablement afin de cacher qu'elle se tenait derrière une porte pour épier leur conversation.

— Oui, monsieur Bellamy ? Que puis-je pour vous ?

— Holling, auriez-vous un manteau d'hiver ? Quelque chose de simple et de purement utilitaire ?

— Non, monsieur. Mon manteau d'hiver est en hermine doublée de soie, ironisa Holling avec un sourire.

Julian lui retourna son sourire.

— Très bien, Holling. Allez le chercher, s'il vous plaît. Lady Chatwick souhaiterait vous l'emprunter.

— Certainement, monsieur.

La gouvernante s'éclipsa et réapparut moins d'une minute plus tard, avec un manteau noir de grosse laine.

— Ce sera parfait, dit Julian, lui prenant le manteau pour le draper autour des épaules de Lily.

Le vêtement était bien sûr trop large pour elle. Il se servit de la ceinture pour la ficeler comme une momie égyptienne.

Elle fit la moue.

— Je ressemble à un sac de pommes de terre.

— Tant mieux. Venez, maintenant. J'ai justement une charrette de quatre-saisons qui nous attend en bas du perron.

Le « sac de pommes de terre » ne put s'empêcher de s'esclaffer.

— Je vous revaudrai cela, dit-elle, tandis qu'il l'entraînait vers la porte.

— Oh, je n'en doute pas une seconde.

Au moment de franchir la porte, il s'aperçut que la gouvernante essuyait une larme. Julian s'immobilisa tout net.

— Que vous arrive-t-il, Holling ? Vous êtes souffrante ?

— Non, monsieur Bellamy, tout va bien. C'est juste que cela faisait si longtemps que milady ne s'était pas autant amusée.

Chère et dévouée Holling. Il était heureux que Lily puisse compter sur elle.

— Milady passera une excellente soirée, assura-t-il. J'y veillerai.

Si Julian savait faire quelque chose, c'était distraire les femmes. Mais il devrait veiller à ne pas prendre lui-même trop de plaisir à cette soirée. Le souvenir de leur baiser l'avait hanté tout l'après-midi.

— Merci, monsieur, répondit la gouvernante. Ce n'est pas une sortie très conventionnelle, mais je suis sûre que le regretté lord Harcliffe – que Dieu ait son âme – aurait approuvé.

Julian salua la gouvernante en soulevant son chapeau. Leo, approuver cette farce ? Il en doutait fort.

10

Ils ratèrent le lever de rideau, mais c'est ce que Julian désirait. Mieux valait pénétrer dans la salle durant le divertissement de première partie, quand tous les spectateurs avaient les yeux rivés sur la scène.

Le fiacre les déposa devant l'entrée latérale – le théâtre possédait deux entrées : les membres de l'aristocratie et de la bourgeoisie, qui se partageaient les loges, arrivaient par la grande entrée monumentale ; la populace, qui occupait l'orchestre, entrait de côté.

Julian régla leurs deux places au guichet.

— Gardez le manteau sur vous, dit-il à Lily tandis qu'ils remontaient un couloir menant à l'avant de la salle.

La jeune femme hocha la tête.

Julian chercha des yeux les deux gamins qu'il avait payés pour occuper leurs fauteuils. Ils étaient bien là, au centre du deuxième rang, à regarder un artiste moustachu qui présentait sur la scène un numéro de chiens dressés. Devant la mine émerveillée des deux garçons, Julian éprouva quelque remords à l'idée de les interrompre, mais dès que le plus jeune l'aperçut, il donna un coup de coude à son camarade et tous deux s'empressèrent de se lever pour libérer les fauteuils. Ils avaient beau aimer le spectacle, ils apprécieraient encore davantage le shilling que Julian leur avait promis – et surtout, le repas chaud que ce shilling permettrait d'acheter.

Julian, pris de générosité, les récompensa d'une couronne. Il avait connu la faim, lui aussi. À leur âge, il aurait fouillé dans de la lave en feu dans l'espoir de dénicher une pièce de six pence. Avec six pence, il aurait pu emmener sa mère à la soupe populaire trois fois de suite. Avec une couronne, ils auraient mangé à leur faim pendant une semaine entière.

Les caniches dressés regagnèrent les coulisses. Julian chassa ses vieux souvenirs et poussa Lily vers leurs places, alors qu'un jongleur occupait à présent la scène. Dès que son numéro fut terminé, le rideau retomba et les lumières de la salle s'éteignirent presque complètement.

Lorsque le rideau se releva sur la pièce proprement dite, Lily se pencha vers Julian et lui murmura « Merci » à l'oreille. Puis elle se remit bien droite sur son siège. Mais elle laissa son bras contre celui de Julian. Son geste rappela à celui-ci d'autres souvenirs de jeunesse : à l'adolescence, quand il cherchait désespérément le moindre contact avec un épiderme féminin. Ou qu'il épiait le bout de cheville qu'il pourrait apercevoir sous une robe. Cela faisait bien longtemps qu'il n'avait plus connu pareille excitation : il avait eu tant de maîtresses, ces dernières années, qu'il s'était presque lassé des femmes.

Mais avec Lily, c'était différent. Le moindre regard de sa part avivait ses émotions. Il suffisait qu'elle prononce une syllabe pour qu'il ait l'impression d'entendre chanter les anges. Et rien ne le comblait davantage que de la voir heureuse.

Il glissa un regard dans sa direction. La jeune femme fixait les acteurs. La pièce, qu'elle lisait sur leurs lèvres, semblait la captiver.

Pour sa part, Julian n'aurait pas su dire de quoi parlait l'intrigue. Il était trop fasciné par sa compagne.

— C'est incroyable ! s'exclama Lily alors qu'ils quittaient la salle.

La foule qui se pressait aux portes les obligeait à se serrer l'un contre l'autre.

— Vous n'avez donc rien écouté de la pièce, pour ne pas avoir d'opinion dessus ? ajouta-t-elle.

— Quelle opinion voulez-vous avoir d'une comédie ? Soit elle fait rire, soit elle ne fait pas rire.

— Vous êtes trop réducteur. Une comédie peut aborder une infinité de thèmes et revêtir de multiples significations. Prenez le personnage principal, par exemple : Tartuffe. Il est…

Lily fut interrompue dans sa tirade par un spectateur trop pressé, qui la bouscula. Elle trébucha, et serait sans doute tombée si Julian ne l'avait pas retenue par le bras.

— Ça va ? demanda-t-il lorsqu'elle eut recouvré son équilibre.

La jeune femme n'était pas sûre de sa réponse. L'inquiétude qu'elle lisait dans les yeux bleus de Julian la faisait de nouveau chanceler. Son regard semblait dire : « Si vous avez mal, j'ai mal moi aussi. »

Elle finit cependant par hocher la tête.

— Oui, merci.

Ils sortirent du théâtre par le même couloir qu'ils avaient emprunté à leur arrivée. Dehors, la nuit était d'un noir d'encre. Une petite bruine tombait et des rafales d'un vent glacial transperçaient la laine pourtant épaisse du manteau de la gouvernante.

— Nous allons trouver un fiacre au coin de la rue, déclara Julian.

Lily regardait avec curiosité les spectateurs se disperser autour du théâtre. Des vendeurs ambulants essayaient de capter leur attention pour leur proposer des marrons chauds, des petits pâtés fumants ou des fleurs, que les messieurs offraient à leurs dames.

Elle remarqua en particulier une vieille Gitane, vêtue de soies multicolores, qui portait un panier de fleurs coupées. Quand ils passèrent à son côté, la vieille femme riva ses yeux sur elle et lui tendit la main.

Lily obligea Julian à s'arrêter.

— Laissons-la nous dire la bonne aventure.

Il lui jeta un regard incrédule.

— Allons, le pressa-t-elle. Pourquoi seriez-vous contre ?

— Parce qu'il est tard, qu'il bruine, qu'il fait froid et que si vous vous attardez trop longtemps dehors, vous finirez par attraper un rhume.

Elle lui sourit.

— Heureusement, j'ai un très bon manteau.

Ce n'était pas tout à fait vrai, mais Lily ne pouvait pas se résoudre à l'idée que la soirée se termine déjà. Julian lui avait promis trois soirées. Après celle-ci, il n'en resterait qu'une.

— Donnez-lui une pièce, s'il vous plaît, dit-elle, désignant la Gitane.

Julian s'empara de sa main gantée.

— Si vous voulez vraiment connaître votre avenir, je vais moi-même vous le lire.

Le contact de sa main électrisa Lily. Tout à coup, la nuit n'était plus aussi froide.

— Vous vivrez longtemps, commença-t-il, traçant du doigt une ligne depuis son pouce jusqu'à l'autre extrémité de sa paume. En bonne santé et heureuse.

Il approcha la main de la jeune femme de ses yeux, pour feindre de mieux voir.

— Dix... non, onze.

— Années ?

— Enfants.

— Onze enfants ? répéta-t-elle, éclatant de rire. Bonté divine ! Mais comment cela ?

— Grâce à votre mari, bien sûr. Je vois un bon mari, parfaitement respectable et digne de confiance.

La bruine avait couvert ses verres de lunettes de minuscules gouttes d'eau, si bien que Lily ne pouvait déchiffrer son regard.

— Mon mari ne sera-t-il pas un modeste travailleur ? le taquina-t-elle.

Il relâcha sa main. La tension, entre eux, était palpable.

— Achetez-lui au moins une fleur, suggéra-t-elle, apitoyée par la Gitane.

Julian tira une pièce de sa poche et la donna à la vieille femme, puis il choisit une rose dans son panier.

— Voilà, dit-il, tendant la rose à Lily avec un sourire ironique. Les centaines de fleurs de votre salon commençaient à se sentir esseulées.

— Je préfère celle-là à toutes les autres, assura la jeune femme.

Ils poursuivirent leur chemin. Lily aperçut une file de fiacres qui attendaient, un peu plus loin. C'était encore trop près. Elle ne pouvait pas déjà laisser partir Julian. Elle s'immobilisa tout net.

Il se tourna vers elle, intrigué.

— Lily ? Désirez-vous quelque chose ?

Les mots lui manquaient. Que pouvait-elle dire ? Elle savait à peine ce qu'elle désirait, alors, le formuler… Du temps ! En fait, elle voulait du temps. Pour le passer avec lui.

— Julian, quand vous « lisiez » dans ma main…

Il hocha la tête. Il semblait troublé.

— N'avez-vous pas vu de dîner à l'horizon ? Je suis positivement affamée.

— Je suis sûr que Holling aura prévu…

— Non, non. Je ne pourrai pas tenir jusque-là. Il doit bien y avoir une taverne dans le voisinage, qui sert à manger ?

— Il y en a même plusieurs. Mais aucune ne convient à une lady.

— Vous oubliez que ce soir, je ne suis pas une lady. Je suis une femme ordinaire, familière de ce genre d'établissements.

Sur leur gauche, des croisées au rez-de-chaussée d'une maison projetaient des carrés de lumière jaune sur le pavé. Lily s'approcha de la porte. Une odeur de graillon et d'alcool lui parvint.

— Si nous allions là ? proposa-t-elle en levant les yeux. Comment s'appelle cet endroit ? Je ne vois pas d'enseigne.

Julian fronça les sourcils.

— Si cet établissement devait porter un nom, ce serait probablement « L'Antre de la perdition ».

— Parfait. J'ai justement faim de perdition.

Elle poussa la porte, certaine qu'il la suivrait à l'intérieur.

11

Julian la suivit, bien sûr. Avait-il le choix ?

Il la rattrapa dans l'entrée. Un moment, il songea à la jucher sur son épaule pour l'obliger à ressortir. Mais l'image lui plaisait un peu trop, et il préféra renoncer à cette idée.

— Ça n'a pas l'air si terrible, commenta la jeune femme qui regardait autour d'elle. Je propose que nous restions.

Julian inspecta lui aussi la salle du regard. Elle avait raison : ce n'était pas si terrible. La pièce était remplie de tables garnies de bancs ou de chaises à dossier droit. Une bonne moitié des tables étaient occupées par des clients.

— Très bien, dit-il. Restons. Mais juste le temps de dîner.

La vérité, c'est qu'il n'avait pas envie de la raccompagner déjà chez elle. Au théâtre, avec tous ces nobles occupant les loges au-dessus de leurs têtes, il n'avait cessé de redouter qu'ils soient découverts. Mais dans un endroit pareil, il n'y avait rien à craindre. Elle passerait pour sa petite amie, et lui, il n'aurait qu'à être… lui-même.

Il choisit une table un peu à l'écart, dans un coin tranquille de la salle. Aussitôt qu'ils furent assis, une servante s'approcha.

— Avez-vous du bœuf ? demanda Julian.

— Oui, monsieur. Et aussi du mouton, ainsi qu'une très bonne tourte au poisson.

— Votre viande provient-elle vraiment d'un bœuf ?

— Julian ! se récria Lily.

Il haussa un sourcil.

— On voit que vous ne connaissez pas ces endroits, répliqua-t-il, avant de lancer à la serveuse : Deux tranches grillées, alors. Et de la bière pour moi. La dame boira du cidre.

— Du cidre ! maugréa Lily. Je n'ai plus douze ans. Pour moi, ce sera du vin, merci, dit-elle à la serveuse.

Ils attendirent en silence – l'un et l'autre avaient faim. Le plus clair du temps, ils observaient la salle, mais leurs regards s'accrochaient parfois et Julian se sentait à chaque fois rougir. Diable ! Il avait l'impression d'être redevenu un collégien.

— Je sais comment je vais appeler le perroquet, dit-elle soudain.

Pour l'amour du Ciel, pas Julian ! Il songea avec effroi qu'une fois qu'il aurait disparu de la vie de la jeune femme, son homonyme porterait des plumes multicolores.

— Je vais l'appeler Tartuffe.

Il s'esclaffa, soulagé.

— Très bon choix. Bravo.

Après une autre minute d'attente, leurs viandes et leurs boissons arrivèrent.

— J'aimerais vous demander quelque chose, fit la jeune femme en coupant sa tranche. C'est une question qui me préoccupe depuis longtemps.

L'occasion me semble parfaite pour vous la poser. Ici, au moins, nous ne courrons pas le risque d'être entendus. (Elle but une gorgée de vin.) Et le vin donne du courage...

Julian se demandait ce qu'elle pouvait bien avoir en tête, mais il pressentait qu'il n'aimerait pas sa question.

— Mon frère avait-il... euh, avait-il quelqu'un en particulier ?

— Que voulez-vous dire ?

— Vous savez bien, enfin... murmura la jeune femme, le feu aux joues. Je n'ai pas besoin de connaître les détails, mais si Leo fréquentait... Vous me comprenez. Cette personne dépendait peut-être de lui financièrement ? Je voudrais lui laisser quelque chose. Mais il faudrait que l'affaire soit réglée avant que mon cousin ne rentre d'Égypte.

Julian secoua lentement la tête.

— Je n'en sais rien.

C'était la vérité. Et il se félicitait de son ignorance, car il ne souhaitait surtout pas poursuivre cette conversation embarrassante avec Lily.

Certes, Leo et lui avaient passé de nombreuses nuits ensemble, à boire dans les clubs pour gentlemen. Mais ils n'avaient jamais parlé de leur vie privée. Julian préférait ne pas interroger Leo sur ses liaisons, pour ne pas avoir à parler des siennes. Car s'il avait ses raisons pour séduire les femmes de la bonne société, il n'en tirait aucune fierté. Quant à Leo, Julian s'était imaginé que son ami avait une maîtresse, qu'il entretenait quelque part en ville. C'est d'ailleurs la raison pour laquelle il avait été très surpris d'apprendre que Leo avait abordé une catin de Covent Garden, la nuit où il avait été assassiné. Cela ne lui ressemblait pas. Mais à présent, Julian n'était plus sûr de rien.

— Je suis désolé, ajouta-t-il. Il avait peut-être quelqu'un, mais j'ignore son nom.

— Tant pis, dit-elle, reprenant son verre. Mais je suis bien contente de vous avoir posé la question.

Pendant qu'elle buvait, Julian se détendit. Il se coupa un bon morceau de viande, qu'il engloutit dans sa bouche.

Lily contempla son assiette d'un air rêveur, avant de lâcher :

— Je songe à prendre un amant.

Julian faillit s'étrangler avec sa bouchée.

La jeune femme haussa un sourcil.

— Qu'y a-t-il de si étonnant ? Beaucoup de gens ont des liaisons. Vous-même en avez tout le temps. Pourquoi n'essaierais-je pas ?

Julian avait une bonne centaine d'objections à lui opposer, mais pour l'instant, à cause de sa bouchée de viande, il ne pouvait pas répondre – seulement écouter.

— Je sais ce que vous allez dire, reprit-elle. Vous préférez que je me marie. Mais je n'ai pas envie de m'installer, Julian. Je voudrais *vivre*. Notre baiser de ce matin était magique. Cela m'a ouvert les yeux. Je suis restée trop longtemps endormie.

Elle reposa sa fourchette et son couteau, et traça le contour de son verre du bout du doigt.

— Oui, je crois vraiment que la solution serait de prendre un amant…

Bonté divine ! Qu'avait-il provoqué ?

Lily était une femme naturellement sensuelle, Julian en avait toujours été convaincu. Mais elle-même l'ignorait. Jusqu'à ce qu'il lui fasse découvrir la vérité ! Cette découverte aurait pu être une bonne chose, si elle avait incité Lily à se trouver un fiancé digne de son rang. Seulement, au lieu de veiller à ce qu'elle fréquente ce genre d'hommes, Julian l'avait emmenée au théâtre, au milieu de la populace, et maintenant dans cette taverne qui ne valait pas mieux.

Quel idiot !

— Vous ne pouvez pas faire ça, répliqua-t-il, alors qu'il n'en avait toujours pas complètement fini avec sa bouchée de viande.

Il secoua énergiquement la tête, pour donner plus de poids à ses paroles.

— Je ne crois pas vous avoir demandé votre permission. De toute façon, où est le problème ? Vous craignez que les hommes ne me trouvent pas assez séduisante pour être leur maîtresse ?

Il roula des yeux et se saisit de sa pinte de bière. Elle savait très bien que la question n'était pas là.

— Dieu ne nous accorde qu'une seule vie, Julian. Dorénavant, j'ai la ferme intention de profiter de chaque minute qui m'est octroyée.

Il avala une grande rasade de bière, qui termina d'emporter ce qui restait de sa bouchée de viande. Enfin.

— Bon sang ! explosa-t-il, reposant sa pinte sur la table. Premièrement, je ne veux plus vous voir boire de vin. Deuxièmement, vous ne prendrez pas d'amant. Troisièmement, refermez votre manteau : nous partons.

Elle ne semblait pas l'avoir entendu. Elle regardait ailleurs – le mur, en particulier.

— Vous sentez ? dit-elle, plaquant sa main sur le mur. C'est de la musique, n'est-ce pas ?

Il hocha de la tête. *C'était* de la musique. Elle sourdait de l'établissement voisin. Et un bruit de talons frappant le sol l'accompagnait.

— Ils dansent, comprit-elle, avant de se lever de sa chaise. Allons-y !

Une fois encore, la jeune femme était déjà en route avant que Julian n'ait pu protester. Furieux, il jeta quelques pièces sur la table et se lança à sa poursuite. Il la rattrapa dans la rue, juste au moment où elle s'apprêtait à franchir la porte de la taverne d'à côté.

— Non, Lily. Ne dansons pas ici.

Elle scrutait, par la vitre, l'intérieur de la taverne.

— Regardez ! C'est la fameuse danse campagnarde que vous avez voulu me montrer ce matin.

Julian suivit son regard. Une douzaine de couples tournoyaient et tapaient des pieds et des mains à un rythme endiablé. C'était effectivement la même danse qu'il avait tentée – sans succès – d'apprendre à la jeune femme dans son salon.

— Je la sens, Julian, dit-elle, la main plaquée sur la vitre qui vibrait à l'unisson des danseurs. Le rythme pénètre jusque dans mes os. Laissez-moi essayer.

— Ce n'est pas un endroit pour une lady.

— Personne ne saura que je suis une lady.

Elle lui prit la main pour le tirer vers la porte.

Avant que Julian ait pu réagir, ils se retrouvèrent à l'intérieur. À danser.

Lily se montra parfaite. Elle avait plus de facilité à suivre le rythme au milieu des autres danseurs. Après avoir étudié quelques instants leurs mouvements, elle se joignit à la mêlée en les imitant. Julian était fasciné par son enthousiasme et le plaisir manifeste qu'elle retirait de ce défi. À un moment, elle fit un faux pas, mais elle gratifia le malheureux garçon vêtu de vert dont elle avait écrasé le pied d'un grand sourire d'excuse. Il parut si enchanté qu'il aurait sans doute volontiers passé le restant de la soirée à se faire marcher dessus par elle !

D'ailleurs, Julian sentait que tous les hommes présents dans la salle avaient les yeux rivés sur la jeune femme, et méditaient de l'inviter pour la prochaine danse.

Mais quand la musique s'arrêta, Lily ne leur en donna pas l'occasion : elle se précipita vers Julian, comme si elle lui appartenait. Son geste était sans doute dépourvu de la moindre arrière-pensée. Julian n'en éprouva pas moins une grande bouffée de fierté masculine.

— Alors ? s'enquit-elle, la respiration haletante. J'étais bien ?

— Vous étiez magnifique.

Un sourire éclaira son visage.

— Cela faisait une éternité que je ne m'étais pas autant amusée.

— Je peux en dire autant.

Et c'était une vraie surprise. Julian avait promis à Holling que Lily passerait une bonne soirée, mais il n'avait pas imaginé qu'il l'apprécierait autant que la jeune femme. Pendant qu'ils dansaient, il avait éprouvé un sentiment d'intense liberté. Comme si plus aucune chaîne ne le retenait.

Et Dieu que Lily était belle ! Il brûlait d'envie de la caresser. Il se contenta de remettre l'une de ses boucles en place. La jeune femme le remercia d'un sourire. Ses lèvres... appelaient le baiser. Un vrai baiser.

Mais tout à coup, une voix derrière lui brisa le charme.

— Monsieur Bell ? Monsieur Bell, c'est vous ?

Nom d'un chien !

L'instinct de conservation fut le plus fort. Julian ne chercha pas à savoir lequel de ses employés l'avait reconnu. Il ne soupesa pas davantage les conséquences.

Il ne réfléchit à rien. Il agit.

— Partons d'ici, dit-il, enlaçant Lily à la taille pour la pousser vers la sortie.

Mais la foule des danseurs ralentissait leur progression.

— Monsieur Bell ! appela de nouveau la voix, cette fois de plus près. Monsieur, Bell, c'est moi !

Bon sang. C'était Thatcher, son secrétaire chez Aegis Investissements. Julian s'était tellement inquiété que Lily puisse être reconnue qu'il n'avait même pas pensé à se cacher lui-même. Quelle bêtise ! Il se maudissait tout à coup de trop bien payer ses employés, qui disposaient d'assez d'argent pour sortir le soir. Dorénavant, Thatcher n'aurait plus qu'un salaire de misère.

Une main lui toucha l'épaule.

Julian se retourna.

Thatcher souriait.

— Monsieur Bell ! C'est bien vous ! Nous avons une table, là-bas. Voulez-vous vous joindre à nous, avec votre dame ? Je…

Julian secoua la tête.

— Non, Thatcher. Pas ce soir.

Et il tourna les talons.

— Par ici, dit-il, poussant la jeune femme en direction d'un petit couloir plus accessible que la sortie principale.

Ils traversèrent la cuisine – en pleine effervescence – puis une sorte de garde-manger, dans lequel Julian repéra une porte qui donnait sur l'extérieur.

Ils émergèrent dans la ruelle de derrière. Julian inspecta les alentours.

Personne. Dieu soit loué.

— Ce monsieur en costume marron vous connaissait ? demanda Lily. C'est l'un de vos amis ?

— Non.

— Alors, pourquoi nous a-t-il suivis ? Et pourquoi m'avez-vous forcée à sortir dans cette ruelle ?

Levant les yeux vers le ciel, elle frissonna avant d'ajouter :

— Nous ferions mieux de retourner à l'intérieur. Il fait froid.

Il la serra contre lui.

— Non. C'est impossible.

— Pourquoi donc ?

Julian ne voyait qu'une solution – une seule – pour justifier leur présence dans cette ruelle obscure, et surtout pour empêcher Lily de poser d'autres questions embarrassantes.

Il pencha la tête jusqu'à effleurer ses lèvres.

— Embrassez-moi, dit-il. J'ai juste envie que vous m'embrassiez.

Elle soupira. Un petit soupir de pur contentement.

— Embrassez-moi, Lily. Montrez-moi que vous en avez envie.

Ils étaient si près l'un de l'autre que leurs respirations se mêlaient. Julian avait envie de ce baiser, bien sûr. Mais il avait envie de beaucoup plus.

À condition qu'elle le souhaite également.

Embrassez-moi, l'implora-t-il silencieusement. Mais embrassez le vrai Julian. Celui qui se moque éperdument de la mode, des clubs huppés et des réceptions mondaines. Celui qui passe ses journées à penser à vous, à se demander sans cesse où vous êtes, ce que vous faites et à quoi vous pensez. Celui qui ne rêve que d'une chose : vous retrouver tous les soirs, après une journée de travail honnête, pour écouter ce que vous aurez à lui raconter pendant le dîner, avant d'aller se coucher avec vous.

Embrassez-moi.

La jeune femme plaqua ses lèvres sur les siennes. Avant de les retirer presque aussitôt. Julian l'avait provoquée une fois ainsi, et elle l'imitait.

— Ça ne me suffit pas, gronda-t-il.

Il comprit, en un éclair, qu'il allait être exaucé. Au-delà de ses rêves les plus fous.

Tout à coup, la jeune femme se jeta à son cou, avec une telle énergie que Julian tituba en arrière. Puis elle s'empara fougueusement de ses lèvres, l'embrassant avec un mélange détonant d'innocence et de passion débridée.

Très honnêtement, il ne s'attendait pas à cela.

Mais il ne songeait pas non plus à s'en plaindre !

Sa langue goûtait le vin qu'elle avait bu dans la taverne. Ce n'était pas désagréable. Mais surtout, elle l'embrassait avec une détermination surprenante. Comme si elle ne cherchait pas seulement à satisfaire ses propres pulsions, mais aussi à titiller le désir de Julian.

Et bon sang, elle y réussissait ! Il la désirait comme il n'avait jamais désiré aucune femme. L'afflux de sang et d'énergie causé par leur fuite précipitée n'était pas retombé – bien au contraire : il se concentrait à présent dans une certaine partie de son anatomie. Julian n'était plus en état de réfléchir. Il n'était capable que d'agir. Il lui rendit son baiser au centuple, prenant le contrôle de leur étreinte avec autorité.

— Attendez, dit-elle soudain, s'arrachant à ses lèvres pour dégrafer son manteau. Je ne supporte plus cette chose.

— Ne faites pas cela. Vous allez attraper froid.

— Vous me tiendrez chaud.

Le manteau tomba au sol. À l'instant où il toucha le pavé mouillé, Julian comprit qu'il serait irrécupérable. Toutes nos excuses, Holling...

— Il n'y a personne pour me voir, dit-elle encore, alors que les brillants et les perles de sa robe luisaient dans la nuit. Sinon vous. Et je voulais que vous en profitiez. Je ne l'ai mise que pour vous.

Tout en parlant, elle faisait glisser ses mains sur son bustier, puis le long de ses hanches.

— Alors ? Comment me trouvez-vous ?

À couper le souffle, songeait Julian, mais il lui fallut quelques secondes pour retrouver sa langue.

— J'ai l'impression que la plus belle étoile du ciel est tombée sur terre, juste devant moi.

Elle s'esclaffa.

— Il fait trop noir. Je n'ai pas pu lire sur vos lèvres. Mais j'aime bien la façon dont vous me regardez. On dirait que vous ne voyez pas seulement ma robe, mais aussi ce qui se cache en dessous.

Puis, lui prenant la main, elle l'attira vers sa taille.

— Posez vos mains sur moi.

Julian s'exécuta, la prenant par les hanches, avant de laisser ses mains remonter plus haut, jusqu'à ses seins parfaits.

Après quoi, il s'empara de ses lèvres. Avec une telle force qu'il craignit, un moment, de lui faire mal. Mais les gémissements qui montaient de la gorge de la jeune femme étaient de pur plaisir. Et elle lui rendait son baiser avec la même intensité, enfonçant ses ongles dans sa nuque. Il en aurait des marques demain, mais ce serait la preuve qu'il n'avait pas rêvé tout ceci.

Dieu tout-puissant. C'était bien réel. Enfin…

— Lily… murmura-t-il contre ses lèvres. Lily.

— Je vous ai menti, tout à l'heure. Je ne pensais pas prendre un amant au hasard. Je pensais à vous.

— Je ne peux pas. Je ne peux pas faire ça…

Quelle hypocrisie ! Il l'embrassait déjà. Et il n'attendait qu'un petit signe d'encouragement pour aller plus loin.

Or, elle l'encourageait justement. Et pas du tout par petits signes.

— Je né pense qu'à vous, reprit-elle. Tenez, ce matin par exemple : après notre premier vrai baiser, j'ai pensé à vous toute la journée. Et dès que je fermais les yeux, c'était vous que je voyais.

Elle l'embrassa sur la joue, sur la tempe, avant d'ajouter :

— Je ne sais pas ce qui m'arrive, Julian. Mais je sais une chose : j'ai envie d'être dans vos bras. J'en ai *besoin*.

Julian avait l'impression d'avoir attendu toute sa vie pour entendre ces mots qui le comblaient de béatitude. Et son désir était tel, à présent, qu'il lui serait impossible de l'endiguer. Il jonglait peut-être entre deux identités, mais à la base, il n'était qu'un seul homme. Un homme de chair, qui courait après ce qu'il désirait – et il désirait Lily depuis tant d'années ! Déjà, ce matin, il avait dû faire appel à toute sa volonté pour la quitter après leur leçon de danse. Le fantôme de Leo – et aussi un peu le perroquet – l'avait aidé à se contenir.

Mais ici, dans cette ruelle, ils n'étaient plus qu'un homme et une femme, livrés à leurs pulsions.

Et que rien ne pouvait arrêter.

Un flot de pensées se bousculaient dans son esprit. Il pouvait posséder Lily juste une nuit. Bien sûr, il lui éviterait toute conséquence – il était un expert pour savoir se retirer à temps. Du reste, il n'avait même pas besoin de la pénétrer pour lui donner du plaisir et en recevoir.

Mais où ? Ici, c'était trop risqué. Et puis, il s'agissait de Lily. Il ne pouvait quand même pas l'emmener chez Julian Bellamy : sa chambre avait été le théâtre de trop de liaisons illicites. L'appartement modeste de James Bell ne convenait pas davantage. Un hôtel ? Trop public. Un fiacre ? Trop sordide.

— Raccompagnez-moi chez moi, proposa-t-elle, devinant son dilemme. Et au lieu de repartir tout de suite, vous resterez. Personne ne s'apercevra de rien. Quand bien même les domestiques le remarqueraient, ils s'en ficheront.

Sa maison était celle de Leo. C'était impensable. Julian aurait l'impression de déterrer le cercueil de son ami pour cracher dessus.

— Swift me tuera.

Pour toute réponse, elle le plaqua contre le mur de briques de la ruelle et se colla à lui. Le désir fouetta Julian. Il attrapa la jeune femme par le cou et frotta ses hanches contre les siennes. Il fallait absolument qu'ils trouvent un endroit où aller.

Elle lui lécha l'oreille.

Julian grogna de plaisir.

Ici. Ils le feraient ici.

— Eh ben, mon salaud, tu t'embêtes pas ! tonna tout à coup une voix depuis l'extrémité de la ruelle.

Julian se figea. Mais Lily, qui n'avait bien sûr rien entendu, continuait de lui lécher l'oreille, ce qui altérait ses facultés de raisonnement. S'agissait-il d'un client sorti de la taverne, ou d'un passant ?

— Hé, toi, la fille ! reprit l'homme. J'espère qu'après tu nous en donneras un peu ?

Julian sentit son estomac se nouer. Outre que l'inconnu laissait entendre qu'il se servait de Lily comme d'une catin, il s'exprimait avec un fort accent écossais.

Il y avait des milliers d'Écossais à Londres. Des milliers.

Tournant la tête, Julian aperçut, malgré la pénombre et la bruine, deux silhouettes qui poursuivaient leur chemin. Deux hommes solidement bâtis. Et alors qu'ils passaient près d'une lanterne, la lumière de celle-ci se refléta sur un crâne lisse.

Deux hommes. Deux brutes. Un chauve et un Écossais.

Par Jésus-Christ. Après toutes ses vaines recherches, se pouvait-il qu'il soit tombé par hasard sur les assassins de Leo ?

12

Lily ne comprenait pas ce qui arrivait. Une minute plus tôt, Julian la serrait dans ses bras, et voilà qu'il l'avait lâchée pour courir vers le bout de la ruelle.

Embrassait-elle si mal qu'il veuille prendre la fuite ?

Elle se lança à sa poursuite.

— Julian...

Il lui fit signe de ne pas faire de bruit. Tapi contre le mur, il épiait la rue dans laquelle débouchait la ruelle.

— Que se passe-t-il ? murmura-t-elle.

Question inutile. Dans le noir, elle ne pourrait pas lire sur ses lèvres. Julian le savait, aussi ne se donna-t-il pas la peine de répondre. Il se contenta de lui prendre le bras pour l'entraîner dans la rue. Ils marchaient vite, rasant les murs. Julian semblait suivre deux hommes, qui paradaient avec l'arrogance tranquille de ceux qui ont un peu trop bu. Pourquoi les suivait-il ? Lily l'ignorait.

Elle avait du mal à tenir l'allure, avec ses chaussures du soir qui glissaient sur le sol mouillé.

Elle aurait marché beaucoup plus vite pieds nus. Soudain, son talon se coinça entre deux pavés. Sa cheville se tordit et elle ne put retenir un cri de douleur.

Devant eux, les deux hommes s'arrêtèrent.

Enlaçant la jeune femme à la taille, Julian la poussa dans le renfoncement d'une porte de magasin et se pressa contre elle, lui plaquant la main sur sa bouche.

Lily s'obligea à ne pas paniquer : elle devinait qu'il cherchait simplement à l'empêcher de faire du bruit.

Plusieurs secondes s'écoulèrent. C'était effroyable. Lily ne voyait rien et ne savait donc pas ce qui se passait dans la rue : les deux inconnus avaient-ils fini par s'éloigner, ou approchaient-ils au contraire ? Elle ne savait même pas de quel genre d'hommes il s'agissait. Des ivrognes ? De dangereux bandits ? Julian ne pouvait rien lui dire mais, à son expression, elle comprenait qu'ils étaient en danger.

Finalement, après une bonne minute d'attente angoissée, Julian accrocha le regard de Lily. Puis il ôta délicatement la main qui couvrait sa bouche, pour la remplacer par ses lèvres.

Un baiser. Un baiser qui voulait dire « Je suis navré ».

Il se recula pour regarder dans la rue.

— Sont-ils partis ? murmura Lily.

Il lui fit signe de ne pas bouger, avant d'avancer de quelques pas. Un lampadaire auréolait sa silhouette d'un halo jaunâtre.

Puis il revint vers elle et lui tendit la main. Elle la prit.

Ils se remirent en marche, rebroussant chemin pour mettre le plus de distance possible entre eux et les deux inconnus. Julian avançait d'un pas plus tranquille, mais il serrait Lily contre lui. Ils doublèrent deux ou trois pâtés de maisons, avant qu'il ne s'arrête sous un réverbère.

— Ça va ? demanda-t-il, ôtant son manteau en même temps qu'il parlait. Votre cheville n'est pas blessée ?

— Non, tout va bien.

— Tant mieux. Dépêchons-nous, dans ce cas.

Il posa son manteau sur les épaules de la jeune femme et ils se remirent en marche.

Mais Lily l'obligea à s'arrêter au bout de quelques pas.

— Julian, que se passe-t-il ? Et où m'emmenez-vous ?

— Dans un endroit sûr.

Elle ne put rien en tirer de plus. Ils tournèrent à droite, débouchèrent dans une rue plus large, avant de tourner encore à droite, puis à gauche, puis à droite... Lily ne reconnaissait pas ces rues et, à force de zigzaguer, elle n'avait plus aucune idée de la direction qu'ils prenaient.

Finalement, ils arrivèrent en vue d'un café. La porte était ouverte, mais la vitrine n'était pas éclairée. Une femme, bien en chair et coiffée d'un bonnet blanc, flanquait à la rue un client à coups de balai.

— Oh ! protestait celui-ci. J'allais partir. C'est pas la peine de me brutaliser !

Avec la pointe du manche de son balai, la femme tapa sur un écriteau pendu à la vitrine. Lily lut : *Fermé*.

L'homme s'éloigna. Mais, voyant Julian et Lily approcher, la femme tapa de nouveau sur l'écriteau avec son balai.

Julian ne se laissa pas intimider. Lâchant le bras de Lily, il se porta à la rencontre de la femme et ôta son chapeau.

La femme se figea. Puis, jetant son balai, elle se précipita sur lui, l'étreignant dans ses bras potelés.

Quand elle le relâcha enfin, Julian lui désigna Lily. Cette dernière hocha la tête en manière de salut, et la femme lui retourna son geste, avec un grand sourire ému. Puis elle leur fit signe de rentrer à l'intérieur de son établissement.

Voilà qui était étrange, se dit Lily. Julian et cette femme se connaissaient visiblement très bien. Pourtant, ils n'avaient pas encore échangé un seul mot.

Même à l'intérieur du café, ils ne parlèrent pas davantage. Du moins, pas avec leur langue. En revanche, ils communiquaient avec les mains. Par des mouvements précis, rapides, que Julian finit – après un regard contrit en direction de Lily – par traduire à haute voix.

— C'est mon amie, dit-il à la femme. J'ai besoin que tu la gardes ici, en sécurité.

La femme haussa les sourcils.

— Pas longtemps, précisa Julian. Seulement pour quelques heures.

— Quelques heures ? protesta Lily. Julian, vous n'allez quand même pas m'abandonner ?

— Si, il le faut, répliqua-t-il, l'entraînant à l'écart. Je dois absolument retrouver ces deux hommes.

— Mais pourquoi ?

— Parce qu'il se pourrait que ce soit eux qui aient tué Leo.

— Quoi ? Qu'est-ce qui vous fait croire cela ?

— Ils correspondent à la description d'un témoin. Je n'ai pas le temps de vous donner plus d'explications pour le moment. Je ne veux surtout pas les laisser filer. C'est la première fois, depuis cinq mois, que j'ai une chance de leur mettre la main dessus.

Lily n'avait jamais vu cette lueur intense dans son regard.

— Ne bougez pas d'ici, ajouta-t-il. Quoi qu'il arrive. Ici, vous serez en sécurité.

Oh, certainement. Mais lui ? À courir dans les ruelles sombres après ces deux brutes ?

— N'y allez pas, plaida-t-elle, lui agrippant le bras. Ne me laissez pas seule.

— Lily, je ne peux pas vous emmener avec moi. C'est trop dangereux. Ici, vous ne craindrez rien.

— Qu'en savez-vous ? Comment pouvez-vous en être aussi sûr ?

Il marqua un silence, avant de lâcher :

— J'ai grandi dans cette maison.

Lily, stupéfaite, lâcha son bras.

— Restez, répéta-t-il.

Et, lui prenant le visage pour accrocher son regard, il ajouta, solennel :

— Restez, aussi longtemps qu'il le faudra. Je reviendrai vous chercher. C'est bien compris ?

Elle hocha la tête.

— Attendez, votre manteau ! dit-elle, faisant glisser le vêtement de ses épaules pour le lui tendre. Il fait froid dehors.

Un mot s'échappa de ses lèvres – probablement un juron. Puis il lui saisit la nuque et, avec ces mêmes lèvres blasphématrices, il l'embrassa à pleine bouche.

Son baiser fut puissant, fougueux. Mais, hélas, beaucoup trop bref.

Le temps que Lily reprenne sa respiration, il était déjà parti.

Une théière se matérialisa soudain devant Lily.

La jeune femme, une couverture drapée sur ses épaules pour lui tenir chaud, leva les yeux sur la matrone qui brandissait la théière. Ses gros sourcils broussailleux disparaissaient sous la bordure de son bonnet. « Encore un peu de thé ? » disait son expression.

Lily secoua la tête avec un sourire poli. Elle n'avait même pas bu la moitié de sa tasse. Et elle n'avait pas touché au plateau de nourriture posé à côté d'elle.

Depuis combien de temps était-elle ici ? L'aube ne tarderait sans doute plus à se lever. Pour juguler son angoisse, Lily plaça ses mains à plat sur le plateau de la table, poli par des décennies d'usage. Le contact avec ce bois solide l'apaisa.

Julian reviendrait. Il le lui avait promis.

Mais que ferait-elle s'il ne revenait pas ?

Lily ne s'était jamais sentie aussi impuissante de sa vie. Elle ignorait même où elle se trouvait. Si elle décidait de sortir – pour retrouver Julian ou pour rentrer chez elle l'attendre –, elle ne saurait pas quelle direction emprunter.

La matrone s'assit en face d'elle. Désirait-elle engager la conversation ? Ce serait un sacré défi – à moins qu'elle sache elle aussi lire sur les lèvres.

— Merci, dit Lily. Merci pour tout.

La femme répondit en agitant les mains. Ses gestes étaient vifs et précis.

Lily secoua la tête.

— Je suis désolée, mais je ne comprends pas le langage des signes. Je ne l'ai jamais appris.

La femme parut stupéfaite. Comme si Lily venait de lui confesser qu'elle était illettrée. Ou qu'elle ne savait pas compter.

Elle connaissait bien sûr l'existence de ce langage des signes. Après sa maladie, son précepteur lui avait donné un alphabet qui s'écrivait avec les doigts. Mais Leo n'ayant montré aucune prédisposition pour l'apprendre, l'expérience avait tourné court et Lily n'avait pas jugé utile de maîtriser ce langage. Avec qui s'en serait-elle servie ?

Sauf – apparemment – qu'elle aurait pu l'utiliser avec Julian. Mais lui-même, comment l'avait-il appris ? Et pourquoi ne lui en avait-il jamais parlé ? Autant de questions qui ajoutaient à sa confusion.

La matrone se releva pour attraper, sur une étagère, une ardoise et un morceau de craie. Puis elle se rassit et s'appliqua à écrire quelque chose, avant de montrer le résultat à Lily, qui lut à haute voix :

— Anna. C'est votre nom ? Vous vous appelez Anna ?

Comme la femme hochait la tête, Lily tendit la main en direction de l'ardoise :

— Je peux ?

Anna lui passa l'ardoise et la craie. Lily inscrivit son propre nom et, en dessous, elle ajouta : *Merci*.

Un sourire aux lèvres, Anna fit un geste explicite pour lui signifier qu'il était inutile de la remercier. Puis elle reprit l'ardoise et la craie pour écrire autre chose. Lily en profita pour boire une gorgée de thé. Il était froid, et pas assez corsé à son goût.

Anna lui retourna l'ardoise.

— Les amies de Jamie sont les bienvenues, déchiffra Lily, intriguée. Mais... qui est Jamie ? ne put-elle s'empêcher de demander, bien qu'elle sût qu'Anna ne lisait pas sur les lèvres.

Au même instant, une vibration du côté de la porte la fit se retourner. Julian venait d'entrer. Ses vêtements étaient trempés et il avait perdu son chapeau. Il avait une mine terrible, mais il était là et – pour autant que Lily pût en juger – tout d'une pièce. Sain et sauf.

— C'est moi, dit-il. Je suis Jamie.

— Trouvons-nous un endroit au calme, proposa Julian.

Il prit Lily par la main pour l'entraîner vers l'escalier étroit qui montait à l'étage.

— Faites attention à votre tête, ajouta-t-il, avec un geste de la main pour illustrer sa mise en garde.

Il se doutait que Lily attendait des explications. Et après la nuit qu'elle avait dû passer, il ne pouvait les lui refuser. Mais il ne voulait pas discuter de cela en bas. L'aube pointait déjà son nez. Le livreur de lait passerait bientôt, et les employés d'Anna arriveraient pour débuter leur journée.

Le temps était venu de dire la vérité à Lily. Ou, du moins, une bonne partie. Julian savait que la jeune femme avait compris depuis longtemps qu'ils n'étaient pas issus du même monde. Mais elle n'avait pas conscience du fossé – pour ne pas dire du gouffre – qui séparait leurs origines sociales. Ce matin, il mettrait enfin les choses au point.

Ils débouchèrent dans un minuscule grenier chichement éclairé par une petite fenêtre et meublé d'une seule chaise en paille.

— Asseyez-vous là, dit-il, se débarrassant de son manteau, avant de tirer à lui une caisse en bois pour en faire son propre siège.

L'exiguïté de la pièce ne lui permettait pas de s'installer à bonne distance de la jeune femme. À peine plus d'un mètre les séparait. Ce n'était pas l'idéal, mais il s'en contenterait. Si, hier soir, il s'était laissé aller à quelques libertés, Julian avait compris qu'il devait se reprendre. Il avait conduit Lily dans des lieux qu'elle n'aurait jamais dû fréquenter, il l'avait exposée à des gens qu'elle n'aurait pas dû côtoyer. Pire encore : il l'avait mise en danger. Leo avait payé de sa vie son amitié pour lui. Il ne voulait pas que Lily subisse le même sort.

— Approchez-vous, dit-elle. Je voudrais mieux vous voir, pour m'assurer que vous n'avez rien.

Julian secoua la tête. Pas question. Il avait eu plusieurs fois la preuve, ces derniers jours, qu'il était incapable de résister à ses pulsions quand la jeune femme était trop près de lui.

— Je ne suis pas blessé. Juste mouillé.

— Alors, vous risquez de mourir de pneumonie.

Elle se défit de la couverture drapée sur ses épaules et la lui tendit :

— Prenez au moins ça.

Julian serra les dents.

— Gardez-la.

— Julian. Je suppose que cette conversation sera longue. Je ne veux pas vous voir trembler de froid. Ou alors, partageons la couverture.

Julian se résolut à prendre la couverture. Au diable son orgueil. Il s'était gelé toute la nuit.

— Que s'est-il passé ? demanda-t-elle. Avez-vous pu retrouver les deux hommes ?

— Je les ai retrouvés. Mais ce n'étaient pas les assassins de Leo.

Julian soupira d'épuisement. Il avait suivi les deux gaillards pendant des heures. Il les avait épiés tandis qu'ils buvaient dans une taverne. Ensuite, ils s'étaient partagé la même catin. Finalement, il avait appris qu'ils étaient arrivés depuis peu à Londres.

Il avait donc dû renoncer à son espoir d'avoir découvert les meurtriers de Leo. Ce qui le confortait un peu plus dans son plan initial : faire sortir de sa cachette celui qui avait commandité le crime.

Lily le regardait. Bien qu'il fût encore frigorifié, Julian sentit une certaine partie de son corps s'embraser sous la couverture.

— Je suis bien contente de savoir que ce n'étaient pas eux, dit-elle.

— Vous ne souhaitez pas voir les assassins de votre frère démasqués ?

— Si, bien sûr. Mais je ne veux pas que ce soit vous qui les trouviez. Et certainement pas tout seul, désarmé, dans le noir de surcroît. Je n'ai pas envie que le meurtre de Leo soit résolu au prix de votre vie.

Elle semblait au bord des larmes. Julian s'en voulait de lui avoir fait passer une nuit d'angoisse, mais il était ému de savoir qu'elle tenait autant à lui.

— Que représente cette maison pour vous ? reprit-elle. Que vouliez-vous dire en prétendant que vous avez grandi ici ? Pourquoi Anna vous appelle-t-elle Jamie, et comment connaissez-vous le langage des signes ?

— C'est une longue histoire.

Elle se pencha vers lui, le regard rivé sur ses lèvres.

— Alors, commencez par le commencement. Mais ne parlez pas trop vite, s'il vous plaît.

— Ma mère... (Julian déglutit, avant de pouvoir continuer.) Ma mère était née sourde. Elle venait de la campagne, d'un recoin reculé du Kent, où ce genre de handicap n'est pas très rare. Sa cousine aussi était sourde. Apparemment, cela se transmet à travers les familles. Quoi qu'il en soit, les sourds ont toujours pu compter sur la charité. Ma mère et sa cousine se sont vu offrir des emplois de chambrières dans une famille aristocratique, ici à Londres. Leurs gages représentaient une petite fortune, pour le milieu paysan d'où elles venaient. Après quelques mois, la cousine de ma mère est tombée malade. Elle est morte très rapidement.

— Oh, mon Dieu. C'est tragique.

— Le sort de ma mère fut bien pire. Elle n'avait jamais appris à lire ni à écrire, et elle ne connaissait personne à Londres. Ses employeurs étaient des gens respectables, mais ils avaient un fils et... bref, il abusa d'elle.

Julian sentait le goût de la bile monter dans sa gorge.

— Oh, elle n'était pas la première domestique à se faire violer par son maître, reprit-il. Mais imaginez sa situation. Elle n'avait personne vers qui se tourner.

Lily frissonna.

— Qu'a-t-elle fait, alors ?

— Elle a survécu. Du mieux qu'elle a pu. Quand la gouvernante de la maison s'est aperçue qu'elle était enceinte, elle a été renvoyée sans références et jetée à la rue. Je suis né quelques mois plus tard. Ma mère a accouché dans un entrepôt désert.

— Toute seule ?

— Elle n'osait pas réclamer de l'aide. Elle avait peur qu'on lui enlève son bébé et qu'on la mette en prison. Ses craintes n'étaient pas totalement infondées.

— Elle était très courageuse.

— Oui, en effet.

En grandissant, Julian l'avait aidée dans la mesure du possible, mais il était conscient que sa mère aurait connu une vie beaucoup plus facile si elle l'avait abandonné devant la porte d'un hospice. Elle ne l'avait pas fait, pourtant. Ils étaient restés ensemble.

— Pourquoi n'est-elle pas rentrée dans son village ?

— Elle n'avait pas d'argent pour voyager. Et elle se sentait salie. Elle aurait eu honte de se présenter devant ses parents.

Il prit une profonde inspiration, avant d'ajouter :

— Voilà qui je suis, Lily. Le fruit de la peur, de la violence et de la honte. Le fils bâtard d'un aristocrate lubrique, élevé dans des conditions pitoyables. Nous n'avions rien. Ni toit permanent, ni vêtements décents, ni nourriture. Ma mère travaillait quand elle le pouvait. Je mendiais ou je volais quand elle n'en avait pas la force. Le reste du temps, nous crevions de faim.

Son regard se porta sur la petite fenêtre.

— À neuf ans, poursuivit-il, j'ai entendu parler de ce café où nous nous trouvons. Un établissement tenu par des sourds, où tout le personnel était sourd. J'y ai amené ma mère et le propriétaire – le défunt mari d'Anna – lui a donné du travail en cuisine. Moi, je m'occupais de petites tâches, comme de transporter le charbon pour le poêle de la grande salle. Ils nous avaient donné ce grenier pour nous loger. J'avais ma paillasse juste là. (Il pointait le plancher, près de la chaise de Lily.) C'était le premier vrai lit de ma vie. Et le soir, je montais m'y coucher le ventre plein. Ma mère avait enfin décroché un emploi stable. Elle était heureuse. J'étais heureux.

« Ce n'est que plus tard, en grandissant, que j'ai compris que nous aurions dû connaître une bien meilleure vie. Et que toutes ces années de pauvreté avaient altéré la santé de ma mère. J'ai fini par mesurer toute la responsabilité de l'homme qui avait abusé d'elle.

— L'avez-vous rencontré ?

Il secoua la tête.

— Il est mort peu après ma naissance, laissant son père sans héritier. Quand celui-ci est mort à son tour, quelques années plus tard, le titre nobiliaire est passé à un cousin éloigné. J'ai encouragé ma mère à se manifester, pour qu'elle obtienne un petit quelque chose.

— Je suppose qu'on lui a tout refusé ?

Il hocha la tête.

— Des aristocrates venaient fréquemment dans ce café. À une époque, c'était un lieu à la mode. Je les ai servis durant des années. Et pendant ce temps-là, je voyais ma mère s'affaiblir de jour en jour.

— Jusqu'à ce qu'elle finisse par mourir ?

Il hocha encore une fois la tête, détournant le regard.

— Quel âge aviez-vous ?

— Quatorze ans. Et je n'étais même pas là. Je me trouvais en prison au moment de son décès.

Elle écarquilla les yeux.

— En prison ? À quatorze ans ? Mais pourquoi ?

Julian haussa les épaules. Il y avait tant de choses qu'ignorait encore Lily. Et qu'elle ne saurait jamais.

— Un différend avec un aristocrate. Peu importent les détails. Je n'étais pas là quand ma mère est morte. Comme elle n'avait pas d'économies pour s'offrir une tombe décente, on a jeté son cadavre dans une fosse commune.

Il pressa son poing sur sa bouche pour juguler son émotion, avant de lâcher :

— Je l'ai laissée mourir seule.

Il se mit à trembler, malgré la couverture. Pas de froid. Ni de faim. Mais de colère. Une colère, au fond, qui ne l'avait jamais quitté depuis tout ce temps.

Lily se leva de sa chaise pour s'agenouiller devant lui. D'un geste précautionneux, elle posa sa main sur ses poings serrés. Mais il ne put s'empêcher de tressaillir, et la couverture glissa de ses épaules.

— Continuez, lui dit-elle. J'ai besoin de comprendre.

— Après sa mort, j'ai travaillé ici et là. J'ai même passé quelques mois chez un tailleur, à couper du tissu. C'est là que j'ai aperçu pour la première fois Beau Brummell. Saviez-vous que son père n'était qu'un simple secrétaire ? Et pourtant, toute la crème de la bonne société anglaise était à ses pieds. C'est alors que j'ai décidé de lui ressembler. Je voulais posséder tout ce que possédaient les lords – et que j'estimais me revenir de droit. Au besoin, je n'hésiterais pas à le leur prendre. Leur argent. Leur statut. Leurs femmes. Je voulais inverser les rôles et qu'ils se mettent à m'envier, *moi*.

Il déglutit – de rage et d'amertume – avant d'ajouter :

— Je les déteste, Lily. Je les déteste tous.

Elle se mordit la lèvre. Julian pouvait sentir la délicate fragrance de sa chevelure. C'était un parfum de luxe, qui semblait trop raffiné pour un endroit si humble.

— Ne me prenez pas en pitié, Lily. Je parle de vos amis. De votre famille. De vos pairs. J'ai consacré toute mon énergie à satisfaire mon ambition. Je me suis fait ouvrir la porte de leurs clubs. Je les ai délestés d'une partie de leur or. Tout ça, par esprit de vengeance.

— Et vous avez caché tout cela à Leo. Et à moi.

— Oui. Pendant des années.

Elle plissait la bouche et son regard trahissait sa concentration. Elle avait quelque chose en tête, mais Julian ignorait quoi.

Tout à coup, elle leva la main vers son visage. Julian retint son souffle. Puis elle posa un doigt sur sa joue, juste en dessous de son œil droit. Par réflexe, Julian ferma un instant les yeux, avant de les rouvrir. Après quoi, elle retira sa main pour regarder son doigt. Il brillait.

Oh, bon sang ! Il pleurait donc ?

Elle essuya son doigt. Il n'y avait plus rien. Ce n'était qu'une seule larme. Verser une larme n'était pas pleurer. Après sa nuit blanche et sa confession éprouvante, il pouvait même s'enorgueillir de n'avoir versé qu'une seule larme, n'est-ce pas ?

Lily cligna plusieurs fois des yeux. Et renifla.

— Je suis désolée, murmura-t-elle, mais je crois que je vais pleurer.

— Non ! se récria Julian, paniqué. Non, ne pleurez pas, Lily. Je ne mérite pas vos larmes.

— C'est plus fort que moi, dit-elle d'une voix étranglée par les sanglots, avant de s'effondrer sur ses genoux.

Ses larmes jaillirent en abondance, ruisselant le long de ses joues.

Julian capitula. Il pouvait s'opposer à ce que Lily le console, mais il ne pouvait pas se dérober devant le chagrin de la jeune femme.

Alors, il fit la seule chose qu'il devait faire. Et qu'il avait de toute façon très envie de faire.

Il la serra fort dans ses bras.

13

Lily l'aimait. Elle aimait Julian.

Il était inutile de le nier. Ni, à cet instant, de chercher à l'analyser. Elle n'aurait pas su dire si cela changeait quelque chose à leur relation. Elle ne savait qu'une chose : elle aimait cet homme, quels que soient ses origines, ses péchés, ses mensonges. Et elle ne se voyait pas continuer à l'écouter sagement pendant qu'il lui racontait son enfance misérable – et solitaire, après la mort de sa mère. Elle avait le cœur trop remué.

Julian la serrait très fort dans ses bras. Il se laissa même glisser sur le plancher pour être plus près d'elle, tandis que la lumière extérieure pénétrait lentement dans le grenier. Le jour se levait.

— Et maintenant ? demanda Lily lorsqu'elle réussit à sécher ses larmes. Qu'allons-nous faire ?

Au fond, elle s'en moquait. Du moment qu'elle était avec Julian, le reste lui importait peu.

— Je vais quitter Londres, annonça-t-il.

Lily sentit ses poumons se vider.

— Vous… Vous allez partir ? Mais quand ?

— Je ne sais pas encore précisément. Bientôt.

Elle s'obligea à ne pas paniquer.
— Quand reviendrez-vous ?
— Je ne reviendrai pas.
Comment pouvait-il se montrer aussi cruel ?
— C'est pourquoi vous devez vous marier, enchaîna-t-il. Je ne pourrai plus vous protéger encore très longtemps, et je ne supporterais pas de vous savoir seule.
— Et je suis supposée me réjouir à la perspective de ne plus vous revoir ?
— Oui, si vous êtes capable de comprendre ce qui est préférable pour vous. Vous me dites souvent que je vaux mieux que ma réputation. C'est malheureusement faux. Simplement, je suis un meilleur homme quand je suis avec vous. Mais uniquement quand je suis avec vous.
Lily fronça les sourcils.
— Est-ce parce que je vous rappelle votre mère ? Parce qu'elle était sourde, et moi aussi ? Serait-ce pour cela que vous... que vous vous êtes attaché à moi, mais que vous ne...
— Non, non. Ça n'a rien à voir, je vous assure. Quand je suis avec vous, je ne pense pas du tout à ma mère.
Lily croisa les doigts, espérant qu'il était sincère.
— Vous possédez certaines de ses qualités, ajouta-t-il. La gentillesse. La loyauté. Le courage. Mais pour le reste, vous ne lui ressemblez nullement. Et pour ce qui est de la surdité, je suis bien placé pour constater les différences. Ma mère était née sourde. Vous êtes devenue sourde à la suite d'une maladie. Croyez-moi, cela n'a rien à voir. Prenez le piano, par exemple : vous ne pouvez plus l'entendre, mais vous savez à quoi ressemble sa musique, et il vous suffit de poser les mains sur un

piano pour savoir ce que je joue. Ce n'était pas possible avec ma mère. En revanche, elle, Anna et les autres qui travaillent ici, sont capables de déceler certains détails insignifiants – des textures, des odeurs... – qui vous échappent complètement. Du reste, si cela peut vous aider, les gens comme Anna ne vous considèrent pas comme l'une des leurs.

Lily repensa à la stupéfaction d'Anna lorsqu'elle lui avait avoué qu'elle ignorait le langage des signes. Et à son message écrit à la craie : *Les amies de Jamie sont les bienvenues*.

— C'est votre vrai nom, Jamie ?

Il secoua la tête.

— Pas tout à fait. C'est simplement qu'ici on m'a toujours appelé Jamie. Mais depuis que je suis adulte, c'est Julian.

— Donc, votre vrai nom, c'est Julian ?

Il secoua encore la tête.

— Non, je ne pense pas.

— Je n'y comprends plus rien.

— Ma mère était illettrée. C'est tout juste si elle savait reconnaître les lettres de l'alphabet. Quand elle a voulu me baptiser, elle n'a pas réussi à se faire comprendre du prêtre. Celui-ci a fini par choisir un nom au hasard, qu'il a inscrit dans le registre. Ma mère n'a pu déchiffrer que la première lettre. Un « J ».

— Alors, vous ne connaissez même pas votre prénom ?

Il haussa les épaules.

— Si. Mon vrai prénom, c'était celui que me donnait ma mère.

Et, joignant les deux mains, il dessina la lettre « J » en l'air et se frappa deux fois la poitrine.

Lily sentit de nouvelles larmes piquer ses paupières. À chaque minute qui passait, elle réalisait un peu plus qu'elle ne savait pratiquement rien de cet homme. Et s'il la quittait bientôt, elle n'aurait pas le temps de tout apprendre.

— J'aurais aimé connaître votre mère.

Il se passa la main dans les cheveux.

— Moi aussi, j'aurais aimé que vous la connaissiez. Et j'aurais aimé que beaucoup de choses se passent différemment.

— Il n'est pas trop tard pour les changer. Racontez-moi tout. Expliquez-moi vos soucis. Vos problèmes. Ensemble, nous leur trouverons une solution.

— Nous ne pouvons pas changer le monde, Lily. Et le problème est d'abord entre nous. Vous êtes une aristocrate. Hier soir, j'ai failli vous déflorer dans une ruelle sordide.

C'était vrai ? Il lui aurait pris sa virginité dans la rue ? La perspective la révulsait… autant qu'elle l'excitait.

— S'il vous était arrivé quelque chose, je n'aurais pas survécu, reprit-il. Je n'ai pas besoin de vous rappeler comment j'ai mis Leo en danger. Et quel fut le résultat.

Oh, non ! Il n'allait pas encore tout ramener à cette histoire de culpabilité !

— Julian, tout ce qui s'est passé hier soir, c'est moi qui vous l'ai demandé. Je suis parfaitement responsable de mes actes. Comme l'était Leo. Il avait décidé d'assister à ce match de boxe et il s'y est rendu de son plein gré. Vous n'avez pas à vous reprocher ce qui lui est arrivé.

Une lueur de colère s'alluma dans ses yeux.

— Qu'en savez-vous ? J'étais supposé l'accompagner, ce soir-là. J'ai des ennemis, Lily. Je suis convaincu que les hommes qui l'ont tué cherchaient en réalité à m'atteindre.

— C'est de la folie ! Je ne vois pas pourquoi des gens voudraient votre mort.

— Vous ne voyez pas, parce que je me suis ingénié à vous tenir à l'écart de tout ceci. Et il n'est pas question que je change de stratégie aujourd'hui.

Elle secoua la tête.

— Je n'arrive pas à y croire. Vous revendiquez d'être né dans la misère et de vous conduire comme un gredin envers la bonne société, mais dès qu'il s'agit de moi, votre comportement est exactement l'inverse.

— En effet, et j'entends continuer ainsi. En ce qui vous concerne, j'ai la ferme intention de rester décent de bout en bout. D'autant que ce sera sans doute la seule fois de ma vie que cela m'arrivera.

— Alors, vous êtes bien un bâtard. Ne voyez-vous pas à quel point votre attitude est condescendante à mon égard ? Parce que je suis pure, délicate et sourde, vous êtes aux petits soins pour moi, dans le même temps que vous séduisez toutes les autres femmes, pour lesquelles vous n'avez aucun respect. Finalement, je devrais peut-être suivre votre conseil et me marier. Si j'épousais l'un de ces lords que vous méprisez tant, j'aurais peut-être enfin une chance de coucher avec vous.

Bon sang. Avait-il bien entendu ?

Elle rougit légèrement.

Oui, il avait bien entendu.

— Je m'excuse, Julian. Je n'aurais pas dû dire cela…

— Non, ne vous excusez pas. C'était mérité. Je suis un bâtard, en effet. Et de multiples façons, encore. Je suis heureux que vous commenciez à vous en apercevoir. Cela nous facilitera les choses, à tous les deux.

— Comment cela ?

— Parce que nous allons nous dire adieu.

Lily ravala difficilement un sanglot.

Julian lui prit la main.

— Essayez de comprendre. Aujourd'hui, j'ai deux buts dans la vie. Obtenir justice pour Leo et assurer votre sécurité. Après ce qui s'est passé cette nuit, je dois voir la réalité en face. Mon premier but m'échappera peut-être toujours. Quant au deuxième... il semble clair, à présent, que je ne peux pas rester près de vous sans qu'il y ait un risque pour votre vertu ou pour votre sécurité.

— Personne ne se soucie de ma vertu, protesta-t-elle.

— Moi, si. Et vous devriez en faire autant.

Elle s'esclaffa. Mais son rire était amer.

— Vous avez beau prétendre que vous voulez prendre un amant, vous ne le ferez pas, poursuivit-il. Si jamais cela s'ébruitait, toute la responsabilité retomberait sur vous. L'histoire se terminerait mal.

La peste l'emporte, mais Lily savait, au fond d'elle-même, qu'il avait raison. Elle n'était pas faite pour les liaisons illicites.

Il se leva.

— En parlant de discrétion, nous ferions mieux de redescendre. Venez, ajouta-t-il en lui tendant la main. Je vais vous raccompagner chez vous.

Lily le regarda. L'avenir sans Julian lui paraissait terne.

— Le bal de lord et lady Ainsley aura lieu la semaine prochaine. Vous m'avez promis d'y aller, Julian. Trois soirées, rappelez-vous. Vous m'en devez encore une. N'oubliez pas votre promesse.

C'était un argument un peu dérisoire, mais elle n'en avait pas de meilleur.

Il paraissait songeur.

— Très bien, lâcha-t-il finalement. Je tiendrai parole.

Elle prit sa main avec un soupir de soulagement.

— Vous viendrez, alors ?

— Je viendrai, confirma-t-il. Je n'arriverai pas avec vous, mais je vous promets que vous m'y verrez. Tout bien considéré, l'occasion sera parfaite. Ce bal marquera vos seconds débuts dans le monde. Et mes adieux.

Quelques jours plus tard, Lily était de nouveau assise au bureau de Leo. Novembre avait succédé à octobre.

La jeune femme tourna les pages du registre ouvert devant elle, pour arriver à une page blanche. Puis, avec sa plume, elle tira un trait du haut en bas de la page. En haut de la colonne de gauche, elle écrivit : *Arguments pour*, et en haut de la colonne de droite : *Arguments contre*. Lily avait l'impression de se comporter en écolière, mais c'était plus fort qu'elle. Les registres l'avaient toujours aidée à avoir l'esprit plus clair.

La seconde colonne s'avéra d'emblée beaucoup plus facile à remplir que la première.

Il est menteur, écrivit-elle.

Il a été en prison.

Il a des ennemis. Sans doute très dangereux.

Il a couché avec la moitié des femmes de la bonne société.

Enfin, ce dernier point était un peu exagéré. Lily barra « la moitié » pour inscrire à la place : *une bonne centaine*.

Piètre consolation.

C'est un enfant illégitime. Et de basse extraction.

Elle n'était pas très fière de consigner cela par écrit, mais c'était un fait indéniable. Personne ne s'imaginait que Julian Bellamy avait du sang royal dans les veines. Mais personne, non plus, ne se doutait qu'il était issu d'un milieu si misérable. Si cela venait à s'apprendre, les meilleures familles couperaient toute relation avec lui. Et avec Lily par la même occasion. Elle avait beau prétendre que cela lui était indifférent, elle en serait quand même un peu affectée. Ses parents et Leo avaient toujours été unanimement respectés. Lily n'avait aucune envie de ternir leur réputation.

La liste était incomplète. Lily ajouta encore :

Il a d'autres secrets. Sans doute peu plaisants.

Puis elle porta son attention sur la colonne de gauche. Sa plume restait suspendue en l'air. Non pas qu'elle se demandait par où commencer. Bien au contraire : elle avait le sentiment qu'une fois qu'elle aurait commencé à écrire, elle ne pourrait plus s'arrêter. Mais elle ne pouvait quand même pas consigner toutes les fois où Julian l'avait fait rire, l'avait fait se sentir en confiance, l'avait fait réfléchir. Et puis, il y avait toutes les autres sensations qu'il lui inspirait, et qu'il aurait été indécent de coucher sur le papier.

Je l'aime, écrivit-elle. Parce que c'était la vérité. Plus les jours passaient, plus elle était sûre de ses sentiments.

Elle ajouta :

Je crois qu'il m'aime aussi.

Mais cela suffisait-il à contrebalancer les arguments de la colonne opposée ? L'amour a raison de tout, disait-on souvent. Et c'était sans doute vrai sur le court terme. Mais sur le long terme ?

Julian savait ce qu'était l'amour. Il n'était pas comme ces débauchés toujours à courir après un jupon parce qu'ils avaient manqué d'affection maternelle lorsqu'ils étaient petits. Non, il connaissait l'amour. Et avec son charme naturel, il ne devait pas avoir de mal à trouver des femmes qui l'aimaient. Pourtant, il avait préféré rester seul, afin d'assouvir sa vengeance. Il avait dédaigné l'amour.

Lily repensa tout à coup à Leo. Une fois de plus, elle ne put résister à la tentation d'ouvrir le tiroir qui contenait les mystérieuses lettres.

À force de les relire, elle les connaissait maintenant toutes par cœur. Mais l'une d'elles, en particulier, l'obsédait. La dernière du paquet.

Je pense souvent à tes yeux, et je me demande si tu as conscience qu'ils sont extraordinaires. Je doute qu'un miroir suffise à rendre leur profondeur. Mais peut-être peux-tu en avoir une meilleure idée en regardant les yeux de ta sœur jumelle ? Je suppose qu'ils sont semblables aux tiens. Ce n'est qu'une supposition, bien sûr. Pour en avoir la preuve, il faudrait qu'elle me soit présentée. Et j'ai bien peur que cela n'arrive jamais.

Crois-tu qu'elle m'apprécierait ? Après tout, elle et moi avons au moins une chose en commun. Mais je te taquine, et ce n'est pas gentil de ma part.

Je regrette les choses que je t'ai dites la dernière fois.

Et je déteste écrire « la dernière fois ». Mais c'était la dernière fois, n'est-ce pas ? Mon intuition me le dit, hélas. Ah, si tu pouvais seulement t'affranchir un peu de ce maudit « sens de l'honneur » qui te gâche l'existence, je sais que tu viendrais à moi.

Mais peut-être que si tu venais à moi en te dépouillant de ce sens de l'honneur qui fait ton charme, je t'aimerais moins ?

Or, je t'aime. Je t'aime. Ne l'oublie jamais.

Chaque fois qu'elle relisait cette lettre, Lily sentait des sanglots monter dans sa gorge.

Son frère avait été amoureux – de quelqu'un hors de sa portée, ou qu'il n'aurait pas été convenable d'aimer – et il avait caché cet amour à tout le monde. Même à sa sœur. La personne qui avait écrit ces lettres devait beaucoup pleurer Leo. Et toute seule. Car son frère ne les avait jamais présentées. Aurait-il changé d'avis s'il avait su qu'il lui restait si peu de temps à vivre ?

Et s'il était encore là, que conseillerait-il à Lily de faire aujourd'hui ?

Elle s'esclaffa. C'était trop drôle, d'une certaine manière. Si Julian était résolu à partir, rien ne l'en empêcherait.

Lily voulait encore ajouter un argument à sa liste. Mais elle ne savait pas dans quelle colonne le placer.

J'ai peur de rester seule.

Elle n'avait cessé de répéter qu'elle ne voulait pas se marier, mais la perspective de demeurer vieille fille jusqu'à la fin de ses jours commençait à l'angoisser. Et quelle perspective, en effet ! Vivre dans un salon aux murs gris, avec une dame de compagnie aux cheveux gris et une douzaine de chats tout gris... Même en ajoutant un perroquet au plumage multicolore, le tableau restait désespérément morne.

Finalement, Lily arracha la page et la jeta dans la cheminée. Elle pouvait bien ruminer tout ce qu'elle voulait : elle n'aurait aucune certitude tant qu'elle n'aurait pas revu Julian.

Demain. Elle le verrait demain. Son cœur s'en réjouissait déjà.

Tartuffe s'agita soudain sur son perchoir. Le perroquet était plus efficace que les miroirs pour signaler que quelqu'un entrait dans la pièce. Lily se tourna vers la porte.

Swift, son majordome, s'inclina poliment.

— Un paquet vient d'arriver pour vous, milady.

Un valet le suivait. Il portait une grande boîte rectangulaire, sur laquelle était posée une enveloppe cachetée. Lily remercia les domestiques, avant de décacheter la lettre. Elle se doutait qu'elle était envoyée par Julian : elle ne l'avait plus revu depuis leur conversation dans le grenier d'Anna, mais il lui avait adressé un petit mot chaque jour. Le premier jour, c'était pour s'enquérir de sa santé. Lily lui avait répondu qu'elle allait très bien, merci, et elle lui avait retourné la question, par politesse. Le lendemain, il lui avait demandé de quelle couleur serait sa robe, le soir du bal. Elle avait répondu qu'elle ne savait pas encore, mais qu'elle ne manquerait pas de le tenir informé. Et ainsi de suite. Toutes ces lettres étaient sans conséquence. Elles auraient aussi bien pu être écrites par un collégien qui flirtait pour la première fois.

Mais, hier, Amelia et le duc de Morland étaient venus lui rendre visite, pour lui proposer de s'entraîner un peu à danser. Lily était convaincue que c'était Julian qui les avait envoyés. Elle n'aurait pas su dire, en revanche, ce qui s'était révélé le plus délicat : danser avec le duc, toujours intimidant et taciturne, ou danser avec Amelia, enceinte jusqu'aux dents, en jouant le rôle du cavalier. Malgré tout, Lily avait pu s'entraîner, et elle se sentait plus confiante pour l'épreuve du bal.

Aujourd'hui, après les lettres et les visiteurs, Julian lui envoyait un cadeau. Pour un homme déterminé à ne pas lui faire la cour, son comportement ne manquait décidément pas d'être curieux.

Lili commença par la lettre. Quelle ne fut pas sa surprise de découvrir une feuille de papier divisée en deux colonnes, semblable à celle qu'elle venait de jeter au feu ! Cependant, il ne s'agissait pas d'une litanie d'arguments favorables ou défavorables, mais, pour la première colonne, d'une liste de danses et pour la deuxième, d'une liste de noms. Pas n'importe quels noms : uniquement des gentlemen fortunés, titrés pour la plupart et, bien sûr, célibataires. Avec toutefois deux exceptions à cette dernière règle : Morland était inscrit en face d'une valse et le frère aîné d'Amelia, Laurent, comte de Beauvale, serait son cavalier pour le quadrille d'ouverture.

Un nom manquait visiblement à la liste – celui de Julian.

Un petit mot accompagnait la feuille :

Chère Lily,

Comme promis, j'ai pu me procurer la liste des danses prévues pour le bal de lord et lady Ainsley. J'ai également pris la liberté de réserver vos cavaliers à l'avance.

— Oui, une belle liberté. Merci de votre générosité, Julian, marmonna Lily avant de revenir à sa lecture.

Quant au contenu du paquet, je compte sur vous pour deviner à qui il est destiné. J'ai pensé qu'il ne serait pas convenable que je le donne moi-même.

Alors, là, c'était un vrai mystère. Que voulait-il dire ?

Lily s'empressa de défaire la ficelle entourant le paquet. Un autre petit mot se trouvait à l'intérieur :

Avec toutes mes excuses. Il n'y avait plus d'hermine disponible.

Lily sortit de la boîte un lourd manteau d'hiver en laine noire de première qualité. Un galon de velours bordait tout le vêtement, orné d'un col de zibeline. C'était un manteau, sinon royal, du moins qui n'aurait pas déparé sur une personne de la cour. Et ses dimensions étaient bien trop grandes pour convenir à Lily.

Avec un sourire, la jeune femme prit le manteau sous son bras et partit à la recherche de sa gouvernante.

— Holling ! cria-t-elle dans le couloir. Je crois que vous avez un admirateur.

14

Julian se prépara pour le bal avec autant de soin qu'un boxeur s'apprêtant à livrer un combat crucial. Il se reposa bien, mangea correctement et se concentra. Ce soir, il apprendrait enfin la vérité sur ses ennemis et sur la mort de Leo. L'impatience courait dans ses veines.

Mais d'abord, il y aurait les danses. Un peu d'amusement avant de sortir les poings.

Il arriva chez lord et lady Ainsley – en retard, bien sûr, car il était démodé de se montrer ponctuel – avec une liste d'activités censées lui éviter d'avoir à bayer aux corneilles devant Lily.

Malheureusement, il éprouva les plus grandes difficultés à trouver des joueurs disposés à partager une partie de dés, ou des gentlemen avides de discuter avec lui des mérites de la nouvelle actrice parisienne qui jouait à Covent Garden. Car il semblait que tous les hommes présents à la réception n'avaient qu'une idée en tête : bayer aux corneilles devant Lily.

Au bout de cinq minutes, il capitula et les imita.

Il faut dire que la jeune femme était étourdissante. Julian la trouvait toujours parfaite, bien sûr, mais ce soir elle atteignait le pinacle de l'élégance. Sa robe de satin bronze moiré n'était ni la plus chère de l'assemblée, ni la plus en vogue. Sa coiffure n'avait rien d'innovant. Pourtant, tous les yeux étaient braqués sur elle. Son nom était sur toutes les langues. Mais si aux hommes elle inspirait une franche admiration, elle suscitait la jalousie et l'envie chez les femmes.

Quant à Julian, Lily ne lui inspirait... rien du tout – en fait, à cause d'elle, il avait même plutôt du mal à respirer.

La jeune femme avait présentement pour cavalier M. George Denton, un brave gars jovial qui manquait de subtilité mais qui hériterait d'une coquette fortune. M. Denton, « Denny » pour ses amis, s'avérait piètre danseur. Il commettait tant de faux pas que ceux de Lily passaient totalement inaperçus – ou étaient mis sur le compte de la maladresse de son cavalier. Pourtant, ils paraissaient passer un bon moment ensemble, à en juger par la façon dont ils riaient l'un et l'autre.

Lily ne serait pas malheureuse avec un mari comme Denny. Il s'occuperait bien d'elle et lui donnerait des enfants vigoureux. Denny était un homme affable, simple à vivre, aimé de tous ses pairs.

Julian, bien sûr, le détestait totalement. Surtout en ce moment.

Il s'obligea cependant à maîtriser ses émotions. Il ne pouvait pas se permettre, un soir comme celui-ci, de céder à la jalousie. Lily devait briller comme l'étoile du bal. Et lui, il espérait trouver des réponses aux questions qui l'obsédaient depuis des mois.

Le buffet était dressé dans la pièce voisine. Julian alla boire un verre de punch. Il aurait préféré quelque chose de plus fort, mais il avait besoin de garder tous ses esprits. La présence de Lily était déjà suffisamment enivrante comme cela.

Quand il revint dans la salle de bal, une valse venait juste de commencer. Les danseurs virevoltaient sur le parquet.

Mais Lily ne se trouvait pas parmi eux.

— N'était-ce pas la danse réservée par Morland ? Où diable est-il passé ?

Lily s'obligea à garder son calme et sourit.

— Bonsoir, monsieur Bellamy. Vous êtes très élégant, comme d'habitude.

Ce n'était pas tout à fait exact. Julian était encore plus beau et plus élégant que d'habitude. Mais il ne semblait pas d'humeur à goûter les compliments.

— Où est le duc, bon sang ?

— Morland et Amelia sont rentrés chez eux, expliqua Lily. C'est moi qui les y ai incités. Ils n'aiment pas laisser Claudia trop longtemps toute seule le soir. Leur préoccupation me paraît légitime, non ?

En fait, après avoir pris connaissance de la liste des cavaliers que lui avait adressée Julian, Lily avait aussitôt écrit à Amelia. Ensemble, les deux amies avaient comploté pour que le duc soit parti avant la valse. De toute façon, si Amelia n'avait pas accepté de l'aider, Lily se serait débrouillée pour verser du somnifère dans le punch de Morland. C'est dire si elle était déterminée à partager cette valse avec Julian.

— Je n'en reviens pas qu'ils aient pu vous abandonner toute seule ici.

— Je ne suis pas seule. Vous êtes là. Et si vous le souhaitez, cette danse est pour vous.

Elle lui offrit sa main.

Julian s'en empara.

— Comment pourrais-je refuser ?

Alors qu'ils se dirigeaient vers la piste, Lily aurait dû éprouver un sentiment de triomphe. Mais pas du tout. Elle se sentait morte de fatigue. Même avant sa maladie, elle avait toujours trouvé ces grandes réceptions assommantes. Danser sans relâche, converser, être toujours sur ses gardes, sourire à tout le monde... Et ce soir, l'épreuve était multipliée par dix, car il lui fallait suivre la conversation de ses cavaliers tout en dansant.

Quand Julian l'enlaça d'une main, elle n'avait plus qu'une envie : s'écrouler dans ses bras et le supplier de la ramener à la maison. Mais elle ne voulait pas garder de ce bal le souvenir d'avoir dansé avec à peu près tous les gentlemen présents, sauf avec lui. Elle voulait que cette nuit soit la leur.

Alors, ils valsèrent.

— Vous me regardez bizarrement, dit-elle au bout d'un moment.

— Ah bon ?

Elle hocha la tête.

— Vous avez l'air si sérieux et si concentré. Nous sommes là pour nous amuser, au cas où vous l'auriez oublié.

— Je sais qu'il s'agit d'une fête, Lily. Si j'ai l'air sérieux, c'est que je suis fasciné. Vous irradiez littéralement. Et je suis très fier de danser avec vous.

Lily dut détourner le regard. C'était ça, ou fondre en larmes. Il ne pouvait pas se douter à quel point ses paroles la bouleversaient. Venant de n'importe qui d'autre, elle aurait pris cela comme une flatterie agréable. Mais de la part de Julian, c'était aussi précieux qu'une source dans le désert.

Toutefois, elle prit garde de ne pas trop le montrer.

— J'avoue que je suis moi-même assez fière. J'espère simplement que personne n'ira le raconter à ma tante Béatrice.

— Laissez votre tante Béatrice à sa morale étriquée, répliqua-t-il. Tant mieux si cela lui vaut son petit coin de paradis. Mais laissez-moi profiter de ma soirée.

Après avoir inspecté la salle du regard, il ajouta :

— C'est vraiment l'occasion idéale pour faire mes adieux à la bonne société. Je ne vois pas ce qui pourrait supplanter ce triomphe. Tout le monde nous regarde. Tout le monde *vous* regarde. L'envie se lit sur leurs visages.

Lily aurait surtout aimé qu'il cesse de parler de son départ définitif.

— Êtes-vous sûr que ce soit de l'envie ?

On les regardait, en effet. Mais Lily voyait plutôt de la fascination que de la jalousie.

— Oh oui, c'est de l'envie. De l'admiration pour vous, et du mépris pour moi. (Il s'esclaffa.) Je pense qu'ils savent. Après toutes ces années, ils ont dû finir par comprendre qui j'étais vraiment. Un bâtard né dans la rue qui se permet de valser avec une vraie lady.

— Je doute fort que c'est ce qu'ils voient.

Ils restèrent silencieux un moment. Puis Julian demanda :

— Avez-vous passé une bonne soirée ?

— Je suppose. J'ai fait comme vous m'aviez dit, Julian. J'ai dansé avec tous les gentlemen de votre liste. Et conversé avec beaucoup d'autres.

— Parfait. L'un d'entre eux a-t-il particulièrement retenu votre attention ?

— Oui.

Il serra les mâchoires.

— Puis-je savoir son nom ?

— Je ne suis pas sûre de le connaître, pour tout vous avouer.

— Vraiment ? Alors, décrivez-le-moi. Je connais tout le monde, dans cette pièce.

Lily réprima un sourire.

— Il est grand. Fort. Habillé à la perfection, d'un veston noir et... (elle baissa les yeux) ... d'un pantalon de la même couleur. Ses cheveux sont noirs comme la nuit. Ses beaux yeux bleus font chavirer mon cœur. Son sourire me réchauffe l'âme. Il est mon meilleur ami. Et il danse divinement bien.

Elle profita de ce qu'ils pivotaient sur eux-mêmes pour chuchoter à son oreille :

— Il s'agit bien sûr de vous. Il ne peut pas y en avoir d'autre. Si vous tenez vraiment à ce que je me marie, il va falloir vous dévouer personnellement, Julian. Parce que je n'accepterai personne d'autre.

Elle le sentit se tendre.

— Vous avez raison, ajouta-t-elle. Tout le monde nous regarde avec envie. Mais c'est parce qu'ils ont compris que nous nous aimons.

Julian trébucha et lui marcha sur les pieds. Lily retint difficilement un cri de douleur. Mais, au moins, elle n'avait pas à se demander s'il l'avait bien entendue.

Ils réussirent à masquer le faux pas en tournant à nouveau sur eux-mêmes.

— Pas maintenant, dit Lily, voyant qu'il s'apprêtait à lui répondre. Profitons de cette valse.

Il finit par se détendre quelque peu. Sa posture était moins raide. Et il serra davantage Lily contre lui – alors qu'ils dansaient déjà si près l'un de l'autre que c'en était presque indécent.

Avec son pouce, il la caressait entre les deux omoplates, lui donnant des frissons. C'était une caresse très légère, mais délibérée. Et qui constituait un aveu. *Je vous aime, moi aussi*. Il aurait demandé à l'orchestre de s'arrêter pour déclamer à toute l'assistance l'adoration qu'elle lui inspirait, Lily n'aurait pas été plus heureuse. À présent, elle éprouvait un réel sentiment de triomphe. Elle était venue à bout des résistances de Julian.

Du moins, provisoirement. Aussitôt que la valse cesserait, le charme serait rompu. Julian refuserait d'admettre ouvertement ses sentiments. Ou il choisirait d'ignorer ceux de Lily. Mais tant qu'ils dansaient ainsi, s'étreignant avec une tendresse manifeste, il ne pouvait pas nier le lien particulier qui les unissait. Alors, aussi longtemps que durerait cette valse, ils seraient amoureux – et tout le monde pourrait s'en apercevoir.

Hélas, la valse prit fin beaucoup trop vite.

Lily s'immobilisa. Tout autour d'elle, les gens s'agitaient. Les couples se séparaient et se reformaient pour la danse suivante. Mais la jeune femme ne se voyait pas abandonner Julian.

Après une dernière caresse discrète, il la relâcha. Lily n'osait pas le regarder, car elle redoutait ce qu'elle pourrait lire dans ses yeux – amour ? tristesse ? regrets ?

Finalement, elle se risqua à croiser son regard.

Amour, tristesse et regrets. Elle lut les trois.

— Lily, commença-t-il avant d'hésiter. Lily… Ah, je vois lord Weston qui approche. C'est lui qui a réservé la danse campagnarde.

Lily aurait voulu hurler. Au diable lord Weston et cette maudite danse campagnarde ! Elle songea à recourir à une excuse typiquement féminine

– fatigue, migraine, soif – qui n'offenserait pas son futur cavalier. Zut ! Pourquoi n'avait-elle pas pensé à se tordre la cheville pendant qu'elle valsait ?

Mais avant qu'elle ait pu décider quelle excuse employer, Julian avait déjà passé la main à lord Weston et s'était éloigné. Lily se retrouva à faire le tour de la salle de bal – une promenade circulaire qui servait de prélude à la danse – au bras de lord Weston. Mais elle cherchait désespérément Julian du regard.

Puis la danse proprement dite débuta. Lily s'obligea à reporter son attention sur son partenaire. Lord Weston était un brave homme et elle ne voulait pas se montrer impolie, même si elle avait la tête ailleurs.

À un moment, elle aperçut enfin Julian, du coin de l'œil. Il se trouvait au milieu d'un groupe de gentlemen. Elle soupira de soulagement. Dieu merci, il n'avait pas quitté le bal. Après cette danse, elle feindrait un mal de tête pour le supplier de la reconduire chez elle. Cette nuit, elle l'aurait pour elle seule. Et rien – pas même des vêtements – ne s'interposerait plus entre eux.

Mais d'abord, elle devait en terminer avec cette danse. Lily se concentrait sur ses pas, tout en essayant d'attirer l'attention de Julian. Ce qui devenait de plus en plus difficile, car un attroupement s'était formé autour de lui. C'était souvent le cas, dans les réceptions auxquelles il assistait. Les invités se rapprochaient de Julian Bellamy pour tenter d'entendre l'un de ses bons mots, ou profiter de l'une de ses imitations.

Le voir ainsi au centre de l'attention emplissait Lily de satisfaction. Probablement devait-il ressentir la même fierté quand il constatait que tout le monde l'admirait, elle. Mais, pour Lily, il y avait autre chose. Elle aurait voulu qu'il permette à ces gens de le voir sous son vrai côté. S'il s'apercevait qu'il suscitait un engouement sincère, peut-être aurait-il une meilleure image de lui-même.

Lord Weston tourna autour d'elle, avant de la faire tournoyer. Il s'écoula presque une minute avant que Lily ne puisse de nouveau regarder en direction de Julian.

Ce qu'elle vit alors l'alarma. En y regardant de plus près, les invités entourant Julian ne souriaient pas. Au contraire, ils paraissaient choqués, ou offensés. Voire, pour quelques-uns, franchement en colère. Une dispute avait-elle éclaté ? Probablement, car à présent plusieurs têtes se tournaient en direction du petit groupe. Cependant, Julian donnait l'impression d'être content de lui. Comme s'il était ravi d'avoir provoqué un esclandre.

Et cette danse qui n'en finissait pas ! Une éternité s'écoula avant que Lily profite d'une nouvelle occasion pour regarder en direction de Julian.

Entre-temps, l'attroupement s'était dispersé.

Et Julian avait disparu.

Au diable l'étiquette et les convenances ! Lily quitta la danse et gagna l'endroit où elle avait vu Julian pour la dernière fois. Des invités s'étaient assemblés par petits groupes. Tous affichaient des sourcils froncés et des regards sévères. Lily put lire quelques bribes de phrases, ici et là, sur leurs lèvres – des expressions inquiétantes comme « odieux parvenu », « plus jamais ça », « il va le payer ». Même les hôtes de la soirée, lord et lady Ainsley, semblaient furieux.

Lily repéra le frère aîné d'Amelia dans la foule. Elle s'empressa de le rejoindre.

— Laurent ! Avez-vous vu M. Bellamy ?

Il grimaça.

— Je crois qu'il est parti. Ou qu'on l'a fait partir.

— Mais pourquoi ?

— Peut-être pour éviter un duel ? suggéra Laurent. Ou plusieurs. Cet inconscient récitait tout haut la liste des hommes qu'il avait cocufiés.

Lily eut l'impression de recevoir un coup en pleine poitrine.

— Mais... Mais ses liaisons n'étaient guère secrètes, il me semble ?

— Tout le monde était au courant, mais ce genre de dépravations ne s'étale pas au grand jour. Coucher avec une femme mariée est une chose, s'en vanter devant tout le monde en est une autre. S'il tient à la vie, Bellamy aura la sagesse de ne pas se remontrer de sitôt en public. À supposer qu'il soit invité quelque part, bien sûr. Ce qui me paraît hautement improbable. Imaginez-vous qu'il a même été jusqu'à dire...

Lily tournait déjà les talons, marmonnant un remerciement à Laurent. Peu lui importait de savoir ce qu'avait précisément dit Julian – elle avait déjà compris pourquoi il l'avait dit.

— *Ce bal marquera vos seconds débuts dans le monde. Et mes adieux.*

La réaction de Laurent était exactement celle qu'il avait escomptée. Julian avait décidé de rompre les ponts avec la bonne société londonienne.

Et avec Lily du même coup.

15

Eh bien, songeait Julian, voilà qui est fait.

Il s'arrêta à quelques mètres du perron des Ainsley, le temps d'ôter ses gants et de récupérer le pistolet qu'il avait caché derrière une pierre. Puis, après avoir glissé le pistolet dans la ceinture de son pantalon, il poursuivit sa marche. Il surveillait ses pas pour garder une allure modérée : il voulait qu'on puisse le rattraper facilement.

Il avait minutieusement préparé cette soirée toute la semaine. Pour ce qui était de son domicile, cela avait été d'une facilité déconcertante. Pour ses bureaux, en revanche, cela avait été un peu plus compliqué. Il avait laissé entendre à ses employés qu'il s'absenterait quelque temps pour visiter ses filatures. Ce qui lui donnait au moins deux ou trois semaines de répit, sinon davantage. Et s'il ne parvenait pas à revenir d'ici là... de toute façon, il avait confié toutes ses instructions à son notaire.

Quant à Lily...

Il préférait ne pas penser à Lily pour l'instant. Après cette valse et les merveilleuses – les miraculeuses – paroles de la jeune femme, il avait failli reconsidérer tout son plan. Mais il était trop tard. Les événements étaient en marche. Il devait conclure cette histoire, pour le pire ou le meilleur, s'il voulait espérer un avenir – et pourquoi pas un avenir incluant la jeune femme.

Il réussirait, se promit-il. Puisque Lily lui offrait son amour, il lui donnerait le sien en retour. Mais d'abord, il voulait résoudre le mystère de la mort de Leo et obtenir les réponses qu'il cherchait.

Julian atteignait le coin du pâté de maisons quand il entendit un bruit de pas dans son dos.

Cela n'avait pas été long.

Il s'immobilisa, la main sur la crosse de son pistolet. L'arme n'était pas chargée. Il voulait des réponses, pas être accusé de meurtre. Pour l'instant, il n'avait aucune intention de tirer sur ses agresseurs potentiels. Pour l'instant.

— Julian ! Julian, attendez !

Oh, non. Pour l'amour du Ciel, non...

Il se retourna juste au moment où Lily le rejoignait.

— Bon sang, que faites-vous ?

— Je viens avec vous, répondit-elle, essoufflée. Je ne peux pas vous empêcher de vous suicider socialement, mais je vous accompagne quand même. Vous ne m'abandonnerez pas derrière vous.

Doux Jésus. Qu'allait-il faire à présent ? Julian agrippa la jeune femme par les épaules et regarda derrière elle, pour s'assurer que personne ne l'avait vue se lancer à sa poursuite.

— J'espère que nous sommes repérés, dit-elle, devinant son inquiétude, avant de se jeter à son cou. Compromettez-moi, Julian. Devant tout le monde.

Elle se pressait contre lui. Le pistolet de Julian sortit de sa ceinture et tomba sur le trottoir.

— Seriez-vous devenue folle ? répliqua-t-il.

— Folle de vous, oui.

Et là-dessus, elle planta un baiser sur ses lèvres. Julian sentit ses jambes flageoler. Lily avait envie de lui. Mieux encore : elle voulait être *à lui*.

— Un baiser ne suffira pas, crut-elle bon de préciser. Il en faut davantage.

Elle dégrafa son bustier, pour exposer ses seins à la nuit.

— Voilà, dit-elle. Cette fois, je suis vraiment compromise. Ils arrivent ?

Bonté divine ! Elle prenait ça comme un jeu.

— Vous n'avez pas l'air de réaliser que vous êtes en danger, Lily.

— Pourquoi ? À cause du scandale que vous avez provoqué ?

Oui, à cause du scandale qu'il avait provoqué dans la salle de bal. Mais pas seulement. Il avait passé la semaine dans les clubs, à se vanter de ses péchés. Il avait même laissé entendre à des journalistes qu'il avait commencé à rédiger ses souvenirs les plus salaces. Il révélerait tous ses secrets, avait-il promis, ajoutant qu'il ne manquait qu'un seul fait d'armes à sa vie de débauché – un duel au petit matin, dans Saint James Park.

Ce soir, il avait donné l'estocade finale en faisant enrager tous les maris de ses anciennes conquêtes. À présent, il pensait avoir tout fait pour inciter ses ennemis à passer à l'action. Il avait même prévu de leur fournir une opportunité idéale, en décidant de rentrer chez lui à pied. C'était un peu comme s'il avait peint une cible sur son costume.

Sauf que Lily était maintenant agrippée à ce costume.

Julian surveilla la rue. Où que portât son regard, l'obscurité lui semblait menaçante. Les ombres revêtaient des formes inquiétantes.

Un frisson glacé lui vrilla l'échine. Il devait éloigner Lily au plus vite.

Tel un chariot descendu du ciel, un fiacre tourna au même instant le coin de la rue. Il arrivait dans leur direction. Julian leva la main à l'intention du cocher, et il poussa Lily à l'intérieur de l'habitacle avant même que le véhicule ne se soit totalement immobilisé. Il songea d'abord à donner l'adresse de la jeune femme au cocher pour que celui-ci la reconduise chez elle. Mais elle était capable, en cours de route, de demander au cocher de la ramener ici. Lily semblait décidée à n'en faire qu'à sa tête.

Pour s'assurer qu'elle rentrerait chez elle saine et sauve, Julian ne voyait pas d'autre solution que de l'accompagner. Aussi, il donna l'adresse de Lily au cocher et monta dans le fiacre.

L'habitacle était aussi sombre et glacial qu'une tombe. Julian eut à peine le temps de s'asseoir sur sa banquette que Lily atterrit sur ses genoux : le cocher avait redémarré en trombe. Il saisit les bras de la jeune femme pour l'aider à retrouver l'équilibre. Elle avait la chair de poule : il faisait froid, et elle avait laissé son manteau chez les Ainsley. Il lui frotta les bras pour la réchauffer.

— Julian, dit-elle, vous aviez raison l'autre jour. Je ne suis pas faite pour les liaisons illicites. Il y a trop de précautions à prendre pour éviter d'être découverts. De toute façon, pourquoi nous cacher ? Laissons tout Londres nous voir ensemble. Je me moque de ce que peuvent penser les gens. Je vous aime, et j'ai envie que le monde entier le sache.

Julian avait envie de pleurer. De bonheur, mais aussi de frustration. Elle était si courageuse, sa Lily ! Et ce n'était pas sa faute si elle se déclarait au plus mauvais moment, alors que le danger rôdait autour d'eux et qu'il ne pouvait pas lui rendre la pareille. Il ne la méritait pas. Il ne méritait pas son amour.

— Nous nous aimons, Julian. N'est-ce pas merveilleux ?

— Non, murmura-t-il tandis qu'elle plaquait un baiser sur ses lèvres. Ce n'est pas merveilleux. C'est un désastre.

Elle le regarda.

— J'ai vu vos lèvres bouger, dit-elle. Je parierais que c'était pour protester. N'essayez pas de jouer au preux chevalier, Julian. Votre corps raconte une histoire toute différente. Et je sais écouter votre corps.

Glissant la main dans son gilet, elle ajouta :

— Votre cœur, par exemple. Il bat si vite que j'ai peur que votre poitrine ne parvienne pas à contenir toute sa vigueur. Et votre respiration...

Elle traça, du bout du doigt, le contour de ses lèvres. Julian résista à l'envie d'avaler son doigt pour le sucer.

— Votre respiration s'accélère, reprit-elle. Et... ne venez-vous pas de gémir ?

Oui, il avait gémi. Elle le rendait fou de désir. Son membre érigé gonflait son pantalon.

— Et vos mains... (Elle laissa glisser ses doigts le long du bras de Julian, jusqu'à rencontrer sa main.) Elles tremblent un peu. Parce que vous êtes anxieux. Mais ne vous inquiétez pas. Je le suis aussi. Je n'aime pas l'obscurité, parce que je n'arrive pas à lire sur les lèvres. Mais, avec vous, je sais que je ne crains rien.

— Non, Lily. Vous n'êtes pas en sécurité avec moi. Certainement pas ce soir, en tout cas. Quelqu'un nous suit peut-être.

Elle lui caressait à présent le torse, puis le ventre.

Plus bas, lui dictait l'instinct primaire de Julian. *Plus bas*.

La jeune femme s'agrippa à ses épaules pour s'installer plus confortablement sur ses genoux.

— Je sais que vous avez envie de moi, Julian. Votre corps me le dit.

Non, elle ne pouvait pas savoir à quel point. Pour lui en donner un petit aperçu, il l'empoigna par les hanches et frotta son bassin contre le sien, afin qu'elle sente bien son érection. Elle gémit de plaisir. Il grogna – de frustration, car il en voulait davantage

Elle lui prit la main pour la porter à ses seins, qui jaillissaient à présent de son bustier. Et elle positionna son pouce sur l'un de ses tétons.

— Et moi, que vous dit mon corps ? demanda-t-elle d'une voix langoureuse de séductrice.

Son sein remplissait parfaitement la paume de Julian. Et son téton durci prouvait l'intensité de son désir.

— Votre corps me dit que je suis perdu, chuchota-t-il. Définitivement perdu.

Julian referma ses lèvres sur le téton de Lily. La jeune femme ouvrit la bouche, surprise et ravie en même temps. La sensation était merveilleuse.

— Oui, dit-elle, enfouissant la main dans sa chevelure tandis qu'il le suçotait. Oui, Julian. Ne vous arrêtez pas.

Il gémissait de plaisir – elle pouvait le *sentir* aux vibrations de sa gorge. Et sa réaction ravissait Lily. Puis la succion se fit plus énergique, et elle s'abîma dans le plaisir. Ainsi, ce qu'on colportait à son sujet était vrai. Il savait faire des prodiges avec sa bouche. C'était un pur débauché. Un dépravé. Mais elle adorait cela.

Son membre érigé se pressait contre ses cuisses. Lily se positionna de façon à le sentir palpiter contre sa féminité. Et se mit à se frotter sur lui.

Julian, qui la tenait toujours par les hanches, lui imprimait un rythme de plus en plus rapide.

Lily irradiait de plaisir. C'était magique.

Oh, mon Dieu ! Elle allait... Là, dans ce fiacre, elle s'apprêtait à...

— Julian...

Il ne lui accordait aucun répit, ondulant des hanches sous elle, en même temps qu'il l'obligeait à se frotter toujours plus fort contre lui.

Le plaisir consumait Lily tout entière. C'était trop intense – et en même temps, pas assez.

Et soudain ce fut l'extase. Spectaculaire. Lily fut emportée par une vague qui balaya tout sur son passage.

De longues secondes plus tard, elle tremblait encore de tous ses membres, avant de finalement s'écrouler sur le torse de son amant.

— Julian, ce fut... Je n'ai pas de mots, confessa-t-elle.

Elle croyait se souvenir d'avoir crié quelque chose au moment ultime, mais elle ne se rappelait plus quoi, et de toute façon elle n'avait plus assez d'énergie pour avoir honte de quoi que ce soit.

Il la serra dans ses bras, lui embrassant la poitrine et le cou, avant de s'emparer de ses lèvres avec la voracité d'une bête sauvage.

Elle retroussa un peu sa robe puis se redressa légèrement, pour lui donner un meilleur accès à sa féminité. Julian glissa aussitôt la main sous ses jupes.

Il commença par titiller son bouton de rose. Avant d'introduire un doigt dans sa féminité.

Lily accueillit cette tendre invasion avec un petit gémissement. Mais elle voulait le sentir aussi. D'une main, elle palpa la bosse qui gonflait son pantalon, tandis que l'autre essayait d'ouvrir sa braguette. Julian lui avait donné tellement de plaisir qu'elle voulait lui rendre la pareille, même si elle n'était pas sûre de savoir comment s'y prendre.

Julian l'embrassait fiévreusement, tout en introduisant plus loin son doigt, dans le même temps qu'elle se débattait avec les boutons de son pantalon. Elle réussit à en défaire un, puis deux, puis trois. Assez pour glisser la main dans l'ouverture. Après avoir repoussé le pan de sa chemise, elle toucha directement la peau. Ne portait-il jamais de sous-vêtements ? Encore une preuve de sa dépravation. Lily sourit dans l'obscurité.

Il tressaillit légèrement lorsque ses doigts effleurèrent son membre. Son sexe était à la fois dur, rigide, et aussi agréable à caresser que du velours. Lily s'émerveillait à l'idée que cette étrange combinaison de force et de douceur soit destinée à la pénétrer.

Soudain, il relâcha ses lèvres et renversa la tête contre le dossier de la banquette. Sa respiration était devenue presque haletante.

Lily s'enorgueillit de posséder un tel pouvoir sur lui. Et encore : n'ayant pu ouvrir totalement son pantalon, elle ne parvenait pas à saisir son membre à pleine main. Mais elle promenait ses doigts de haut en bas, sur toute la longueur, en même temps qu'elle lui embrassait le cou.

Il se laissait faire, comme s'il n'avait pas la force de résister.

Jusqu'à ce que le fiacre s'immobilise, mettant un terme à leur étreinte.

Lily s'esclaffa. Après tout, il était peut-être préférable qu'ils continuent chez elle. Dans un lit.

Julian ôta son doigt de sa féminité et rabattit ses jupes sur ses jambes. Puis il retira la main de Lily de sa braguette et il plaqua un baiser sur ses lèvres.

La lumière d'un réverbère qui pénétrait par la fenêtre de l'habitacle lui permit de voir qu'il murmurait son nom – assorti de quelques mots tendres. Lily descendit de ses genoux et remit de l'ordre dans sa toilette, rajustant son bustier au moyen d'une épingle à cheveux. Dès qu'elle fut prête, Julian l'aida à descendre de voiture.

Ils gravirent le perron main dans la main. Lily avait l'impression de flotter – c'est à peine si elle sentait la pierre des marches sous ses semelles. Elle était impatiente de gagner sa chambre pour continuer ce qu'ils avaient commencé.

Elle s'arrêta avant de frapper à la porte.

— Pourquoi le cocher ne repart-il pas ?

— Je lui ai demandé de m'attendre.

Tout à coup, Lily ne flottait plus du tout. Mais peut-être s'était-elle méprise sur sa réponse ? La lumière du réverbère était si faible... Julian ne pouvait pas raisonnablement la quitter après ce qui venait de se passer.

— Je dois vous laisser, insista-t-il. Vous ne comprenez pas. Quelqu'un veut me tuer.

— Quelqu'un veut vous tuer ? répéta Lily. Eh bien, moi, je veux faire l'amour avec vous. Bon sang, Julian, entre ces deux alternatives, laquelle choisirez-vous ?

— Je ne veux pas être vu chez vous. Il est préférable que je vous quitte ici, sur le pas de votre porte.

Lily prit une grande inspiration pour s'obliger au calme.

— Julian, regardez autour de vous, dit-elle, pointant le trottoir et le square, aussi déserts l'un que l'autre. Personne ne nous a suivis. Aucun danger ne vous menace dans l'immédiat. Ne me laissez pas seule maintenant. Venez dans mon lit. Faites-moi l'amour. Chez moi, vous serez en sécurité.

— Je ne peux pas. Je suis déjà allé trop loin. Je ne veux pas vous impliquer dans une liaison sordide.

— Nous parlons d'amour, Julian. L'amour n'est pas sordide. Et je crois vous avoir déjà dit que je désirais davantage qu'une simple liaison.

— Quoi, le mariage ? répliqua-t-il avec une grimace. Lily, nous venons de mondes totalement différents. Je ne devrais pas avoir à vous le rappeler. Je vous ai raconté mon enfance – et encore, la partie la plus rose.

— Et alors, quelle importance ?

— J'ai mangé des choses que vous ne jetteriez même pas aux chiens. J'ai passé plus d'un mois dans la prison de Bridewell. Je n'ai appris à lire correctement qu'à l'âge de dix-neuf ans.

— Je me moque éperdument de tout cela.

— Les autres – vos relations, vos amis – ne s'en moqueront pas.

— Dans ce cas, ce ne seront plus mes amis.

Il se passa la main dans les cheveux.

— Vous croyez que c'est simple, mais ça ne l'est pas. Ni pour vous, ni pour moi. J'ai passé ma vie à détester l'aristocratie, et vous voudriez que je finisse par intégrer ses rangs ?

Elle cligna des yeux, stupéfaite.

— Ah, je vois. Le problème n'est pas que je sois trop bien pour vous : c'est vous qui êtes trop bien pour moi.

— Non, Lily. Ce n'est pas du tout cela. Le problème, c'est que quelqu'un a tué Leo et que ce quelqu'un veut ma mort. Tant que je ne saurai pas de qui il s'agit, je ne peux vous promettre aucun avenir. Je ne peux même pas m'engager pour demain.

— Essayez de relativiser, dit-elle, désignant le square. Admettons qu'un danger rôde dans les environs. Mais, dans le même temps, enchaîna-t-elle en montrant la porte de Harcliffe House, je vous propose le plaisir, l'amour, un toit. Et pourquoi pas, un jour, une famille.

Un petit panache de vapeur s'échappa de la bouche de Julian. Lily comprit qu'il soupirait, mais qu'il était décidé à résister.

Elle l'agrippa par le revers de son manteau.

— Choisissez-moi, plaida-t-elle. Choisissez-*nous*. Je ne peux plus supporter de vous dire au revoir jour après jour sans savoir ce que vous deviendrez le lendemain. Si vous m'abandonnez ce soir…

Grands dieux ! Lily s'étonnait elle-même de ses paroles. D'ordinaire, elle détestait les ultimatums. À ses yeux, c'était une marque de faiblesse. Mais la situation était désespérée. Et puisque Julian ne voulait pas entendre raison…

— Si vous tournez les talons, je ne veux plus jamais vous revoir, ajouta-t-elle. Jamais.

Puis elle attendit sa réponse. Dans un silence angoissant.

Parce qu'elle était sourde, tout le monde s'imaginait que son monde était fait de silence. Ce n'était pas le cas. Elle entendait constamment une sorte de bourdonnement lointain, semblable à celui qu'elle avait perçu, petite fille, en pressant un coquillage contre son oreille.

Mais là, c'était le silence absolu.

Au bout d'une interminable minute, il se décida à l'embrasser.

Puis leurs lèvres se séparèrent.

— Au revoir, dit-il, essuyant avec son pouce une larme qui roulait sur sa joue. Bonne nuit, Lily.

16

Julian ordonna au cocher de retourner chez les Ainsley. Quelques minutes plus tard, le fiacre le déposait au coin de la rue où Lily l'avait rejoint un peu plus tôt. En tout, il ne s'était pas écoulé plus d'une vingtaine de minutes depuis qu'il avait quitté le bal.

C'était incroyable. Il avait du mal à croire que ce merveilleux interlude ait duré aussi peu de temps. Une chose était sûre : il en garderait le souvenir toute sa vie. Il pouvait encore presque sentir, au bout de son doigt, la délicieuse...

Pas maintenant, se morigéna-t-il.

Le pistolet qu'il avait fait tomber avait – comme il l'avait prévu – disparu. Un passant s'en était emparé. Un objet d'un tel prix ne restait jamais longtemps sans propriétaire, dans les rues de Londres. Mais le quartier était calme. Et désert, à part les attelages qui se pressaient devant chez les Ainsley pour récupérer les invités en partance.

Julian se retrouvait donc seul et désarmé. Quelle serait la suite, à présent ?

Il attendit quelques minutes, le temps de voir si quelqu'un se matérialiserait.

Comme personne ne se manifesta, il décida de rentrer chez lui à pied. Il fut quelque peu surpris d'arriver devant son domicile sans encombre. Il s'assit sur les marches du perron et patienta un bon quart d'heure.

Malgré sa volonté de demeurer concentré sur l'obscurité qui l'entourait, ses pensées le ramenaient à Lily.

Pourquoi n'avait-il pas demandé au cocher de faire le tour du pâté de maisons avant de s'immobiliser devant la porte de la jeune femme ? Quelques minutes de plus, et il aurait pu la faire jouir une deuxième fois. Il aurait senti sa féminité se contracter sous son doigt. À cette idée, son membre retrouvait déjà toute sa vigueur.

Pas maintenant, se répéta-t-il.

Julian se releva, épousseta son pantalon et se remit en marche.

Il repartit vers Mayfair – le quartier des Ainsley et de Lily –, mais cette fois en empruntant les rues les plus étroites et les ruelles les plus tortueuses. Il ne croisa personne – à part quelques clochards endormis.

Il rejoignit le coin de rue d'où il était parti, toujours sans la moindre anicroche. Mais cette fois il continua sa route, obliquant vers Covent Garden, puis vers Saint Giles, traversant des quartiers que, d'ordinaire, il ne se serait pas risqué à fréquenter la nuit. Puisque ses ennemis semblaient se dérober, il voulait forcer le destin.

Les heures passèrent. Julian commençait à avoir mal aux pieds. Mais il marchait toujours.

Il se retrouva dans Saint James Park aux premières lueurs de l'aube, au beau milieu du pré qui avait accueilli tant de duels – parfaitement illégaux au demeurant. Là, un gentleman pouvait redorer son honneur par la simple grâce d'un coup de feu tiré.

Quoi qu'il en soit, personne ne l'avait provoqué en duel. Et de toute façon, il avait perdu son pistolet.

Ce n'est pas ici qu'il trouverait le repos de son esprit.

Il ne le trouverait qu'avec Lily, lui murmura une voix intérieure.

Pas maintenant ! se répéta-t-il une nouvelle fois.

Alors, il marcha encore, s'efforçant de penser à autre chose.

Lily et Morland clamaient depuis le début que le meurtre de Leo n'avait été qu'un crime de rôdeurs. Et s'ils avaient raison ? Peut-être Julian n'avait-il aucun ennemi – du moins, un ennemi assez déterminé pour vouloir sa mort ?

Mais il ne voulait pas y croire.

Sans même l'avoir prémédité, ses pas le conduisirent dans Whitechapel. Il longea quelques entrepôts, avant de tomber dans la ruelle où Leo était mort. Il faisait grand jour à présent, et l'endroit était sale, mais nullement menaçant.

Il regarda autour de lui, se demandant ce qu'il était venu faire là. Rendre hommage à Leo ? Ce n'était pas le lieu le plus indiqué.

Il obliqua vers le nord, en direction de Spitalfields. Il croisait à présent des ouvriers qui se rendaient à leur travail.

Les cloches de Christ Church résonnèrent familièrement à ses oreilles. Il avait passé les neuf premières années de sa vie à l'ombre de ce clocher.

Pour la première fois depuis une éternité, il entra dans l'église. Les fidèles étaient venus assister à l'office du matin et Julian ne voulait pas les déranger : il resta près de la porte. Les yeux levés vers la voûte de l'édifice, il se revoyait enfant, quand cette voûte, et les piliers qui la soutenaient, lui paraissaient la plus grande construction imaginable.

Ses pensées, au bout d'un moment, le ramenèrent à Lily. Le simple prénom de la jeune femme l'inspirait davantage que n'importe quel psaume. Il ne saurait peut-être jamais qui avait tué Leo – et si cette personne désirait sa mort – mais il savait que Lily l'aimait. Et cette assurance faisait de lui le bâtard le plus heureux d'Angleterre. Il voulait croire que la jeune femme serait trop généreuse pour mettre son ultimatum à exécution. Mais il n'était sûr de rien. Lily avait de la volonté. Il fallait espérer que son amour serait plus fort.

Il allait devoir se débarrasser de James Bell. Lui organiser une mort soudaine. Une femme du rang de Lily ne pouvait s'allier avec un vulgaire investisseur. Mais Julian regretterait son personnage, auquel il avait consacré tant d'années. Et puis, il ne devait pas oublier ses employés. Ceux des bureaux londoniens, mais surtout les dizaines d'ouvriers de ses filatures, qui avaient besoin de faire vivre leur famille. Contrairement à la plupart des magnats du textile, Julian payait généreusement ses ouvriers. S'il vendait ses filatures, qui pourrait prédire leur sort ?

Du reste, sa décision n'impliquait pas seulement de régler ses affaires.

S'il voulait vivre avec Lily, il devrait se couler dans son monde aristocratique. Il lui faudrait se comporter, en toute circonstance, avec dignité.

Fini, les bacchanales nocturnes dans les clubs. Pour ce qui était de ses maîtresses, elles ne lui manqueraient pas : il les avait collectionnées plus par vengeance que par plaisir.

Il lui faudrait aussi se résoudre à ce que la mort de Leo demeure un mystère. Et cela, c'était délicat. Car il ne se déferait jamais complètement de l'idée que son ami était mort à sa place. Or, si c'était le cas, cela voulait dire que sa vie était toujours en danger – et celle de Lily par la même occasion.

En somme, s'il voulait épouser Lily, il devrait renoncer à peu près à tout.

C'était beaucoup. Mais avait-il le choix ?

Avant de sortir de l'église, Julian récita une prière pour sa mère et une autre pour Leo. Il demanda aussi pardon pour ce qu'il s'apprêtait à faire.

Le salon de Lily abritait un meuble bibliothèque rempli, jusqu'au plafond, de livres qu'elle avait commencé à collectionner dès l'enfance. Depuis la mort de Leo, elle avait souvent consacré ses nuits d'insomnie à classer et reclasser les ouvrages. Une nuit, elle décidait de les ranger par ordre alphabétique d'auteurs. La nuit suivante, par genre : poésie, théâtre, roman, essai. Elle avait expérimenté une bonne douzaine de classifications différentes. Par ordre chronologique de publication. Par ordre chronologique de ses lectures. Par taille. Par nombre de pages. Par couleur de la reliure.

Une nuit de mélancolie plus prononcée, elle les avait rangés en fonction du nombre de personnages qui mouraient dans chacun.

La nuit dernière, après que Julian l'eut abandonnée sur son perron, elle avait entièrement vidé sa bibliothèque pour entasser les ouvrages dans des malles. Elle avait terminé à l'aube, avec la ferme conviction qu'elle ne perdrait plus jamais une nuit à classer ses livres. Elle avait passé des mois à pleurer son frère, il n'était pas question qu'elle retombe dans un chagrin inconsolable.

Elle prit son petit déjeuner dans sa chambre. Puis, avec l'aide de sa caméristе, elle revêtit une robe de jour rose cerise, et elle accrocha un rang de perles à son cou. Pendant que la domestique la coiffait, Lily se regarda dans le miroir. Elle avait le teint pâle, les yeux rouges et cernés. En un mot, elle était horrible. Mais elle n'aurait pas meilleure mine en restant chez elle à broyer du noir.

Elle renvoya sa caméristе et réfléchit à ce qu'elle pouvait faire. Rendre visite à quelqu'un, par exemple. Mais qui ? Amelia voudrait connaître tous les détails du bal, et Lily ne se sentait pas d'humeur à se lancer dans un récit circonstancié de ce qui s'était passé chez les Ainsley. Quant à voir d'autres gens, elle préférait attendre de lire ce que diraient les journaux du matin à propos du scandale de la veille. Julian et elle avaient quitté la soirée brutalement, pour disparaître ensemble dans un fiacre. Dieu seul savait jusqu'où iraient les ragots. Lily n'en avait cure, bien sûr, mais elle préférait connaître les commérages circulant sur son compte avant de les affronter.

Courir les magasins, alors ? Peut-être qu'acheter une babiole lui remonterait le moral. Mais ce qui marchait souvent avec les autres femmes n'avait jamais réussi avec elle. Lily avait l'esprit trop raisonnable : il fallait toujours qu'elle mette en balance la dépense engagée avec le plaisir que celle-ci lui rapportait.

Une promenade dans Hyde Park ? Oui, c'était une meilleure idée. Elle demanderait à Holling de l'accompagner. La gouvernante sauterait sur l'occasion pour exhiber son nouveau manteau.

— Oh, ce manteau ! s'exclama la jeune femme, ravalant un sanglot. Même Holling a un manteau pour se souvenir de lui. Et moi, qu'est-ce qu'il m'a laissé ? À part ma virginité intacte ?

Un battement d'ailes attira son attention.

— Oh, pardon, Tartuffe. J'avais oublié de te compter.

Elle s'approcha de sa cage et passa un doigt à travers les barreaux. Le perroquet lui donna des petits coups de bec pour s'amuser.

— Tu as raison, ajouta Lily. Je ne peux pas dire qu'il ne m'a rien laissé.

Mais l'oiseau se remit à battre des ailes et à sautiller dans sa cage. Son agitation n'était pas normale. Il devait se passer quelque chose au rez-de-chaussée.

Lily quitta sa chambre. Elle approchait du bas de l'escalier quand elle se figea : Julian se tenait dans l'entrée, une feuille de papier roulée dans la main. Il était très pâle.

— Bonjour, dit-il.

— Non, répliqua-t-elle sèchement. C'est plutôt un « mauvais jour » qui commence. Je croyais vous avoir dit, hier soir, que je ne voulais plus vous revoir ?

— Vous me l'avez dit, en effet.

— Alors, que faites-vous chez moi ?

— J'espérais que vous reviendriez sur votre décision.

Lily s'agrippa à la rampe de l'escalier. Elle était évidemment ravie de le revoir vivant, même s'il ne paraissait pas au mieux de sa forme. Mais elle n'avait plus envie de revivre, encore et encore, les tourments de ces derniers jours.

— Julian, je ne...

— Attendez, la coupa-t-il, venant à sa rencontre. Laissez-moi parler d'abord. S'il vous plaît.

Si Lily voulait soutenir cette conversation sans lâcher nerveusement, elle devait veiller à ce qu'il demeure une certaine distance entre eux. Encore mieux : de la hauteur. Elle resta donc sur sa marche.

— Je suis désolé de vous avoir quittée, hier soir. Mais je ne pouvais pas faire autrement. Oublions une seconde le danger potentiel. Vous êtes une femme remarquable, Lily. Et votre frère était mon meilleur ami. Par respect pour votre réputation et envers la mémoire de Leo, je ne me voyais pas ravir votre vertu de cette façon.

Alors, c'était donc pour cela qu'il était venu ? Pour la rejeter encore une fois ? Lily en demeura stupéfaite.

— Bref, tout cela pour vous dire...

Il fit un geste vers le côté. Un jeune homme, vêtu de manière très stricte, émergea du salon. Il serrait sous son bras un gros ouvrage relié de cuir, semblable à une bible. Holling et Swift le suivaient.

— Pour me dire quoi ? s'impatienta Lily, qui ne comprenait rien à ce manège.

— Que je voulais faire les choses dans les règles. Ainsi que vous le méritez. (Il désigna le jeune homme, puis Holling et Swift.) Voici un prêtre, et des témoins. Et ça, termina-t-il en déroulant la feuille de papier qu'il tenait à la main, c'est notre contrat.

— Julian, à quoi jouez-vous ?

Il posa un genou au sol.

Lily s'agrippa de toutes ses forces à la rampe.

— Julian, relevez-vous...

— Lily, épousez-moi.

— Qu'avez-vous dit ?

Elle était à peu près sûre d'avoir bien lu sur ses lèvres, mais elle voulait en avoir la certitude.

— Lily Elizabeth Chatwick, dit-il solennellement, détachant chaque mot, voulez-vous être ma femme ?

Cette fois, il n'y avait pas d'erreur possible.

— Ici ? réussit-elle à articuler. Maintenant ?

— Oui.

Les quelques dizaines de centimètres qui lui permettaient de surplomber la scène prenaient tout à coup la dimension d'une falaise à pic. Prise de vertige, Lily vacilla sur la marche.

— Je ne suis pas marquis, ajouta-t-il. Mais j'ai les moyens de subvenir largement à vos besoins. Et je jure de vous être fidèle jusqu'à mon dernier souffle.

Il s'avança pour lui prendre la main. Ses doigts étaient glacés.

— Et les assassins de Leo, qu'en faites-vous ?

— Ils courent toujours dans la nature. J'aurais préféré qu'il en soit autrement, bien sûr. Mais si je dois choisir entre les démasquer et vous perdre, je vous choisis sans hésitation. Je *nous* choisis.

Lily se sentait gagnée par un fol espoir.

— Alors, vous renoncez à votre quête ?

— Oui.

— Pour de bon ? Vous ne hanterez plus les rues de la ville la nuit ? Vous cesserez de soupçonner tout le monde ?

— Oui, répéta-t-il, lui étreignant la main. Je vois, à vos yeux, que vous êtes sceptique et je peux le comprendre. Mais croyez-moi, Lily. Je suis sincère.

Mais il semblait effondré…

— Ne me dites pas que vous agissez ainsi parce que vous vous êtes persuadé que ma réputation est ruinée et que personne ne voudra plus de moi. Je ne supporterais pas que vous vous sentiez obligé de m'épouser.

— Je suis désolé, Lily, mais c'est pourtant le cas. Je m'y sens obligé.

Lui prenant la main, il la posa sur son torse, à l'endroit de son cœur.

— Je m'y sens obligé à cause de mon cœur. Il a décidé que vous étiez essentielle à ma vie. Alors, oui, je demande votre main par obligation. Si vous voulez de moi, bien sûr.

Le pouls de Lily battait à tout rompre. Julian pensait-il vraiment qu'elle puisse lui répondre non ?

Oui. Il le pensait vraiment. Et c'était pour cela qu'il était si pâle. Il avait peur. Lily avait beau lui avoir confessé son amour hier soir, il craignait qu'elle ne le repousse.

Elle lisait toutes ses émotions dans ses beaux yeux bleus : sa vulnérabilité, sa crainte d'un rejet. Il n'imaginait pas mériter l'amour.

Et c'était à elle de dissiper ses inquiétudes.

— Oui, dit-elle. Oui, je veux bien vous épouser.

Comme il ne réagissait pas, elle lui caressa la joue de sa main libre.

— Julian, respirez.

Il s'exécuta, avec un soulagement manifeste. Ses joues reprirent quelques couleurs.

Lily lui sourit.

— Nous serons heureux ensemble, vous verrez.

17

Se marier était d'une incroyable facilité.

Julian en était tout surpris. Il faut dire qu'il n'avait jamais assisté à une cérémonie. Oh, il avait été invité des dizaines de fois, mais il préférait toujours arriver ensuite, pour la fête. Il croyait que le sacrement durait une éternité et qu'on mourait d'ennui.

Pourtant, même avec un prêtre s'exprimant très lentement, et tendant régulièrement son livre à la jeune femme afin qu'elle puisse lire et répondre, il fallut moins d'un quart d'heure pour que Lily Chatwick et Julian Bellamy se retrouvent unis devant Dieu par les liens sacrés du mariage.

La cérémonie se déroula dans un petit salon de Harcliffe House. Une fois les vœux échangés, Julian produisit deux alliances en or, toutes simples, qu'ils se passèrent mutuellement au doigt. Il éprouva un sentiment de triomphe à déclarer Lily son épouse.

Cela faisait si longtemps qu'il n'était plus lié à une famille.

Ensuite, tous signèrent le registre : Lily, Holling, Swift, le prêtre et, pour finir, Julian. Il hésita un instant avant d'inscrire son nom, espérant que c'était le bon.

De toute façon, il était trop tard pour avoir des remords.

Puis il se tourna vers sa femme – *sa* femme, Seigneur Dieu ! – qui le gratifia d'un merveilleux sourire. Elle avait paru sincèrement surprise par sa proposition, tout à l'heure, mais à bien y réfléchir, il se demandait si elle n'avait pas eu une intuition en s'habillant ce matin. Car sa robe était parfaite pour l'occasion.

Lily était si belle qu'elle paraissait hors d'atteinte du temps.

— Eh bien, dit-elle, croisant les mains dans le dos. Le mari ne doit-il pas embrasser son épouse ?

Oh oui, Julian allait lui montrer ce qu'était un baiser nuptial...

Il remercia le prêtre, auquel il donna une généreuse gratification, avant de le congédier. Puis il se tourna vers Holling et Swift :

— Accordez leur journée aux domestiques et prévoyez-leur un repas de fête. Pour nous, vous disposerez simplement un plateau garni en haut de l'escalier. Après cela, personne, et je dis bien personne, ne sera autorisé à monter à l'étage si nous n'avons pas sonné. Ni chambrière, ni valet, ni domestique chargé de s'occuper du feu. Et cela n'est pas seulement valable pour aujourd'hui, mais aussi pour demain, voire après-demain. Vous ne devrez nous déranger sous aucun prétexte. C'est bien compris ?

— Oui, monsieur, mais... commença Holling.

— J'ai dit : sous aucun prétexte, la coupa Julian.

La gouvernante s'inclina.

— Comme vous voudrez, monsieur Bellamy.

Dès que les domestiques se furent éclipsés, Julian s'adressa à Lily :

— J'ai très envie d'embrasser ma femme.

Elle sourit.

— Cela tombe bien. Ta femme a très envie d'être embrassée par son mari.

— Mais il y a un problème. Si je t'embrasse ici, il y a de fortes chances que nous n'atteignions jamais l'étage.

La jeune femme inspecta la pièce du regard avec le plus grand sérieux.

— Eh bien, il restera toujours le divan.

Julian secoua la tête.

— Non. Le divan servira une autre fois.

Et, s'avançant vers elle, il ajouta :

— Essaie de ne pas crier, pour ne pas affoler Holling.

Là-dessus, il la saisit à la taille et la souleva de terre pour la porter dans ses bras. Lily cria quand même – juste un petit peu, de surprise. Elle s'agrippa au cou de Julian, qui se dirigeait déjà vers la porte.

Ils traversèrent le hall, puis gravirent l'escalier. Julian n'était jamais monté dans la chambre de Lily, mais il avait si souvent observé ses fenêtres, la nuit, depuis le square d'en face, qu'il n'eut aucune peine à se repérer dans les couloirs.

— Comment savais-tu que c'était ma chambre ? s'étonna-t-elle quand il poussa la porte.

— J'ai deviné.

Il traversa le boudoir en trois enjambées, pénétra dans la chambre à coucher et s'écroula avec la jeune femme sur le lit. Les oreillers étaient blancs.

Le couvre-lit était blanc. Avec tout ce blanc et le soleil qui pénétrait à flots par les fenêtres – il était presque midi –, la chambre rayonnait de lumière.

— C'est affreux, n'est-ce pas ? dit-elle. J'avais choisi cette décoration quand j'avais dix-sept ans, et je ne l'ai jamais changée depuis.

Il sourit.

— C'est surtout très virginal.

Et c'est parfait ainsi, songea-t-il. Adolescent, il avait souvent rêvé de posséder une lady bien née dans un tel décor de blancheur immaculée. Mais là, c'était encore mieux que dans son rêve, car Lily était à lui. Elle était sa femme. Pour toujours.

Son pantalon avait du mal à contenir son érection.

— Cela reste approprié, dit-elle. Je suppose... enfin... (Elle rougit légèrement.) Tu dois savoir qu'il n'y a eu aucun homme avant toi.

Chère Lily. Julian s'obligea à refréner ses pulsions. Il devrait se montrer patient, attentionné.

— Es-tu anxieuse ?

— Non. Enfin, si, un petit peu. Mais c'est une anxiété qui n'est pas désagréable.

— Tu n'as pas à avoir peur. Cela va être merveilleux. Spectaculaire.

Elle rit.

— Je devrais te reprocher ton arrogance. Mais, pour tout t'avouer, elle me rassure plutôt.

— Il ne s'agit pas d'arrogance, mais d'une promesse. Et je vais t'expliquer pourquoi : si, à un moment donné, tu ressens autre chose que du plaisir, je te demande de me le dire tout de suite, et j'arrêterai. Je ne veux surtout pas te faire du mal. C'est bien compris ?

Lily hocha la tête.

— C'est bien compris, monsieur mon mari, répliqua-t-elle, avant de se redresser d'un bond dans le lit, comme si elle venait d'être frappée par la foudre. Je suis *ta* femme, Julian. Je suis Mme Bellamy.

Ses prunelles brillaient d'un bonheur indicible. Elle n'avait jamais été aussi belle.

— Non, corrigea Julian. Tu n'es pas Mme Bellamy. Tu es *lady* Lily Bellamy.

— Doux Jésus ! Encore une syllabe en « L » dans mon nom. J'en suis à quatre, désormais.

— Trop tard. Tu ne peux plus revenir en arrière.

— En es-tu si sûr ? le taquina-t-elle, tirant sur sa cravate. Je te rappelle que tu ne m'as pas encore embrassée.

Julian se pencha vers ses lèvres. Juste au moment où il s'apprêtait à s'en emparer, elle murmura :

— Je t'aime.

Il cueillit ces mots magiques sur sa bouche. Lily s'agrippa à lui et laissa échapper un petit gémissement.

Le désir se répandait dans les veines de Julian à la vitesse d'un incendie embrasant des herbes desséchées par le soleil. Il devait faire appel à toute sa volonté pour respecter sa promesse de procéder en douceur, alors qu'il n'avait qu'une envie : la posséder.

Il abandonna ses lèvres pour lui mordiller le lobe de l'oreille.

Elle laissa échapper un cri.

— Je t'ai fait mal ?

— Non, répondit-elle, désarçonnée. Pourquoi me demandes-tu cela ?

— Tu as crié.

— Ah bon ? (Elle sourit.) Je suppose que c'était parce que j'aimais ça.

Touché.

— Qui est le plus anxieux ? ajouta-t-elle. Hier soir, dans le fiacre, je devais crier aussi. Pourtant, tu ne t'inquiétais pas autant.

— Hier soir, c'était différent.

Hier soir, il agissait en prédateur qui capture sa proie à la faveur de la nuit. Aujourd'hui, il était un jeune marié qui chérissait son épouse. La différence était de taille.

— Choisissons un signal, proposa-t-elle. Un mot, par exemple. Que je prononcerai si j'ai mal. Pour tout ce qui est des autres bruits, tu peux être certain que tout ira bien. Qu'en penses-tu ?

Il acquiesça.

— Quel mot ?

Elle réfléchit quelques secondes.

— Que dirais-tu d'« araignée » ?

Il s'esclaffa.

— Araignée ? Qui irait penser à une araignée en pleine étreinte amoureuse ?

— Personne, évidemment. C'est bien pourquoi ce mot me paraît idéal.

Il secoua la tête.

— Choisis autre chose, s'il te plaît. Avec moins de pattes.

— Bon, d'accord. Que dirais-tu de « fauteuil » ? C'est inoffensif. Et ça n'a que quatre pieds.

— Non, ça n'ira pas non plus. Qu'arrivera-t-il quand tu me supplieras – et tu me supplieras un jour, tu peux me croire – de te faire l'amour dans un fauteuil ?

Au regard de la jeune femme, Julian sut qu'elle avait compris qu'il la taquinait. Toutefois, la plaisanterie n'était pas aussi innocente qu'il y paraissait et constituait une sorte de test.

Heureusement, la réponse de Lily ne le déçut pas.

— Dans ce cas, dit-elle, il faut bannir beaucoup d'autres mots : sofa, tapis, table, baignoire... Aucun ne conviendra.

Tout en parlant, elle avait défait sa cravate et elle s'attaquait à présent aux boutons de son gilet.

— De même, reprit-elle, supprimons fiacre, landau, berline et toute autre forme de véhicule. Ah, et la nature, maintenant ! Éliminons herbe, champ, paille... Tu sais, Julian, j'ai peur qu'il ne reste pas beaucoup de mots disponibles.

Elle passa la main à travers son gilet déboutonné pour triturer sa chemise. Elle jouait avec ses nerfs, mais il adorait cela.

— Tourne-toi, dit-il, ajoutant un geste à son ordre pour se faire mieux comprendre.

Elle obéit. Julian commença à déboutonner sa robe.

— Et « miroir » ? suggéra-t-elle, souriant à la glace accrochée au mur. Qu'en penses-tu ?

— Coquine, répliqua-t-il, accrochant son regard dans le miroir. C'est hors de question.

Elle s'esclaffa. Julian poursuivit sa tâche : les boutons étaient innombrables, et minuscules. Mais auraient-ils été plus d'une centaine qu'il n'aurait pas songé à s'en plaindre. Il embrassait religieusement chaque centimètre de peau qu'il découvrait. Puis il fit courir sa langue entre les omoplates de la jeune femme. Elle ne put retenir un frisson de plaisir.

Quand il en eut terminé avec les boutons, il la prit doucement par les épaules pour l'obliger à se retourner. Après quoi, il tira sur son bustier afin de lui embrasser la gorge.

— Je… Je n'ose pas proposer « bougie », souffla-t-elle.

Julian s'esclaffa.

— Et « plâtre » ?

— Quoi ?

— « Plâtre », insista Lily. Cela me semble parfait. Voilà un mot inoffensif, qui ne suggère rien de particulier.

— « Plâtre », répéta-t-il, amusé. Va pour « plâtre ». Lily, je t'adore.

Pour tout avouer, Julian s'était longuement demandé comment rendre leur étreinte « différente ». Il ne voulait pas que cela ressemble à ses expériences sexuelles passées. Il avait même tenté d'imaginer une position inédite, avant d'y renoncer : mieux valait commencer par les bases.

Mais, avec son petit jeu, Lily lui avait offert exactement ce qu'il cherchait. Car une chose était sûre : il n'avait jamais discuté de plâtre ou d'araignée avec aucune de ses maîtresses !

Quand bien même cela se serait produit, il réalisa – alors qu'il s'emparait de ses lèvres pour l'embrasser – que ça n'aurait eu aucune importance.

Car, avec Lily, tout était différent.

Entre eux, il y avait de *l'amour*.

Et Julian voulait lui faire l'amour maintenant. Et tout à l'heure. Et autant de fois qu'elle le lui permettrait.

Il tira un peu plus sur le bustier de la jeune femme, et sur sa camisole, pour découvrir un sein. Ses lèvres se refermèrent sur son téton. Gémis pour moi, Lily…

— Oh, gémit la jeune femme. Oh, Julian…

— Oh, Juuuuuuulian, répéta Tartuffe.

Surpris, il releva la tête.

— Maudit oiseau. Où est-il ?

— Dans mon boudoir. Peut-être est-il jaloux ?

Julian bondit du lit pour se ruer dans le boudoir. Quelle mouche l'avait piqué d'offrir à Lily une aussi stupide créature ? S'emparant d'un châle qui traînait sur un fauteuil, il prit la cage et sortit dans le couloir, pour aller la déposer près du palier.

— Voilà, tu vas rester ici. Holling te récupérera plus tard.

— Coupable ! Coupable ! cria l'oiseau.

— Oui, je sais, je suis coupable. Inutile de me le rappeler.

Là-dessus, Julian déplia le châle pour en draper la cage.

— Oh, Juuuulian ! protesta l'oiseau. Coupable ! Monsieur James Bell !

Julian s'arrêta dans son geste.

— Qu'as-tu dit ?

— Ce sera tout, merci.

Qui lui avait appris ce nom ? Probablement Tartuffe se trouvait-il dans les parages le soir où il avait escorté Lily au théâtre.

Julian avait été bien naïf de s'imaginer que son passé était derrière lui. Cela faisait à peine une heure qu'il était marié et déjà, les fantômes ressurgissaient.

— Écoute-moi bien, dit-il au perroquet, agitant un doigt menaçant dans sa direction, tu vas me faire le plaisir d'oublier ce nom. Sinon, ce soir au dîner, je réclamerai une fricassée de perroquet.

L'animal pencha la tête de côté et lui jeta un regard indigné.

— Je parle sérieusement.

L'oiseau se détourna, observant un silence offensé.

— C'est bien, tu as compris, le félicita Julian, avant de recouvrir la cage avec le châle.

Puis il repartit vers la chambre de Lily, en essayant de se rassurer. Que le perroquet ait appris à dire « James Bell » ne signifiait rien de particulier. L'oiseau était passé de propriétaire en propriétaire. Il pouvait avoir appris ce nom n'importe où.

Il s'arrêta un instant, la main sur la poignée de la porte – la froideur du laiton l'aidait à se calmer. Il ne laisserait pas un sale perroquet gâcher ses noces. Il avait attendu ce moment trop longtemps.

Il ouvrit la porte.

Et se figea sur le seuil.

Lily était entièrement nue.

Lily, un pied posé par terre et l'autre sur le lit, roulait ses bas sur ses jambes quand Julian poussa la porte.

À part ses bas, elle ne portait plus rien sur elle.

Oh, zut !

— Tu... Tu as fait vite, dit-elle.

Il ne répondit rien. Mais il la dévorait du regard.

— J'espérais avoir fini de me déshabiller avant ton retour, expliqua-t-elle. Et t'attendre sous les couvertures. Je voulais te faire une surprise.

Il ne disait toujours pas un mot.

Lily devint cramoisie. Maintenant qu'elle s'était justifiée, elle espérait qu'il retournerait dans le couloir et compterait jusqu'à dix, pour lui permettre de terminer. Mais il ne semblait pas décidé à décamper.

— As-tu l'intention de rester des heures à me regarder sans rien faire ?

Il tendit une main impérieuse vers elle.

— Ne bouge pas, dit-il. Ne bouge surtout pas. Reste comme ça.

Puis il s'adossa au montant de la porte et entreprit d'ôter ses chaussures.

Ne bouge pas ! Elle était bien bonne. Où aurait-elle pu aller, nue comme le jour de sa naissance ?

Cependant, toute vulnérable qu'elle fût dans sa nudité, Lily n'avait pas peur, car elle ne doutait pas un instant de son pouvoir sur Julian. La protubérance qui gonflait son pantalon était un indice suffisant. Son regard empli de désir en était un autre.

Aussi le regarda-t-elle se défaire de ses chaussures, puis de son gilet. Après quoi il marcha, en chemise et pantalon, droit vers le lit d'un pas assuré.

Lily eut la chair de poule en le voyant approcher.

Il s'arrêta devant elle.

— J'attendais ce moment depuis très longtemps.

L'éclat fiévreux de ses prunelles trahissait sa sincérité.

— As-tu confiance en moi ? demanda-t-il.

— Plus que jamais.

Il la contourna, avec une grâce féline, pour se planter juste derrière elle. Du coin de l'œil, la jeune femme vit sa chemise rejoindre ses propres vêtements, sur le tapis. Puis ce fut au tour de son pantalon d'atterrir sur la pile. Elle ferma les yeux avec un sourire : elle savait qu'il était inutile d'attendre les sous-vêtements.

Ensuite, Julian l'attira doucement contre son torse. Et il lui mordilla l'oreille.

Lily voulut se retourner pour lui faire face, mais il l'en empêcha.

Il se mit alors à la caresser. Le long des bras, sur les seins, le ventre.

Elle comprit pourquoi il lui interdisait de se retourner. S'ils se retrouvaient face à face, elle concentrerait son attention sur ses lèvres – disait-il quelque chose ? Alors qu'en se tenant derrière elle, il la libérait de toute interrogation et elle pouvait s'abandonner en parfaite quiétude aux sensations qu'il lui prodiguait.

Sa langue traçait un sillon sur son cou, lui donnant de délicieux frissons. En même temps, il lui tenait la mâchoire d'une main, promenant son pouce sur ses lèvres. Lily eut un moment d'incertitude. Voulait-il qu'elle lèche son pouce ? Qu'elle le suce ?

Obéissant à son propre désir, elle commença par faire courir le bout de sa langue sur son pouce. Elle sentit résonner, dans son dos, un grognement d'approbation. Mais avant qu'elle puisse continuer, il retira son pouce à présent tout humide et s'en servit pour titiller l'un de ses tétons.

Lily frissonnait de plaisir. Elle pouvait sentir le membre érigé de Julian se presser contre ses reins, ce qui ajoutait encore à son excitation.

Quand il approcha de nouveau son pouce de ses lèvres, cette fois elle le prit à pleine bouche pour le sucer. C'était une découverte, pour elle : cela faisait naître des sensations délicieuses qui se réverbéraient jusque dans son entrejambe.

Lily lutta de toute la force de ses lèvres pour empêcher Julian de retirer son pouce. Mais sa frustration s'évanouit à l'instant où il se mit à titiller son bouton de rose avec son pouce humide.

Elle poussa un petit cri et faillit défaillir. Mais Julian la tenait solidement de son autre bras. Et la position de Lily – un pied par terre, l'autre en appui sur le lit – facilitait à Julian son exploration. Ses caresses étaient si expertes qu'elle sentit la jouissance approcher. Encore quelques secondes, et...

Mais tout à coup, Julian lui écarta les cuisses avec son genou. Et son membre érigé qui se pressait tout à l'heure sur ses reins palpitait à présent entre ses jambes, frottant contre sa féminité.

— Julian... gémit-elle. Oh, Julian... J'ai envie...

Il savait pertinemment de quoi elle avait envie. Il positionna son membre à l'entrée de sa féminité puis, d'une pression ferme de sa main, l'invita à se pencher sur le lit. Et il la pénétra dans cette position.

Ce fut douloureux, bien sûr, au début. Mais Julian ne bougeait plus, le temps qu'elle s'habitue à cette invasion. Et le plaisir ne tarda pas à l'emporter.

Julian était *en elle*. Julian était *à elle*.

Après quelques minutes d'immobilité, il se retira. Puis il aida Lily à grimper sur le lit et à s'allonger sur le dos. Il s'agenouilla entre ses cuisses.

La jeune femme avait toujours ses bas sur elle. Mais il semblait s'en moquer. Il la buvait littéralement du regard.

Le corps de Julian la fascinait tout autant. Son torse ferme et musclé, son ventre plat, le petit sillon de poils qui descendait jusqu'à son membre.

Il lui écarta les cuisses pour la pénétrer de nouveau.

— Attends.

Il attendit – à contrecœur. Mais il attendit, parce qu'elle le lui avait demandé.

Son érection pesait lourdement sur le ventre de Lily. À présent, elle découvrait cette autre facette de Julian. Un homme ne pouvait guère dissimuler ses pulsions. Et elle voulait explorer cette partie de son mari.

Elle commença par caresser son membre, tout doucement. Julian l'incita à s'enhardir en lui prenant la main pour lui montrer comment bien le caresser, de bas en haut, en le serrant dans ses doigts.

Maintenant, elle en voulait davantage.

— Viens, lui dit-elle, étirant ses bras au-dessus de sa tête et cambrant sa poitrine dans une posture lascive, pour mieux s'offrir à lui.

Il la pénétra lentement. Puis il commença à pousser des reins en rythme, s'enfonçant un peu plus loin à chaque fois, en même temps qu'il la couvrait de baisers.

— C'est bon, lut-elle sur ses lèvres. Oh oui, c'est bon.

— Oui, acquiesça-t-elle. C'est très bon. Je t'aime.

Il poussait de plus en plus vite, de plus en plus fort. Tout à coup, son corps fut saisi de spasmes. Il s'enfonça encore une ou deux fois avant de retomber sur elle, immobile, pantelant.

Je suis une femme, à présent, songea Lily. La femme de Julian.

Au bout d'un moment, il se redressa sur les coudes et lui caressa tendrement les cheveux.

— Ça va ?

Elle hocha la tête.

— Très bien. Et toi ?

— Je ne me suis jamais senti aussi bien de ma vie. Et je suis sincère, Lily.

Elle sentit son cœur se gonfler de bonheur.

Il se retira et roula sur le côté, l'enlaçant d'un bras pour l'attirer contre lui.

— M'apprendras-tu le langage des signes, celui que tu employais avec Anna ?

Il cligna des yeux, dérouté par cette question inattendue.

— Si tu veux. Mais ce n'est pas le vrai langage des signes. Il s'agit plutôt d'un dialecte, que je parlais avec ma mère ou chez Anna. Tu aurais du mal à converser avec d'autres sourds.

Elle lui caressa le torse.

— Peu importe. Je pourrais apprendre les deux langages. Nous avons tout le temps devant nous.

Elle s'assit dans le lit et se mit à dessiner des lettres avec son doigt.

J. E. T. A. I. M. E.

Il répondit de la même manière :

M. O. I. A. U. S. S. I.

Lily cligna plusieurs fois des yeux, pour retenir ses larmes.

Julian lui caressa la joue.

— Bon sang, Lily, pourquoi pleures-tu ?

— Parce que c'est merveilleux, répondit-elle, s'essuyant les yeux d'un revers de main. Nous nous aimons. Et nous sommes mari et femme. C'est le plus beau jour de ma vie, Julian. Je n'ai qu'un regret : que nous ayons mis autant de temps pour nous en apercevoir.

Il la regarda un moment sans rien dire, avant de s'esclaffer.

— Qu'y a-t-il de si amusant ?

— Tu ne peux pas savoir.

Elle fit la moue et se gratta le derrière de l'oreille.

— Sais-tu que tu te grattes l'oreille chaque fois que tu es contrariée ?

— Moi ? Mais pas...

Elle ôta prestement son doigt de son oreille.

— Le soir où nous nous sommes rencontrés, c'était pour ton vingt-cinquième anniversaire. C'était un mercredi d'avril. Il faisait très beau. Tu portais une robe de soie violette festonnée d'un galon doré. Et tes cheveux étaient coiffés en chignon, avec une tresse entourant le chignon. Cela fait un moment que je ne t'ai plus vue coiffée ainsi. Aurais-tu changé de camériste ?

— Oui, au printemps dernier.

— Je m'en doutais.

Lily fronça les sourcils, perplexe.

— Je croyais que tu ne te souvenais pas très bien de notre rencontre ?

— Tu avais choisi un menu d'inspiration indienne, continua Julian. Agneau épicé, riz au curry, chutney... Tu m'avais expliqué que tu aimais l'exotisme. Nos places à table étaient signalées par des petits cartons où figuraient des éléphants. J'ai gardé le mien. Il est quelque part chez moi.

— Leo n'avait pas apprécié ! s'amusa Lily, qui se rappelait comment son frère avait grimacé en avalant sa première bouchée d'agneau épicé.

Il avait renvoyé son assiette et demandé qu'on lui serve un restant de rôti de bœuf.

— Oui. Mais au lieu d'en prendre ombrage, tu avais souri – en te grattant l'oreille. Puis nos regards se sont croisés. Et, à cet instant précis, j'ai compris trois choses. La première, que tu aimais beaucoup Leo, mais que tu le trouvais parfois un peu capricieux.

— Capricieux ? se récria Lily. Mais non. Je...

— La deuxième, poursuivit Julian, que tu pouvais être terriblement de mauvaise foi. Comme maintenant. Et la troisième chose, la plus importante, que tu ne pourrais jamais rien me cacher. Je ne saurais pas t'expliquer comment ni pourquoi, mais j'avais la certitude de te comprendre, Lily. Et je savais, aussi, que tu serais capable de me comprendre.

Lily voyait ce qu'il voulait dire. Elle-même avait pris conscience très tôt du lien particulier qui les unissait, alors qu'officiellement leur relation ne relevait que de la simple amitié.

— J'étais tombé amoureux de toi avant la fin du repas, conclut Julian. Et je le suis resté depuis. Alors, tu vois, il ne m'a pas fallu très longtemps pour m'en apercevoir. Pas plus d'une heure, je pense.

— Mais alors, pourquoi ne m'as-tu jamais rien dit ?

Il haussa les épaules.

— Je suis un bâtard, l'aurais-tu oublié ?

Si c'était une plaisanterie, Lily ne la trouvait pas drôle du tout.

— Je ne sais pas, répondit-il plus sérieusement.

Et, après un instant de réflexion, il expliqua :

— J'ai passé le plus clair de mon existence à désirer quelque chose. Quand j'étais gamin, je désirais manger à ma faim. Je désirais un bon lit chaud. Après la mort de ma mère, je désirais qu'elle revienne – ne serait-ce qu'une seule journée. Devenu adulte, j'ai désiré être riche, prendre ma revanche, devenir quelqu'un d'estimé. Le soir de ton anniversaire, j'avais déjà accompli tout cela. Pourtant, je demeurais insatisfait. Il me fallait toujours davantage. Et puis, je t'ai rencontrée. Et une petite voix intérieure m'a susurré : « Si je peux l'avoir, *elle*, alors je n'aurai plus besoin de rien. Elle me suffira amplement. » Mais je pensais que c'était impossible.

Lily pouvait difficilement l'en blâmer. Pendant toutes ces années, elle ne l'avait jamais encouragé à se déclarer. Et elle avait soigneusement corseté ses propres aspirations.

Peut-être parce qu'elle avait eu peur, elle aussi.

Une question la préoccupait – qu'elle n'aurait pas dû poser. Après tout, ils n'étaient mariés que depuis ce matin. Cependant, elle ne put résister à la tentation.

— Eh bien voilà, dit-elle. Nous sommes enfin réunis. Mais est-ce assez, cette fois ?

Julian la regarda avec solennité.

— Tu es tout, pour moi.

Dieu que c'était romantique ! Mais aussi, très intimidant. Être « tout » pour un homme n'était pas une mince affaire. Surtout quand cet homme s'appelait Julian Bellamy.

J. E. T. A. I. M. E., dessina-t-elle encore avec ses doigts.

Elle voulait ajouter autre chose, mais elle n'en eut pas le loisir : Julian s'était couché sur elle et pesait de tout le poids de son corps musclé et gorgé de désir.

Lily préféra ne pas l'interrompre.

18

Des cloches.

Les cloches d'une église.

Mon Dieu, non.

Il était en retard. Et sa mère aussi, puisqu'il était censé la réveiller bien avant les cloches. Le rouquin avait été très clair, hier : si sa mère manquait encore une fois à son poste, elle serait congédiée.

Ils n'auraient plus d'argent. Ils seraient donc obligés de renoncer à la misérable chambre qu'ils occupaient – si misérable qu'elle était même dépourvue d'un poêle. Et tout ça, par la faute de Julian. Où iraient-ils ? Que mangeraient-ils ? À cette heure-ci, les abats du boucher du coin avaient déjà dû être tous distribués. Et Julian ne pouvait pas se risquer à voler une autre miche de pain sur le marché, alors que la semaine dernière il avait bien failli…

Quelque chose lui agrippa le bras. Julian, paniqué, voulut donner un coup de pied à son agresseur. Mais sa jambe aussi était bloquée.

Il ouvrit les yeux. La lumière du jour l'aveugla quelques instants, avant de lui révéler le décor qui l'entourait. Il ne s'agissait pas d'un taudis de Spitalfields, mais d'une chambre luxueusement meublée du quartier de Mayfair. Il était effectivement en retard pour réveiller sa mère, mais en retard de vingt ans.

Julian respira à pleins poumons pour se calmer.

— Qu'y a-t-il ? lui demanda sa femme – sa femme depuis deux jours.

Il essuya discrètement la sueur qui perlait sur son front.

— Rien. J'ai été réveillé par les cloches. Rendors-toi, chérie.

— Les cloches ? Peut-être sonnaient-elles pour célébrer notre mariage ?

Il rit nerveusement.

— Cela m'étonnerait.

Julian se reprocha sa réponse mordante. La jeune femme fronça les sourcils. Elle semblait préoccupée.

Hier, ils avaient prévenu la presse de leur mariage, afin de court-circuiter les commérages avant qu'ils ne se répandent. Pendant le dîner, ils s'étaient amusés à imaginer les réactions choquées de la fine fleur de l'aristocratie. Ils avaient même anticipé une lettre de la tante Béatrice. Cependant, malgré tous leurs efforts pour prendre la situation à la légère, Julian s'inquiétait que Lily ne soit déclassée socialement. Et qu'elle n'en souffre.

Elle posa la main sur son torse.

— J'ai fait un mauvais rêve, finit-il par admettre. C'est tout.

La jeune femme plaça sa tête sur ses pectoraux.

— Tu as rêvé de Leo, n'est-ce pas ? Cela fait tout juste cinq mois, aujourd'hui.

Bonté divine. Voilà pourquoi elle paraissait préoccupée. Elle songeait à Leo.

— Je sais que c'est dur, pour toi, d'abandonner les recherches, enchaîna-t-elle. Mais ce n'est pas parce que tu ne les as pas trouvés que les assassins de Leo resteront impunis. Généralement, les gredins dans leur genre finissent mal. Personnellement, je préfère me raccrocher à cette conviction.

Julian comprenait que cette idée puisse la réconforter. Mais lui-même n'y voyait rien de rassurant, car il avait spontanément le réflexe de se ranger dans la même catégorie que ces « gredins ».

La seule fois de sa vie où ses amis l'avaient cherché partout en vain – pour lui annoncer que sa mère se mourait –, Julian se trouvait en prison. Il avait croupi, pendant tout un mois, dans un cachot de la prison de Bridewell, au milieu de tous les autres « gredins ». Du reste, c'était sans doute la raison pour laquelle il n'avait pas réussi, en cinq mois, à mettre la main sur les assassins de Leo : ils avaient été arrêtés, depuis, pour un autre forfait et enfermés dans un cachot.

Plus il y réfléchissait, plus l'hypothèse lui semblait probable.

Il écrirait à Levi Harris pour lui demander de reprendre son enquête sur ces nouvelles bases. Harris chercherait dans tous les tribunaux et toutes les prisons d'Angleterre.

La perspective d'obtenir peut-être enfin une réponse lui regonflait le moral.

Cependant, il avait *promis* à Lily d'arrêter ses recherches.

— La justice est entre les mains de Dieu, à présent, poursuivit la jeune femme. Ne perds plus le sommeil à cause de ces hommes.

Julian la repoussa gentiment de côté, pour s'asseoir dans le lit.

— Qu'y a-t-il ? s'enquit la jeune femme.

— Ces cloches. C'est bizarre. Elles n'arrêtent pas de sonner. On dirait le tocsin.

Grâce à ces cloches, leur mariage échappa à tout scandale.

Lily s'était pourtant préparée à ce que les commérages se déchaînent dès que la nouvelle se répandrait qu'elle avait épousé Julian. D'autant que cette union s'était décidée dans la plus grande précipitation.

Mais ce matin-là, quand les cloches réveillèrent son mari et continuèrent longtemps encore de sonner, avant de s'interrompre enfin, Julian descendit au rez-de-chaussée pour savoir de quoi il retournait. Il revint avec une nouvelle effroyable.

La princesse Charlotte, fille unique du prince régent, était morte dans la nuit, quelques heures après avoir accouché d'un enfant mort-né.

Aussitôt, toute l'Angleterre plongea dans un grand deuil. Les journaux ne relataient plus que les détails des funérailles à venir, ou rendaient compte des messages de condoléances arrivés du monde entier. Toutes les réceptions furent annulées, les théâtres fermés [1]. Londres avait perdu le goût des futilités. Aussi, personne ne prêta attention aux

1. La princesse Charlotte était très populaire. Sa mort inattendue, à vingt et un ans, provoqua une affliction semblable à celle provoquée, cent quatre-vingts ans plus tard, par le décès de Lady Diana. *(N.d.T.)*

noces d'une lady de haute naissance avec un débauché notoire.

Quelle ironie ! Le monde était trop occupé à pleurer une princesse aimée pour s'occuper de leur sort. Mais, derrière les rideaux tirés de Harcliffe House, Lily et Julian s'employaient à célébrer la vie.

Bien sûr, Lily partagea l'émotion générale suscitée par la disparition de la princesse Charlotte. Aussitôt après avoir appris la tragédie, elle resta quelques heures hébétée dans les bras de son mari. Comme elle avait un lien de sang – quoique très éloigné – avec la famille royale, elle assisterait aux funérailles. Mais elle avait passé ces cinq derniers mois à pleurer Leo. Son deuil avait épuisé toutes ses réserves de tristesse. Et puis, elle voulait profiter de sa lune de miel.

Chaque jour, chaque heure, chaque minute qui passait renforçait leur amour. Pourtant, la plupart de leurs conversations se cantonnaient à des réminiscences de souvenirs communs. Mais ils les revivaient à présent sous une autre perspective.

Ils restaient pour l'essentiel à la maison. Certains jours, ils ne descendaient même pas au rez-de-chaussée. Le valet de chambre de Julian avait fait porter une partie de sa garde-robe à Harcliffe House, mais les dizaines de gilets et vestons étaient restés enfermés dans un placard. Julian préférait musarder en peignoir de soie – quand il prenait la peine de s'habiller. Et, bien sûr, il ne portait rien en dessous, au grand plaisir de Lily. La jeune femme adorait s'asseoir en face de lui pour prendre son petit déjeuner et lorgner sur son torse par l'échancrure du peignoir.

C'est pourquoi elle fut très surprise de se réveiller un matin, après une longue nuit d'amour, pour le découvrir déjà rasé et vêtu d'un complet gris.

Julian s'aperçut de son étonnement.

— C'est dimanche, expliqua-t-il. Le jour du Seigneur. Dépêche-toi de te lever, si nous voulons arriver à l'heure à l'église.

— J'ignorais que tu te rendais régulièrement à l'église.

— Moi, non. Mais *nous*, oui.

Ils se rendirent ensemble à la messe. Et ils assistèrent également aux funérailles grandioses de la princesse Charlotte, avec toute la solennité que requérait la circonstance. Lily n'était même pas sûre que les anciens amis de Julian le reconnaîtraient dans l'homme qui était assis à côté d'elle, tant il s'était composé une attitude grave. La nuit, il lui arrachait les cris les plus sauvages, mais le jour, il semblait déterminé à montrer au monde le visage le plus distingué possible.

Lily ne songeait pas à s'en plaindre, mais elle ne voulait pas non plus qu'il change de personnalité pour elle.

— Julian, dit-elle un soir au dîner, environ deux semaines après leur mariage, tu n'as pas besoin de rester à la maison tous les soirs avec moi.

Il reposa sa fourchette.

— Pourquoi voudrais-je aller ailleurs ?

— Je ne sais pas, répliqua la jeune femme, qui avait rosi du compliment implicite. Mais si tu souhaites rendre visite à un ami, ou te montrer à ton club, sache que ce n'est pas moi qui t'en empêcherai.

— Veux-tu me voir sortir de la maison ?

— Non, ce n'est pas du tout cela. Simplement, j'essayais de te faire comprendre que ce n'est pas parce que tu es marié que tu dois cesser de t'amuser.

Il ne répondit pas tout de suite : il prit d'abord le temps de terminer son canard rôti et de boire une gorgée de vin, avant de replier soigneusement sa serviette.

— Finalement, dit-il, je crois que je vais aller faire un tour à mon club.

Un peu plus tard, Lily se retrouva dans son boudoir, avec pour toute compagnie un bon feu, une tasse de café et un livre. Et aussi ses regrets. Pourquoi avait-elle eu l'idée saugrenue de suggérer à Julian de passer la soirée dehors ? Son mari lui manquait déjà terriblement.

La jeune femme porta sa tasse à ses lèvres et grimaça. Le café était trop amer. En réalité, Lily détestait ce breuvage. Elle n'avait demandé à Holling de lui en faire monter une tasse qu'en raison de ses vertus stimulantes. Elle voulait rester éveillée jusqu'au retour de Julian. Même s'il ne revenait qu'à trois heures du matin, titubant sous l'effet du brandy.

Et empestant un parfum bon marché.

Lily secoua la tête pour chasser cette vilaine idée de son esprit. La jalousie ne grandissait jamais personne. Et Julian ne méritait pas qu'elle le soupçonne ainsi. Après toute la tendresse et l'attention qu'il lui avait manifestées ces dernières semaines, il semblait peu probable qu'il retombe dans ses anciennes débauches. À présent, il était son mari et elle se devait d'avoir confiance en lui.

La jeune femme s'obligea à se plonger dans son livre. Mais son esprit battait la campagne. Elle n'avait pas dépassé la première page du roman – et même le premier paragraphe – quand elle finit par relever la tête pour consulter la pendule de la cheminée. Il s'était à peine écoulé plus d'une heure depuis le départ de Julian.

Et il était déjà de retour.

Il ne charriait avec lui ni odeur d'alcool, ni parfum bon marché. Mais il était décoré d'une guirlande de rubans de satin de toutes les couleurs, enroulée autour de ses épaules.

C'était la fameuse guirlande obscène, suspendue dans la salle de billard de son club.

Il ne sembla pas remarquer la présence de la jeune femme lovée sur le sofa : il marcha tout droit jusqu'à la cheminée et entreprit de nourrir le feu avec les jarretières multicolores, qu'il jetait une à une sur les bûches.

Lily le regarda consumer son passé de débauché sans dire un mot. Les souvenirs de ses anciennes maîtresses disparaissaient dans les flammes en ne laissant derrière eux que des cendres, et une odeur de satin brûlé. Quand il eut terminé, Julian se frotta les mains, comme s'il voulait les nettoyer.

Puis il ôta son manteau et vint s'asseoir à côté d'elle.

— Que lis-tu ?

— Je n'en sais rien. J'ai passé une heure à fixer le premier paragraphe sans pouvoir le lire. Je me demandais où tu étais et ce que tu faisais.

Il hocha la tête, avant de se tourner de côté pour poser les jambes sur l'accoudoir du sofa, et sa tête dans le giron de la jeune femme. Et il ferma les yeux.

Lily en conclut qu'il ne souhaitait pas parler de ce qu'il venait de faire. Aussi décida-t-elle de ne pas le questionner. Du reste, son geste était suffisamment éloquent. Les mots étaient inutiles.

Mais pas les baisers. Eux, en revanche, étaient indispensables.

Lily se pencha pour lui embrasser un sourcil. Puis le bout du nez. Et enfin, la bouche.

— Je t'aime, Julian.

Il soupira.

— Je me demande bien pourquoi.

— C'est vrai ?

Son cœur s'était serré, mais elle s'obligea à garder une intonation légère pour ajouter :

— Alors je vais devoir te le démontrer de manière très explicite.

19

Julian contemplait la lettre qu'il serrait dans sa main, et qu'il avait déjà lue trois fois en l'espace de cinq minutes.

Il la lut une quatrième fois. Après avoir parcouru rapidement le début, il s'arrêta sur le paragraphe qui l'intéressait plus particulièrement.

— « Horace Stone et Angus Macleod, arrêtés le 7 juin, énonça-t-il à haute voix, comme si cela rendait encore plus réel ce qu'il lisait. Accusés d'ivrognerie, de vandalisme et de tentative de cambriolage. Condamnés à six mois de travaux forcés sur le bateau-prison *Jéricho*. »

Voilà. C'était aussi simple que cela. La vérité – du moins, une partie de la vérité – tenait dans ce document de quelques lignes que lui avait fourni Levi Harris.

Horace Stone et Angus Macleod avaient été arrêtés le lendemain matin de la mort de Leo, à moins d'un kilomètre de la scène du crime. Ils avaient été surpris en flagrant délit de bris d'une vitrine de boutique, qu'ils s'apprêtaient de toute évidence à dévaliser. D'après les renseignements glanés par Harris auprès des gardiens de la prison, les deux captifs correspondaient parfaitement à la description donnée par Cora – la prostituée qui avait assisté au meurtre.

Ces hommes étaient donc les assassins de Leo. Julian en était convaincu. Il relut une cinquième fois la lettre, bien qu'il en connût maintenant le contenu par cœur.

— Le *Jéricho*, murmura-t-il, fasciné.

Il avait arpenté pendant des mois les ruelles de Londres à la recherche de ces deux gredins. Alors que durant tout ce temps, ils se trouvaient sur un vieux rafiot ancré au milieu de la Tamise. Quasiment devant son nez.

Depuis son perchoir, Tartuffe agita ses plumes et cria joyeusement :

— Jéricho ! Jéricho !

Dieu que cet oiseau était stupide !

— Que trouves-tu donc d'intéressant aux mots commençant par « J » ?

— Oh, Julian ! répliqua l'oiseau. Monsieur James Bell. Oh, Juuuuulian.

— Inutile d'ajouter « coupable », s'il te plaît, lui lança Julian avant de secouer la tête, incrédule.

Voilà qu'il faisait la conversation à un oiseau, maintenant !

Il nourrissait quelques remords d'avoir poursuivi son enquête malgré sa promesse formelle de tout arrêter. Cependant, puisque sa femme s'inquiétait pour sa sécurité, il n'avait pas agi directement. Il avait chargé Harris de s'occuper de tout.

Et voilà que moins d'une semaine après avoir donné ses instructions à Harris, il était fixé. Ces deux noms le libéraient d'un grand poids. Après avoir agressé Leo et Faraday, Horace Stone et

Angus Macleod avaient poursuivi leurs forfaits nocturnes. Leurs actes ne correspondaient pas à des profils de tueurs à gages. Des professionnels se seraient empressés d'aller faire leur rapport à leur commanditaire, au lieu de continuer leurs exactions dans le voisinage.

Julian commençait sérieusement à se demander si Lily et Morland n'avaient pas eu raison depuis le début. Le meurtre de Leo n'avait été qu'un crime de rôdeurs, nullement prémédité. La mort de son ami n'en était pas moins tragique, mais les conséquences, pour Julian, n'étaient évidemment plus les mêmes. Certes, il regretterait toujours de n'avoir pas été là au moment de l'agression pour défendre Leo. Mais Faraday s'était trompé : les assassins n'avaient pas surgi dans l'intention de le tuer, lui. Dès lors, il pouvait rêver d'un avenir sans nuage avec Lily.

Julian replia la lettre, la glissa dans l'une de ses poches et s'assit pour écrire.

Il voulait tout de suite envoyer un mot à Ashworth. Les deux brutes n'ayant été condamnées qu'à six mois de travaux forcés, la date de leur libération approchait. Or, les deux témoins du meurtre se trouvaient dans l'ouest de l'Angleterre, presque à portée de main d'Ashworth : Cora Dunn, la prostituée, n'avait plus bougé du Devonshire, et Faraday poursuivait sa convalescence en Cornouailles. Si Ashworth pouvait escorter au moins l'un, sinon les deux, jusqu'à Londres avant que Stone et Macleod soient relâchés, il serait possible d'engager contre eux une procédure pour meurtre. Leo obtiendrait enfin justice.

Et Julian aurait l'âme presque apaisée.

— Julian ? appela Lily depuis le seuil de la pièce. Es-tu prêt ? L'agent immobilier va nous attendre.

Bon sang. L'arrivée de la lettre de Harris lui avait fait oublier leur rendez-vous pour visiter des maisons à louer. Lily était tout excitée – il pouvait l'entendre à sa voix. Mais, grâce à la bonne nouvelle de Harris, Julian l'était tout autant. Toutefois, il préférait ne pas encore avertir Lily de ce rebondissement : il attendrait d'être sûr pour tout lui raconter.

Il se tourna vers la porte. Son épouse était si étourdissante, en robe de mousseline verte, qu'il en laissa échapper la plume avec laquelle il écrivait à Ashworth.

— Qu'y a-t-il ? demanda la jeune femme, amusée.

Julian sourit.

— Tu es belle. Si belle que les mots me manquent pour te décrire.

Elle regarda la pendule.

— Nous sommes en retard.

— L'agent immobilier attendra, répliqua Julian.

Puis, avec les mains, il entreprit de lui expliquer ce qu'il comptait faire de sa robe de mousseline verte quand ils rentreraient tout à l'heure. Et comme il voulait s'assurer qu'elle comprenait de mieux en mieux le langage des signes, il n'omit aucun détail explicite.

Elle lut ses gestes en rougissant. Mais lorsqu'il conclut en précisant « Cinq fois », elle éclata de rire.

— Je retrouve enfin le fameux débauché dont je suis tombée amoureuse, répondit-elle. Ces derniers temps, je commençais à me demander où il était passé. J'avais peur d'avoir finalement épousé un employé terne et ennuyeux avec des lunettes et un costume gris souris.

Julian la rejoignit. Il l'embrassa sur le front, avant de lui offrir son bras.

— Nous y allons ?

— J'aime beaucoup cette maison, décréta Lily alors qu'ils débutaient tout juste leur troisième visite de l'après-midi. J'y sens de bonnes vibrations.

— Nous n'avons encore vu que l'entrée, lui objecta son mari.

— Je sais. Mais reconnais que c'est une belle entrée.

Julian la trouvait plutôt miteuse, malgré ses dimensions imposantes. Le papier peint avait jauni et se décollait des murs. Des toiles d'araignée s'accrochaient aux recoins du plafond.

— La maison est restée inhabitée un moment, expliqua l'agent immobilier. Mais les propriétaires ont fini par se décider à la louer.

— Les proportions sont parfaites, s'enthousiasma Lily en pénétrant dans ce qui était sans doute une salle à manger – faute de meubles, il était difficile d'avoir des certitudes. Et c'est très lumineux.

Pour le coup, Julian devait reconnaître qu'elle avait raison. Le grand nombre de fenêtres laissait pénétrer la lumière à flots et donnait une impression de légèreté. Julian aurait préféré offrir à Lily une maison neuve, construite à la dernière mode et agrémentée d'un luxueux jardin. Mais une telle demeure ne s'édifiait pas en quelques semaines. Or, ils disposaient de peu de temps avant le retour d'Égypte du cousin qui hériterait de Leo. Et garder la maison de Julian à Bloomsbury était hors de question, pour un tas de raisons. Il ne leur restait donc plus qu'à choisir entre les différentes demeures à louer dans Mayfair. Et si celle-ci plaisait à Lily...

— Y a-t-il un jardin ? demanda la jeune femme à l'agent immobilier.

— Oui, milady.

Il les conduisit dans un salon, à l'arrière de la maison. Là, écartant les tentures poussiéreuses, il révéla une terrasse en pierre surplombant une jungle de mauvaises herbes.

— Il va y avoir du travail, commenta Julian.

— Le travail ne me fait pas peur, répliqua Lily avec un sourire. Il te fait peur à toi ?

Il secoua la tête. À la vérité, il commençait même à s'ennuyer de ne plus travailler. Il comptait d'ailleurs recourir à une excuse quelconque pour se rendre à son bureau dans la semaine. Ses employés devaient attendre avec impatience le retour de M. James Bell de sa tournée d'inspection des filatures. Ensuite, il prendrait ses dispositions pour vendre l'ensemble de ses activités. Mais cette perspective le chagrinait beaucoup. Il avait peur de ressentir une impression de vide.

Lily le vaut bien, se persuada-t-il.

Il trouverait une autre façon d'occuper son temps, voilà tout. Il achèterait des terres agricoles et se chargerait de leur mise en valeur, par exemple – une activité prisée de la plupart des gentlemen. Julian ne connaissait rien à l'agriculture, mais il pourrait toujours apprendre. Après tout, il s'était bien formé tout seul dans l'industrie des filatures et le négoce du textile. Il n'aurait qu'à tout recommencer de zéro.

Lily leva la tête.

— Tartuffe aimera la hauteur sous plafond, plaisanta-t-elle.

L'agent immobilier leur fit visiter le premier et le deuxième étage. À chaque chambre qu'ils découvraient, Julian sentait son excitation monter. Puisqu'il s'agissait de choisir leur future maison, il trouvait logique de se représenter dîner avec Lily dans la salle à manger, s'asseoir avec elle dans un salon ou… tester la résistance des matelas.

Quant à la visite de la nursery, elle lui inspira une réaction bizarre, qui ne tenait plus de l'excitation sexuelle mais y ressemblait quand même un peu.

— Nous n'avons pas visité les cuisines, ni l'office, dit l'agent immobilier qui consulta sa montre, mais le temps nous est compté. J'ai rendez-vous à mon bureau dans un quart d'heure.

— Nous pourrions rester ici et terminer la visite par nous-mêmes, suggéra Julian. Nous refermerons en partant, et j'enverrai un domestique vous rendre les clés.

L'agent immobilier accepta bien volontiers : il avait senti que l'affaire se présentait sous les meilleurs auspices et qu'elle pourrait se conclure rapidement. Il confia les clés à Julian et s'éclipsa.

Après son départ, Lily retourna dans le hall d'entrée. La pièce était flanquée, d'un côté, par une rangée de fenêtres très hautes, et du côté opposé par des niches de forme ovale, où avaient dû être accrochés des miroirs et des portraits.

— Oh, Julian ! On ne construit plus de maisons avec des halls aussi majestueux. À la campagne, peut-être, mais plus à Londres. Cette maison serait parfaite pour organiser de grandes réceptions.

Julian acquiesça. Ils pourraient organiser des réceptions inoubliables. Avec buffets exotiques et cartons d'invitation gravés d'illustrations fantaisistes. Lily rayonnerait, au milieu de ses amis et de ses admirateurs.

Oui. Cette maison était bel et bien destinée à devenir *la leur*.

— Regarde ! Il y a même un piano ! s'exclama la jeune femme. (L'instrument trônait dans un coin, sous un drap.) Je me demande pourquoi ils l'ont laissé là.

— Peut-être ne passait-il pas les portes, suggéra Julian. C'est un grand modèle.

Il souleva le drap et tapota quelques touches, avant de grimacer.

— Il a besoin d'être accordé.

Lily le rejoignit et s'appuya contre l'instrument.

— Peu importe. Joue-moi quelque chose. J'adore te voir jouer au piano. Et sentir la musique se réverbérer dans mon corps.

Ses seins se pressaient sur le dessus de l'instrument. Julian en avait l'eau à la bouche.

— Il me vient une idée coquine, dit-il.

— Laquelle ?

— Tu vas voir.

Julian saisit la jeune femme à la taille, pour la soulever et l'asseoir sur le piano. Puis il lui retroussa les jupes, de manière qu'il n'y ait plus que la fine étoffe de son sous-vêtement entre sa chair et le bois de l'instrument.

— Si tu aimes me sentir jouer, tu vas adorer cela, dit-il.

Il caressa une touche du clavier, avant de l'enfoncer d'un coup sec.

— Oh, fit la jeune femme, portant la main à sa gorge. Oh, mon Dieu…

Tout sourire, il joua un petit morceau allègre, de la main droite.

— Oh, Julian… gémit Lily. Les vibrations sont… Tu avais raison, c'est très coquin.

Il ôta sa main du clavier.

— Veux-tu que j'arrête ?

— Non, surtout pas !

Julian promena la main le long du clavier, comme s'il caressait les jambes de la jeune femme en prenant son temps.

Quand il fut rassasié de gammes et de préludes, il attaqua des deux mains.

— Oh… gémit Lily, qui se tortillait sur le piano. Oh, Julian… n'est-ce pas notre valse ?

Il hocha la tête.

— Oui, c'est notre valse. Et maintenant, voilà la danse campagnarde.

Il enchaîna avec le morceau endiablé qui faisait fureur partout en ville.

La jeune femme poussa un petit cri.

— Oh, pitié, Julian. Arrête-toi, à présent. C'est trop intense. Si tu continues, je vais être obligée de parler de « plâtre ».

Julian immobilisa ses doigts sur les touches blanches et noires de l'instrument.

Lily tentait de reprendre sa respiration.

— Mon Dieu. Je suis toute secouée.

— Arme-toi de courage, chérie. Ce n'était que le début.

Il tendit le bras, pour attirer la jeune femme à lui et l'obliger à prendre une position qui lui permettrait de voir sous ses jupes pendant qu'il jouerait.

Sans descendre de son perchoir, Lily se retrouva donc face à lui, les jambes écartées, les pieds en appui sur les extrémités du clavier.

Mais lorsqu'il entreprit de lui enlever une chaussure, elle s'alarma.

— Julian, ce n'est pas raisonnable. Nous ne pouvons pas faire ça ici.

— Pourquoi ? C'est chez nous.

— Pas encore.

— Aurais-tu préféré une autre des maisons que nous avons visitées ?

— Oh, tu es vraiment impossible. Tu sais très bien que je veux celle-ci. Mais...

Il lui ôta sa deuxième chaussure, qui tomba sur le plancher avec un bruit mat.

— Tu veux cette maison ? Tu l'auras. Mais moi, je te veux. Et je t'aurai ici. Maintenant. Alors, inutile de discuter plus longtemps.

Sur ces mots, il défit ses jarretières, pour lui enlever ses bas. Après avoir dénudé ses jambes, il les embrassa, remontant vers l'intérieur des cuisses. Lily ne put s'empêcher de se trémousser, ce qui fit remuer ses pieds sur le clavier et déclencha quelques notes discordantes.

— Ne bouge pas, intima Julian.

Lui saisissant une cheville, il posa le pied de la jeune femme sur son épaule, avant de commencer à tirer sur sa culotte pour dévoiler son anatomie la plus intime.

Aussitôt que sa féminité apparut à sa vue, Julian sentit sa propre excitation monter encore d'un cran.

Toutefois, au lieu de goûter au festin qui s'offrait à lui, il s'obligea à la patience, léchant l'intérieur des cuisses de la jeune femme, pour qu'elle ait le temps de comprendre ce qu'il avait en tête.

Ce qui n'empêcha pas Lily de tressaillir lorsqu'il approcha enfin sa langue de son bouton de rose.

D'une main, Julian l'agrippa à la taille, tandis que son autre main lui maintenait fermement le pied sur son épaule. Elle ne lui échapperait pas.

Puis il pressa ses lèvres sur sa féminité. D'abord tout doucement, se contenant de légers coups de langue. Et il prenait un malin plaisir à lever les yeux pour accrocher le regard de sa femme.

Mais bientôt, il se montra plus gourmand.

Elle ferma les yeux et laissa échapper un gémissement.

Julian se délectait littéralement. Lily gémissait de plus en plus fort, mais elle n'essayait pas d'échapper à son emprise. Au contraire, elle écartait les cuisses avec un parfait abandon.

Alors, il continua de la goûter sans relâche, jusqu'à ce qu'elle crie sa jouissance en s'arcboutant sur le piano.

Mais il ne comptait pas s'arrêter là.

Lily lui avait fait comprendre qu'elle voulait voir ressusciter Julian le débauché, et il entendait bien exaucer son vœu.

Se reculant, il dégrafa son pantalon pour libérer son membre érigé. Puis il se mit à se caresser, tout en se repaissant du spectacle de la féminité de son épouse.

— Tu es belle, murmura-t-il, se caressant toujours. Si belle…

La jeune femme se redressa sur les coudes pour lui sourire. Son regard un peu noyé laissait deviner qu'elle était repue. Mais Julian avait la ferme intention de réveiller ses sens.

L'attrapant par la taille, il la fit descendre du piano sans ménagement, provoquant quelques nouvelles notes discordantes quand les fesses de la jeune femme écrasèrent le clavier. Puis, sans lui laisser le temps de reprendre ses esprits et encore moins de protester, il la pénétra d'une seule poussée.

— Accroche tes jambes à mes hanches, ordonna-t-il.

Lily croisa ses pieds dans son dos.

— Les bras, aussi.

Elle noua les bras à son cou.

Lui-même la serrait fermement à la taille, en même temps qu'il poussait des reins. Le clavier, sous les fesses de la jeune femme, s'affolait et délivrait une partition désordonnée. Leur étreinte était passionnée, presque sauvage. Julian s'entendait pousser de petits grognements gutturaux – c'est tout juste s'il ne criait pas.

Après tout, pourquoi n'aurait-il pas crié ? Lily était sa femme. Cette maison serait bientôt la leur. Il n'avait aucune raison de se retenir.

Alors, il ne se retint pas.

La vie était belle. Très belle, même.

Du moins, pour l'instant.

20

Rhys Saint-Maur, lord Ashworth, donna une petite tape amicale à l'étalon.

— On dirait qu'on te dorlote bien, ici, mon vieil Osiris. Tu as meilleure mine que la dernière fois que je t'ai vu.

Et, se tournant vers Julian, il ajouta :

— Vous aussi, Bellamy. Le mariage vous réussit, apparemment.

Julian haussa les épaules d'un air nonchalant.

— Où est lady Ashworth ?

— Merry ? Je l'ai laissée à l'hôtel. Le voyage l'avait épuisée. Du moins, c'est ce qu'elle a prétendu. En réalité, je crois plutôt qu'elle voulait explorer notre suite tout à son aise. Mais elle vous envoie ses salutations.

— Venez ce soir avec elle à Harcliffe House, si vous voulez. Ma femme sera ravie de faire sa connaissance.

Ashworth s'esclaffa.

— Quand je pense qu'il n'y a pas six mois, vous étiez résolu à ce que Lily épouse quelqu'un d'autre !

Julian ne prenait pas ombrage d'être ainsi taquiné. Ces derniers temps, il en fallait beaucoup pour l'offenser.

— Je n'ai fait que respecter la règle, répliqua-t-il. Lily devait épouser un membre du Stud Club. Puisque Morland et vous-même étiez déjà mariés, je me suis dévoué.

— Dévoué, mon œil ! Vous étiez amoureux d'elle depuis le début. N'essayez pas de nier.

Bon, d'accord. Julian ne nierait pas. Il tira une pomme de sa poche et l'offrit à l'étalon.

Ashworth grattait la tête de l'animal d'un air pensif.

— Que penserait Leo, s'il nous voyait ? se demanda-t-il à haute voix. Nous voilà tous assagis, à présent. Mariés et fidèles. Mais c'est vrai que nous avons pris de l'âge.

L'étalon renifla, lâchant un panache de vapeur dans la brise de décembre.

— Vous croyez que Morland acceptera votre plan ? ajouta Ashworth.

Julian hocha la tête.

— J'ai ma petite idée pour le convaincre.

Le duc arrivait justement, monté sur une jument baie. Il mit pied à terre et tendit les rênes à un groom.

— Ashworth ! s'exclama-t-il, ôtant ses gants. En voilà une surprise. Quand êtes-vous arrivé à Londres ?

— Il y a moins d'une heure.

— J'ai appris que vous vous étiez marié.

— Oui. Ma femme voulait se reposer du voyage. Mais je compte profiter de notre séjour londonien pour vous la présenter, ainsi qu'à la duchesse. Je suis sûr que lady Ashworth s'entendra très bien avec Amelia.

— Je n'en doute pas. Où logez-vous ?

— Au Pulteney.

— À l'hôtel ? s'étonna Morland avec une grimace dédaigneuse.

Autrefois, ses airs supérieurs faisaient enrager Julian. À présent, ils l'irritaient, sans plus.

— Ne restez pas à l'hôtel, ajouta le duc. Ce ne sont pas les chambres qui manquent, à Morland House. Et Amelia adore avoir des invités.

— Merci. C'est très généreux de votre part. Mais Merry tenait absolument à descendre au Pulteney.

— Déformation professionnelle, expliqua Julian au duc. Lady Ashworth possède l'une des auberges les plus raffinées du Devonshire. Il est donc naturel qu'elle veuille se renseigner sur les dernières innovations des hôtels londoniens. Mais qu'à cela ne tienne, Morland. Votre chambre d'amis servira à quelqu'un d'autre.

— Qui donc ?

Ashworth se dirigea vers sa voiture qui l'attendait, ouvrit la portière et aida Peter Faraday à descendre.

Voilà encore un homme que Julian aurait volontiers boxé, autrefois. Bon sang ! Il avait du mal à comprendre, depuis son mariage avec Lily, qu'il ait pu se sentir en guerre, pendant tant d'années, contre presque tout le monde. Cette époque lui paraissait bien loin à présent.

Faraday marchait péniblement, avec l'aide d'une canne. Il semblait avoir un peu récupéré depuis que Julian lui avait rendu visite en Cornouailles. Mais il était encore très pâle, et il souffrait visiblement. Sans doute ne remarcherait-il jamais correctement.

— Monsieur Bellamy, Votre Grâce, salua-t-il. Pardonnez-moi, mais je ne peux pas m'incliner.

Morland lui retourna son salut de la tête.

— Je ne vous aurais pas reconnu, Peter Faraday, dit-il.

— La dernière fois que nous nous sommes vus, votre attention était focalisée sur notre partie de cartes, lui rappela Faraday.

— Qu'êtes-vous venu faire à Londres ?

— Laissez-moi tout vous expliquer, proposa Julian.

Il raconta comment, le mois dernier, alors que son enquête piétinait et menaçait de ne jamais aboutir, il avait eu l'idée de chercher dans les prisons et les registres des tribunaux.

— C'est ainsi que j'ai eu connaissance de deux noms, Horace Stone et Angus Macleod. Ils correspondent à la description donnée par Cora Dunn. Tous deux ont été arrêtés quelques heures après la mort de Leo, à peu de distance du lieu du crime. Et condamnés à six mois de travaux forcés pour tentative de cambriolage.

— C'est probablement eux, commenta Ashworth. En tout cas, la coïncidence est troublante.

Julian hocha la tête.

— Ils devraient être relâchés d'ici une semaine, précisa-t-il. Mais grâce au témoignage de Faraday, nous ne devrions pas avoir trop de peine à les garder en prison.

Faraday soupira.

— Comme je vous l'ai déjà expliqué en Cornouailles, je ne me souviens plus de rien. Je doute fort de parvenir à les identifier.

— Je suis sûr que le simple fait de les voir rafraîchira votre mémoire, objecta Julian. Sinon, nous ferons appel à Cora.

— Je n'ai pas eu le cœur de la forcer à venir, expliqua Ashworth. Je ne voulais pas briser sa lune de miel.

— Parce qu'elle s'est mariée, elle aussi ? s'enquit Faraday. Mais c'est une véritable épidémie matrimoniale ! Ne vous approchez pas de moi, tous les trois. Je n'ai pas envie d'être contaminé.

Là-dessus, il se laissa choir sur un banc. Il n'était pas resté debout plus de cinq minutes, mais l'effort paraissait l'avoir épuisé. Julian eut presque pitié de lui.

Presque. Car il n'était pas entièrement convaincu de pouvoir faire confiance à Faraday.

— Morland, dit-il à voix basse, je voudrais que vous teniez Faraday à l'œil.

— Vous voulez dire, sous ma protection ?

— Oui. J'aimerais qu'il loge chez vous.

— Attendez une minute... voulut objecter le duc.

— Vous venez de nous dire que vous avez des chambres à revendre et que votre femme adore avoir des invités, lui rappela Julian.

Comme Morland ne semblait toujours pas s'amadouer, Julian lui donna une petite tape amicale sur l'épaule.

— Faites ça pour moi, Morland. Et pour Leo. Et vous aurez Osiris. Je vous abandonnerai mes deux jetons.

Morland haussa les sourcils.

— Vous êtes sérieux ?

Julian hocha la tête.

— À charge pour moi d'héberger Faraday pendant une semaine ?

— Oui, confirma Julian. Jusqu'à ce que cette affaire soit définitivement réglée. Mais vous ne vous contenterez pas de lui offrir un lit : vous le surveillerez.

Après s'être assuré que Faraday ne pouvait pas l'entendre, il précisa :

— Je reste convaincu qu'il nous cache quelque chose. Et je ne voudrais pas qu'il nous file entre les doigts en repartant en Cornouailles. Ashworth ne peut pas le prendre avec lui à l'hôtel. Et je ne veux pas l'amener chez Lily. Elle n'est au courant de rien.

— Combien de temps espérez-vous garder le secret ? ironisa Ashworth. Nos femmes vont faire connaissance. Elles parleront entre elles, c'est inévitable.

— Non, si vous ne dites rien à vos épouses.

Morland s'esclaffa.

— Si Faraday loge chez nous, Amelia ne tardera pas à découvrir le fin mot de l'histoire.

— Et Faraday a voyagé avec nous depuis le Devonshire, renchérit Ashworth. Merry est parfaitement informée du rôle qu'il a joué le soir du crime.

— De toute façon, reprit Morland, je déteste mentir à Amelia. Nous avons pour habitude de tout nous dire.

— C'est la moindre des choses, entre mari et femme, approuva Ashworth. Nous faisons pareil, avec Merry.

Julian réprima un juron.

— Bon, d'accord. Vous direz à vos femmes la vérité, céda-t-il. Morland, vous raconterez à Amelia que Faraday est un ancien membre du Stud Club qui traverse une mauvaise passe, et que vous l'hébergez pour lui rendre service. Mais vous lui préciserez de n'en rien dire à personne, parce que M. Faraday ne souhaite pas que ses difficultés soient dévoilées au grand jour. Nous ne sommes pas très loin de la vérité, que je sache ?

Le duc haussa les épaules.

— Non, en effet.

Julian se tourna ensuite vers Ashworth :

— Vous demanderez à Meredith de garder ce qu'elle sait pour elle, par égard pour Lily. Il faut à tout prix éviter que Lily ne s'inquiète. Ou qu'elle ne nourrisse de faux espoirs, au cas où il ne s'agirait pas des assassins de Leo.

— Cela me paraît raisonnable, admit Ashworth. Mais vous, qu'allez-vous dire à Lily ?

— Rien, répondit Julian. Rien pour l'instant.

Si, pour ses amis, mariage et secrets ne pouvaient pas aller de pair, il n'en était pas de même pour un homme comme lui.

— Oh, comme c'est ravissant !

L'exclamation de Lily fit tourner la tête à Meredith et Amelia, qui exploraient une autre allée du magasin de décoration. Les deux femmes s'approchèrent, intriguées.

— Ce n'est qu'un bureau, expliqua Lily qui ouvrait et refermait les innombrables tiroirs de l'imposant meuble en acajou, mais il me plaît beaucoup.

Le propriétaire du magasin, un homme en gilet rose pâle, crut bon d'expliquer qu'il s'agissait d'une antiquité, et il précisa le nom de l'ancien possesseur du meuble.

Lily comprit mal son nom, mais cela n'avait aucune importance. À présent, le bureau était à vendre.

— Voudriez-vous l'acheter pour M. Bellamy ? demanda Meredith, qui caressait le dessus du meuble.

Lily secoua la tête.

— Non, pour moi. Nous aurons chacun notre bureau dans notre nouvelle maison. Dans deux pièces contiguës.

Il était grand temps qu'elle dispose de son propre espace de travail, après avoir emprunté le bureau de Leo. D'autant que Julian avait volontiers accédé à sa requête : c'est elle qui tiendrait les comptes de leur maisonnée.

— Je le prends, dit-elle au propriétaire du magasin.

Il s'inclina avec obséquiosité.

— C'est un très bon choix, milady.

Oui. Lily en était convaincue. Avec cette nouvelle maison à meubler entièrement, elle se découvrait une soudaine passion pour les achats. Et le plaisir était encore plus grand en compagnie d'amies comme Amelia et Meredith. Cela ferait bientôt une semaine que les trois femmes passaient presque tous leurs après-midi à courir les boutiques. Lily et Amelia se connaissaient depuis toujours. Lady Ashworth était nouvelle dans leur cercle, mais c'était une femme intelligente, généreuse de cœur. Elle ne pouvait donc que très bien s'entendre avec Lily et Amelia.

— Deux bureaux contigus, releva Meredith. L'idée me plaît beaucoup. Il faudra que j'en parle à Rhys. Nous avons prévu de faire quelques aménagements à Nethermoor Hall, et il voudrait consulter des architectes pendant que nous sommes à Londres.

Quand Meredith s'éloigna, poursuivant sa visite du magasin, Amelia demanda à Lily :

— Comptez-vous assister, Julian et toi, à la réception des Carstair mercredi prochain ? Spencer rechigne, comme d'habitude. Mais si vous y allez tous les deux, je devrais parvenir plus facilement à le convaincre.

Lily hésita.

— La réception des Carstair ?

Amelia hocha la tête.

— Oui. Nous n'avons pas encore envoyé notre réponse.

Lily et Julian n'étaient pas invités. La jeune femme n'était pas franchement surprise. Mme Carstair désapprouvait probablement son mariage avec Julian.

Elle était un peu déçue. Mais tant pis. Au moins, ce genre de déconvenues lui montrerait quels étaient ses vrais amis. Et elle en avait deux ici, à côté d'elle.

La jeune femme suivit le propriétaire du magasin jusqu'à son comptoir, pour régler l'achat du bureau et organiser sa livraison. Pendant que le commerçant rédigeait la facture, Lily contempla les tableaux accrochés derrière lui. Des paysages champêtres. Des châteaux en ruine. Des natures mortes. Rien de très passionnant.

Toutefois, ils auraient besoin d'orner les murs de leur nouvelle demeure.

— N'avez-vous pas d'autres tableaux à vendre ? demanda-t-elle.

— Si, milady, dans la pièce à côté, répondit le marchand, désignant une ouverture fermée par un rideau.

— Puis-je les voir ?

Le marchand rosit légèrement, ses joues devenant de la même couleur que son gilet.

— J'ai peur, milady, que cette galerie ne soit réservée aux messieurs.

Lily pensa avoir mal compris. Mais Meredith venait de la rejoindre.

— Qu'entendez-vous par « réservée aux messieurs » ?

— Les tableaux dont il s'agit sont, euh... peints d'après nature. Ils ne conviendraient pas à des ladies.

— Que se passe-t-il ? intervint Amelia, qui arrivait à son tour.

— Monsieur veut ménager notre sensibilité féminine en nous interdisant de voir certains tableaux osés, expliqua Meredith. Nous sommes toutes les trois mariées, vous savez, précisa-t-elle au marchand.

Celui-ci tira sur son nœud de cravate. Il semblait manquer d'air.

— Peut-être, mais vos maris ne sont pas là. Et sans leur permission formelle, je ne peux pas...

Meredith s'esclaffa.

— Devrons-nous présenter une attestation signée de leur main ?

— Tout cela est ridicule, trancha Amelia, redressant le menton. Il déplairait à mon mari, Sa Grâce le duc de Morland, d'être importuné pour de telles vétilles. Montrez-nous vos tableaux, monsieur. Nous préparons nos sels.

Lily se retint d'éclater de rire. Le marchand aurait sans doute capitulé devant leur insistance, mais ce ne fut même pas nécessaire. Amelia et

Meredith se retournèrent soudain vers la porte. Lily les imita.

Julian venait d'entrer. Il avait promis de les rejoindre ici, après avoir réglé ses propres affaires de la journée.

— Tu tombes à point nommé, lui lança Lily. Monsieur refuse de nous montrer sa galerie de tableaux salaces sans l'accord de nos maris.

Julian regarda, amusé, le trio qui attendait son verdict.

— Ah, mais c'est que je suis tout seul, dit-il. Je ne voudrais pas m'engager pour Ashworth et Morland. Je viens juste de les quitter. Nous avons convenu d'une promenade à cheval demain matin. Je n'aimerais pas qu'elle dégénère en duel.

— Une promenade à cheval ? répéta Lily, qui n'avait pas monté depuis une éternité. Où irez-vous ? Je pourrai me joindre à vous ?

— Non, c'est une excursion entre hommes, s'empressa de répondre Julian. Et je ne sais pas encore où nous irons. Probablement au bord de la Tamise.

— Au bord de la Tamise ? Mais...

— Morland aime chevaucher le long du fleuve.

— Ah ? fit Amelia. C'est la première fois que j'entends cela.

— J'ai peut-être mal compris, se défendit Julian avec un sourire.

Lily se sentait mal à l'aise. Sans doute Julian avait-il peur de se ridiculiser devant Morland et Ashworth, n'étant pas aussi bon cavalier qu'eux. Cependant, Lily était enchantée qu'il ait quand même accepté de les suivre. Et elle se réjouissait de voir les trois hommes cultiver leur amitié.

— Rhys et le duc ne sont peut-être pas loin, si vous les quittez à l'instant ? intervint Meredith. Nous pourrions voir les tableaux tous ensemble.

— Ils sont restés à Morland House.

Amelia posa la main sur son ventre arrondi et, de son autre main, se massa le bas du dos.

— Je vais rentrer, décida-t-elle. Vous prenez la voiture avec moi, Meredith ? Ensuite, vous pourriez rester dîner avec lord Ashworth.

Elle élargit l'invitation à Lily et Julian, mais ceux-ci déclinèrent.

Après le départ des deux femmes, Lily et Julian restèrent les seuls clients du magasin.

— J'ai acheté un bureau, annonça Lily.

— Ah bon ? fit Julian, qui avait autre chose en tête.

Prenant sa femme par le bras, il lança au marchand :

— Nous aimerions voir les nus.

Le gredin, songea Lily, lui donnant un petit coup de coude dans les côtes. Elle était sûre d'être devenue cramoisie, cependant elle tint bon face au marchand. Il n'était pas question qu'elle se laisse intimider. Elle était impatiente de tout raconter demain à Meredith et Amelia.

Et puis, elle avait réellement envie de voir les nus.

Le marchand tira sur son gilet.

— Comme vous voudrez, monsieur.

Il souleva le rideau avec la théâtralité d'un présentateur de cirque.

Lily, tout excitée, se pressa contre son mari.

Ils passèrent sous le rideau.

La galerie « interdite » se révéla décevante – comme souvent les choses défendues. Julian s'y attendait.

Mais il était ravi de cette diversion. Lily ne semblait plus s'intéresser qu'aux tableaux accrochés aux murs. Tant mieux : ils ne reviendraient plus sur cette « promenade à cheval » prévue le lendemain matin. Julian détestait mentir à la jeune femme. Quand tout serait terminé, il se promettait bien de ne jamais recommencer.

Demain matin, Julian, Morland et Ashworth se rendraient à cheval jusqu'à Woolwich, en aval de la Tamise, là où Stone et Macleod devaient être libérés. Mais les deux malfrats n'auraient pas le temps d'être débarrassés de leurs chaînes. Julian et le duc exigeraient qu'on les convoque immédiatement devant un tribunal. Et là, Faraday viendrait les identifier. Ensuite, la justice suivrait son cours.

Rasséréné par cette perspective, Julian finit par s'intéresser aux peintures qu'il avait devant les yeux. Les nus étaient parfois excellents, le plus souvent de qualité médiocre. Le marchand précisait à chaque fois le nom de l'artiste, la provenance du tableau et autres détails du même genre. Il parlait vite, et Julian en déduisit qu'il ne se doutait pas que Lily était sourde. Celle-ci, du reste, ne lui prêtait aucune attention.

La jeune femme passait d'un tableau à un autre. Elle s'arrêta devant un nu masculin. Puis elle recula d'un pas, pour mieux l'observer. Julian songea à la taquiner, avant de se raviser.

— Le modèle était un jeune fermier, dit-il quand elle se tourna vers lui.

— Qu'en sais-tu ?

— Son visage et ses avant-bras sont tannés par le soleil. Et regarde comme ses mains paraissent rugueuses.

— Je suppose qu'il est difficile de trouver des gentlemen qui acceptent de poser nus, fit valoir la jeune femme.

Et, comme si une idée en entraînait une autre, elle ajouta :

— Je songeais à commander ton portrait.

Julian s'esclaffa. Il ne s'attendait pas du tout à cela.

Elle rougit.

— Pas un portrait comme celui-ci, bien sûr. Tu serais habillé. Mais il nous faudrait un grand tableau pour notre nouvelle maison. Et j'aimerais aussi une miniature, pour la poser sur ma coiffeuse.

Ça, c'était une bonne idée…

Ils s'arrêtèrent ensuite devant un petit tableau ravissant représentant une mère donnant le bain à son jeune enfant. Julian se demanda ce que faisait un tel tableau au milieu des autres, car la composition n'avait rien d'érotique. C'était une scène domestique. Une cheminée où brûlait un bon feu se dressait à l'arrière-plan. La femme se penchait pour laver son fils qui se tenait debout, les deux pieds dans une bassine d'eau. L'enfant était nu, bien sûr, mais la femme portait une camisole. L'artiste avait merveilleusement rendu la finesse de l'étoffe qui se tendait sur ses rondeurs charnelles.

— Comment s'appelle le peintre ? demanda Lily au marchand.

— M. Conrad Marley.

Lily reporta son attention sur le tableau. Comme elle fronçait les sourcils, Julian l'interrogea du regard.

La jeune femme parut hésiter. Elle jeta un coup d'œil au marchand avant de demander, en langage des signes : « Tu pourrais m'épeler son nom ? »

Julian, avec un grand sourire, prit la main de son épouse pour la porter à ses lèvres et l'embrasser. Puis il épela le nom du peintre en langage des signes, sans se soucier du regard intrigué du marchand. Le pauvre homme ne se douterait jamais de la petite victoire à laquelle il venait d'assister.

Julian et Lily s'entraînaient depuis des semaines à parler le langage des signes. Mais toujours en privé. C'était la première fois que Lily se risquait à s'exprimer avec les mains devant une tierce personne. Julian comprenait parfaitement ses réticences, et il n'avait d'ailleurs jamais voulu la presser. Outre qu'elle répugnait à exclure quelqu'un de leur conversation, elle avait peur de révéler à des étrangers qu'elle était sourde. Car elle s'exposerait ainsi à leur curiosité – sinon à leur cruauté, ou à leur cupidité.

Julian était bien placé pour savoir à quel point son attitude était courageuse. Enfant, il avait souvent vu sa mère hésiter dans des situations qui réclamaient la prudence.

Heureusement, Lily ne connaîtrait jamais les mêmes épreuves. Elle était riche, de bonne naissance, et aucun commerçant ne se risquerait à lui claquer sa porte au nez. Toutefois, cela ne lui épargnerait pas d'avoir à subir, ici ou là, des réactions dédaigneuses. Sans parler de l'apitoiement hypocrite de tous ces imbéciles qui, à l'instar de la tante Béatrice, préféraient croire que la surdité de Lily n'était pas seulement physiologique mais avait une cause plus profonde – morale. Si vous n'êtes pas comme tout le monde, jugeaient-ils avec suffisance, ayez au moins la pudeur de ne pas attirer l'attention sur votre différence.

— Conrad Marley ? répéta-t-elle. Un homme ?

Julian confirma d'un hochement de tête.

La jeune femme observa de nouveau le tableau, d'un air sceptique.

— Non. Ce tableau est l'œuvre d'une femme. J'en mettrais ma main au feu.

— D'où tires-tu cette assurance ?

Elle désigna l'enfant.

— Les hommes représentent toujours les jeunes enfants trop gras ou trop maigres. Celui-ci est parfait.

Julian ne s'étant jamais interrogé sur la corpulence des enfants – dans la vie réelle comme dans l'art –, il supposa que Lily savait de quoi elle parlait.

— Tu dois avoir raison, dit-il.

Les femmes de la bonne société apprenaient toutes à manier le pinceau – avec plus ou moins de bonheur. Cela faisait partie de leur éducation. Mais une femme douée devait impérativement prendre un nom d'artiste masculin si elle voulait que son travail soit pris au sérieux. Ou, mieux encore, qu'il lui rapporte de quoi vivre.

Lily s'attarda encore de longues minutes à contempler le tableau. Et Julian contemplait Lily, car si le tableau était ravissant, son épouse l'était encore davantage. De toute façon, il était déterminé à acheter cette œuvre : il aurait donc tout le temps de l'admirer. La seule question était de savoir s'il l'achèterait maintenant ou s'il reviendrait plus tard, en secret, pour faire ensuite la surprise à Lily. Cela pourrait faire un beau cadeau de Noël, par exemple.

Avant qu'il ait pu se décider, ce fut Lily qui lui réserva une surprise – et de taille.

— Je crois que je suis enceinte, annonça-t-elle en langage des signes.

Julian se figea. Comme si une main invisible l'avait soudain enfermé dans un tableau. Mais un tableau où Lily figurerait à côté de lui. Ainsi que leur enfant. C'était tout simplement merveilleux.

Incapable de parler, il caressa le dos de la jeune femme.

Elle se tourna vers lui avec un sourire hésitant.

— Je n'en suis pas encore tout à fait certaine.

Julian, pour sa part, ne doutait déjà plus. Lily était enceinte. Il le sentait au plus profond de son être. D'ici quelques mois, ils auraient un enfant semblable à celui auquel la femme du tableau donnait le bain.

Mais pas n'importe quel enfant. *Leur* enfant.

Ce serait l'occasion ou jamais de prendre un nouveau départ dans la vie. Pendant des années, Julian avait cherché vengeance. Le moment de la rédemption était venu. Il n'était plus un bâtard. Il était devenu un homme adulte, un mari et serait bientôt un père. Sa famille bénéficierait de tous les avantages dont lui-même n'avait pas pu profiter enfant. Sa femme n'aurait pas besoin de se sacrifier pour leur fils. Son fils apprendrait le latin et le grec. Et aussi le langage des signes. Mais il n'aurait jamais à dire « j'ai faim », « j'ai froid » ou « j'ai peur ».

— Nous prenons ce tableau, dit-il au marchand.

Une fois l'achat réglé, ils quittèrent le magasin. Lily proposa de marcher jusqu'à leur nouvelle maison, avant de rejoindre Harcliffe House.

— J'aimerais voir ce que donnent les tentures du salon, expliqua-t-elle.

Julian pensait lui aussi à la maison. Mais il avait plus précisément en tête la nursery. Était-elle assez grande ? Y avait-il suffisamment de barreaux aux fenêtres ? Il faudrait vérifier tout cela.

— Nous pourrions peut-être attendre, suggéra-t-il cependant. Il doit y avoir plein de poussière.

— Et alors, quelle importance ? répliqua la jeune femme, avant de secouer la tête. Je n'aurais pas dû t'en parler. Maintenant, tu vas vouloir me surprotéger.

Julian ne chercha pas à nier. Mais si elle le trouvait insupportable aujourd'hui, que dirait-elle demain ? Aussitôt que les assassins de Leo croupiraient pour longtemps en prison, il se consacrerait entièrement à elle. C'était ridicule, bien sûr, mais il avait presque envie de l'envelopper dans du coton et de la confiner au lit pour les neuf prochains mois.

Tenant la jeune femme par l'épaule, il la guidait au milieu du flot des piétons, entre d'un côté les boutiques qui bordaient le trottoir et, de l'autre, la chaussée où les attelages défilaient les uns derrière les autres. Il craignait qu'un passant ne bouscule Lily, ou qu'elle ne reçoive un coup d'ombrelle.

Aïe.

C'est Julian qui se fit bousculer. Un passant le heurta violemment au coude. Il tituba et, malgré tous ses efforts pour garder l'équilibre, il chancela sur Lily, la poussant rudement contre une vitrine. La jeune femme cria de surprise – et aussi probablement de douleur.

Julian se ressaisit et prit Lily par les épaules.

— Tu n'es pas blessée, j'espère ? Je suis désolé, mais une brute...

— Tout va bien, assura-t-elle, lissant les plis de sa robe. Je suis juste un peu sonnée.

Julian vit rouge. Il allait retrouver le malotru qui l'avait heurté, et lui donner la correction qu'il méritait.

Profitant de ce que Lily rajustait son chapeau, il scruta la foule du regard. Aucune figure n'émergeait en particulier. Tout s'était passé si vite qu'il n'avait même pas pu voir le bras qui l'avait bousculé, et encore moins l'homme auquel ce bras appartenait.

Il serra les poings de frustration.

Quelque chose lui chatouilla la paume.

Julian ouvrit la main et découvrit un bout de papier. Quelqu'un avait dû le lui glisser dans la confusion du moment.

Il parcourut le mot.

Tenez votre langue, monsieur Bell, si vous voulez garder votre ravissante épouse. Et faites-vous discret.

Julian crut que le sol s'ouvrait sous ses pieds.

Tenez votre langue. Faites-vous discret.

Quelqu'un savait. Quelqu'un savait tout.

21

Ces quelques lignes lui firent plus d'effet qu'un coup de poing à l'estomac.

L'espace d'un instant, le monde parut s'arrêter de tourner. Toute forme de vie semblait avoir été balayée, pour être remplacée par un silence oppressant et glacé.

Puis les sensations lui revinrent. Exacerbées. Surtout les bruits. Le clip-clop des sabots des chevaux sur le pavé de la rue. Les cris des marchands de quatre-saisons. Le grincement des portes ou des fenêtres qu'on ouvrait à proximité.

Le cœur de Julian cognait si fort dans sa poitrine que ses battements se réverbéraient dans tout son corps. Il scrutait les alentours avec un sentiment de panique. *Qui ?* Qui est au courant ? Qui a écrit cela ?

— Et toi, ça va ? lui demanda Lily.

Non, ça n'allait pas. Mais Julian aurait dû s'y attendre. Comment avait-il pu baisser sa garde ? Quel idiot ! Il avait fini par se persuader que la mort de Leo avait été accidentelle, et qu'il n'avait pas d'ennemis qui voulaient sa mort. Comme il s'était trompé…

— Julian ? insista la jeune femme, le tirant par la manche. Tout va bien, je t'assure. Nous pouvons repartir.

Non. Ils ne pouvaient pas continuer à marcher dans les rues alors qu'ils étaient peut-être suivis. Mais comment faire ? Prendre un fiacre ? Julian avait l'impression que tous les cochers de fiacre perchés sur leur banquette le regardaient comme des vautours.

La menace pouvait surgir de n'importe où.

Il souleva sa femme dans ses bras. Et cria aux piétons qui lui bouchaient le passage :

— Écartez-vous ! Ma femme est malade. Laissez-nous passer !

— Julian ! Je t'assure que tout va bien. Je n'ai pas été blessée.

Il l'ignora, marchant bien droit au milieu du trottoir et obligeant les autres piétons à s'écarter. Son comportement n'était pas raisonnable, il en avait parfaitement conscience. Mais il n'en avait cure. Lily était sous sa responsabilité – il avait juré devant Dieu de la protéger en toute circonstance. Et il la protégerait.

Dût-il le payer de sa vie.

Il porta Lily jusqu'à Harcliffe House. Au bout de quelques centaines de mètres, la jeune femme cessa de protester : elle avait compris que ses objections ne serviraient à rien. Julian était comme possédé.

La prochaine fois qu'elle tomberait enceinte, elle le lui annoncerait tout près de la maison, songea-t-elle.

Julian la porta même pour gravir le perron. Il s'engouffra dans la demeure, sans un mot pour le valet qui leur avait ouvert la porte, ni pour Swift qui se tenait au milieu de l'entrée, l'air intrigué.

— Tout va bien, lança Lily à son majordome, alors que Julian lui faisait monter l'escalier conduisant à l'étage. Ne vous inquiétez pas.

Arrivé devant la porte de la chambre de Lily – désormais *leur* chambre –, Julian transféra tout le poids de sa charge sur un bras pour tourner la poignée de l'autre main. Puis il poussa la porte du pied, la referma de la même manière et il s'adossa au battant, la respiration haletante. Il n'avait pas lâché Lily, qu'il serrait toujours très fort dans ses bras.

Et il était atrocement pâle.

— Julian, je peux comprendre ta réaction, mais calme-toi. Des femmes ont des bébés tous les jours. Il n'y a vraiment pas de quoi s'alarmer.

Il déglutit péniblement avant de hocher la tête.

— Je sais. Je sais.

Quand il eut repris sa respiration, il traversa le boudoir et porta Lily dans la chambre à coucher, pour la déposer sur le lit avec une infinie douceur. Puis il ôta son manteau et se mit à tourner autour du lit, comme s'il montait la garde.

— Julian ?

Il se passa la main dans les cheveux et continua son manège, en marmonnant des choses pour lui seul.

— Julian !

Lily se redressa pour se débarrasser de son chapeau qu'elle jeta sur un fauteuil, et elle saisit Julian par le bras.

— Viens, dit-elle, le tirant fermement à elle.

Il capitula à demi, consentant à s'asseoir au bord du lit, mais refusant de la rejoindre sur les couvertures.

— S'il te plaît, Julian, insista la jeune femme.

Cette fois, il rendit les armes pour s'allonger à côté d'elle et l'enlacer.

Lily essaya de l'apaiser en lui caressant les cheveux et en lui donnant des baisers sur le front et les tempes.

— Tout se passera bien, dit-elle. Je comprends ta réaction. Devenir parent pour la première fois représente un choc. J'avoue être moi-même un peu anxieuse. Pas seulement pour la grossesse et l'accouchement, mais aussi pour après. Je… J'ai peur que…

Elle hésita. Peut-être ferait-elle mieux de tenir sa langue. Mais ce fut plus fort qu'elle : il fallait qu'elle s'ouvre à Julian de ses craintes.

— Comment saurai-je quand mon bébé aura besoin de moi ? Je ne l'entendrai pas crier.

En guise de réponse, Julian la serra plus fort dans ses bras.

Lily se réfugia dans son étreinte pour lui cacher ses larmes. Elle avait peur de ne pas entendre son enfant lorsqu'il crierait de douleur. Elle avait peur qu'il naisse sourd. Elle avait peur qu'en grandissant il ait honte de sa mère…

Julian la relâcha et s'écarta un peu, pour qu'ils puissent converser en langage des signes. Mais ses jambes restaient entrelacées à celles de la jeune femme.

— Sache que je ne doute pas de toi, lui dit-il, le regard vibrant de sincérité. Tu seras la meilleure des mères. J'en suis convaincu.

Elle hocha la tête. Si la mère de Julian avait pu lui donner le jour dans un entrepôt crasseux et l'élever seule alors qu'elle était privée de tout, Lily était beaucoup mieux armée pour aborder la maternité. Elle disposait d'une maison confortable. Elle aurait des nounous pour l'aider. Et, pardessus tout, elle pouvait compter sur un mari aussi compréhensif qu'attentionné.

— J'essaie de me persuader que tout se passera bien, dit-elle, s'obligeant à manifester plus de bravoure qu'elle n'en ressentait réellement. De toute façon, avec toi, tout ira bien.

Le visage de Julian se ferma.

— Qu'y a-t-il ? s'alarma la jeune femme. Tu as peur qu'il t'arrive quelque chose ?

Il ferma les yeux et hocha lentement la tête.

— Si tu me racontais ce qui s'est passé autrefois ? Quand ta mère est tombée malade ?

Lily se souvenait du chagrin de Julian lorsqu'il lui avait confessé avoir été absent au moment de la mort de sa mère. S'il lui narrait toute l'histoire, peut-être se sentirait-il libéré d'un grand poids. Surtout, il réaliserait que leur situation présente n'était en rien comparable.

— S'il te plaît, le pressa-t-elle. Je suis ta femme, Julian. Tu peux tout me dire. Tu *dois* tout me dire.

— Oui, acquiesça-t-il finalement. Il est bon que tu saches ce qui s'est passé.

Il l'aida à s'asseoir contre les oreillers, puis s'installa face à elle afin qu'elle puisse lire plus facilement sur ses lèvres.

— Tu m'as raconté avoir été en prison, lui rappela-t-elle. À cause d'un différend avec un aristocrate.

— Cela a commencé bien avant. Au café d'Anna et de son mari. Comme tu le sais déjà, leur établissement n'était tenu que par des sourds. C'est ce qui faisait sa réputation. Les aristocrates y venaient avec ostentation, pour montrer qu'ils étaient charitables. Mais aussi pour discuter de certaines affaires qu'ils ne voulaient pas voir tomber dans des oreilles indiscrètes, pas mêmes celles d'une servante de taverne. Chez Anna, ils pensaient pouvoir s'exprimer en toute discrétion. Des petits salons privés étaient même prévus à cet effet. Comme je travaillais là-bas et m'exprimais avec les autres en langage des signes, ils pensaient que j'étais moi-même sourd et muet. Et bien sûr, je prenais grand soin de ne pas les détromper.

— Ainsi, devina la jeune femme, tu entendais des choses que tu n'étais pas supposé entendre.

Julian hocha la tête.

— Honnêtement, la plupart du temps je n'y prêtais pas attention. Je n'étais qu'un gosse, à l'époque. Leurs petites intrigues politiques ou commerciales ne m'intéressaient pas. Mais un jour, alors que j'avais quatorze ans, j'ai surpris un groupe de gentlemen qui complotaient de truquer une course de chevaux. Ils étaient de mèche avec des jockeys. La course serait gagnée par un cheval qui ne figurait pas parmi les favoris, sur lequel ils avaient tous parié de grosses sommes. Ils espéraient en retirer chacun une petite fortune.

— Mais c'est illégal !

— Oui, mais je m'en moquais éperdument. Je voulais ma part du butin. Je savais que ma mère cachait ses maigres économies sous une planche de notre grenier. En soulevant la planche, j'ai découvert deux livres et trois shillings. J'ai pris le tout, avec l'intention de parier sur le cheval qui devait gagner. Il était à douze contre un ! Imagine un peu : cela voulait dire que j'empocherais vingt-cinq livres. Plus que ce que gagnait ma mère en une année. Pauvres comme nous l'étions, je nous voyais déjà goûter au luxe. Pour moi, je voulais des chaussures à ma taille. Je grandissais à vue d'œil et je n'avais jamais de chaussures qui m'allaient. Et pour ma mère, un manteau d'hiver. Et puis un colifichet. Un peigne à cheveux, par exemple. Je voulais lui faire une belle surprise.

— Et alors ?

— La stupidité s'en est mêlée. *Ma* stupidité. Et ma cupidité. En chemin pour aller faire mon pari, je me suis dit : « J'ai deux livres et trois shillings, très bien, mais je pourrais avoir davantage. » Avant notre rencontre avec Anna et son mari, il m'arrivait souvent de mendier dans la rue. Tu sais que j'ai une espèce de don pour imiter les voix ?

Lily acquiesça.

— C'est ainsi que j'ai appris à parler, expliqua-t-il. Comme ma mère ne pouvait pas me faire la conversation, j'écoutais soigneusement les gens autour de moi et je reproduisais ce que j'avais entendu avec les mêmes intonations. Il me suffisait d'entendre une seule fois une voix pour être capable de l'imiter. Je me servais de cette faculté pour amuser les passants, qui en récompense me jetaient une pièce ou deux.

— Mais ce jour-là, ça s'est mal passé, devina Lily.

— Au début, tout s'est très bien passé. J'avais réussi à captiver un petit cercle de badauds et les piécettes s'accumulaient dans mon chapeau. Mais je suis devenu trop sûr de moi et j'ai choisi la mauvaise cible pour mes imitations. C'était un lord, qui a très mal pris d'être la risée des autres spectateurs. Il a demandé au domestique qui l'accompagnait de se saisir de moi. Il voulait me faire accuser de mendicité pour que je sois jeté en prison.

— Accusé de mendicité ?

Julian hocha la tête.

— Oui. En principe, il est illégal de mendier dans la rue. C'est alors que ma stupidité a atteint son paroxysme. J'ai sorti ma bourse de ma poche et lui ai montré son contenu en disant : « Regardez, j'ai plus de deux livres. Pourquoi irais-je mendier ? »

Lily se mordit la lèvre.

— Oh, non ! Tu n'as pas fait ça !

— Si. J'étais vraiment idiot, à l'époque. Je n'oublierai jamais la jubilation de cet homme quand il a vu les pièces dans ma main. Évidemment, il m'a aussitôt soupçonné de les avoir volées. Et il m'a fait du chantage. Soit je lui donnais ma bourse, soit il me faisait accuser de vol.

— Mais tu n'avais rien volé !

— Non, sauf que j'étais le seul à le savoir. Quel juge aurait accordé foi à ma parole contre celle d'un lord ? La société est organisée pour les puissants. La vérité avait beau être de mon côté, je n'avais aucune chance. J'étais idiot, mais pas totalement ignorant. Je savais que voler plus d'une livre pouvait conduire à l'échafaud. J'étais trop jeune pour être pendu, mais j'aurais écopé de plusieurs années de bagne.

— Qu'as-tu fait, alors ? demanda Lily, les larmes aux yeux.

Il haussa les épaules.

— Je n'avais pas le choix. Je lui ai donné ma bourse, et je l'ai laissé m'accuser de mendicité. Voilà comment je me suis retrouvé un mois à

Bridewell. Je ne pouvais même pas écrire à mes proches pour les informer de ce qui m'était arrivé. Et durant ce mois, ma mère est retombée malade. Un médecin aurait peut-être pu la sauver, mais je lui avais pris tout son argent.

Sa voix se brisa. Lily s'essuya les yeux d'un revers de manche. Julian avait lui-même les yeux rouges, mais il semblait retenir ses larmes. Cependant, malgré ses efforts, l'une d'entre elles lui échappa et roula le long de sa joue.

Lily mourait d'envie de le serrer dans ses bras, mais elle devinait qu'il n'avait pas terminé son récit.

— Je ne saurai jamais, reprit-il, ce que ma mère a pensé de moi avant de mourir. Je m'étais disputé avec elle quelques jours plus tôt. Oh, pour des peccadilles. Comme n'importe quel enfant se chamaille parfois avec sa mère. Mais j'avais des remords. C'est pour cela que je souhaitais lui faire une surprise. Au lieu de quoi, j'avais disparu avec ses économies. Un garçon de mon âge a été libéré une semaine après mon arrivée en prison. Je lui ai demandé de prévenir ma mère. Mais j'ignore s'il l'a fait. Et même à supposer qu'il ait été la voir, je ne suis pas certain qu'elle ait pu comprendre ce qu'il lui aura raconté.

Il prit une grande inspiration avant d'ajouter, avec résignation :

— Depuis, je dois vivre avec l'idée qu'elle est peut-être partie au cimetière en pensant que je l'avais volée.

Lily pleurait à chaudes larmes, à présent. Et Julian n'essayait plus de retenir les siennes.

— Peut-être... (Il s'interrompit pour s'essuyer les yeux d'un geste impatient.) Peut-être que cet argent aurait pu la sauver. Ou peut-être aurait-elle mieux lutté contre la maladie, si elle avait su la vérité. Sans doute s'est-elle imaginé que je l'avais abandonnée. Alors, elle a lâché prise.

— Non, répliqua Lily d'une voix ferme. Non, je n'y crois pas une seconde. Ta mère était forte et courageuse. Elle s'était beaucoup sacrifiée pour toi. Une femme comme cela ne lâche pas prise aussi facilement. Et puis, elle n'aurait jamais perdu foi en toi.

Le visage de Julian trahissait son émotion.

— Lily... sache que je t'aime...

— Je n'en doute pas une seconde, mon chéri.

— S'il devait m'arriver quelque chose...

— S'il devait t'arriver quelque chose, le coupa-t-elle en lui étreignant les mains, j'en serais inconsolable. Je n'aurais plus envie de continuer à vivre. Mais je continuerais pourtant. Après ma maladie, j'ai appris à me débrouiller sans l'usage de mes oreilles. Quand Leo est mort, j'ai cru qu'on m'arrachait le bras droit. Et cependant, j'ai fini par l'accepter.

Se penchant vers lui pour presser son front contre le sien, elle ajouta :

— Si tu disparaissais à ton tour, ce serait terrible. Je ne serais plus jamais la même. Mais je devrais avancer. Pour toi. Pour notre enfant. Pour moi. Je suis plus forte que tu ne l'imagines, Julian. Plus forte que je ne l'imagine moi-même. L'expérience me l'a prouvé à plusieurs reprises.

Lily avait parlé avec assurance, car elle voulait absolument convaincre Julian. Mais le plus beau, c'est qu'elle réussit à se convaincre elle-même.

Ils restèrent un long moment dans cette position, assis face à face sur le lit, jambes entrelacées, front contre front.

Ils respiraient presque à l'unisson. Lily n'avait jamais connu une telle intimité, de corps et d'âme, avec une autre personne. Pas même avec son frère jumeau.

— J'ai envie de toi, dit soudain Julian en langage des signes.

Ça tombait bien. Lily avait envie de lui.

Ils employèrent la minute suivante à se déboutonner l'un l'autre – les boutons de son gilet et de sa chemise pour Julian, les boutons de sa robe pour Lily. Mais ils n'eurent pas la patience de se déshabiller complètement. Julian garda ses chaussures, et donc son pantalon, qu'il se contenta de baisser jusqu'aux genoux. Lily garda sa camisole.

Il roula sur la jeune femme, lui écarta les cuisses d'un coup de genou et la pénétra sans autre préliminaire. Elle n'était pas tout à fait prête à le recevoir, cependant elle ne songea pas à protester. Elle ne désirait qu'une chose : le sentir en elle.

Il la pilonnait sauvagement, comme s'il voulait disparaître dans ses bras. Son étreinte avait quelque chose de désespéré.

Lily décida de lui montrer qu'elle avait ses propres désirs. Et qu'elle était aussi forte qu'elle l'avait prétendu.

Nouant les jambes aux hanches de Julian, elle réussit à le faire basculer, pour inverser leur position et se retrouver sur lui. Son pantalon qui tirebouchonnait sur ses jambes l'empêchait de se débattre pour reprendre le dessus. Quand bien même il en aurait été capable, Lily était persuadée qu'il n'en aurait rien fait. Il s'était résolu à être son captif.

Elle s'assit bien droit, de manière à s'empaler sur son membre.

— Ne bouge plus, ordonna-t-elle. À partir de maintenant, c'est moi qui dirige la manœuvre.

Il parut un peu étonné de son audace, mais pas du tout offensé.

— Lily… murmura-t-il, lui caressant les cuisses.

— Je t'ai dit de ne plus bouger.

Elle plaça ses deux mains à plat sur le torse de son mari, pour se donner un point d'appui. Puis elle entreprit de se soulever et de retomber en cadence sur son membre.

Julian voulut l'agripper par les hanches. Ses yeux brillaient d'un désir intense.

Lily se sentit tout à coup ivre de pouvoir.

— Non, dit-elle. Pose tes mains à plat sur le côté.

Il s'exécuta.

— Tu ne bougeras plus ?

— Je ne bougerai plus.

— Promets-le-moi, sinon je serai obligée de t'attacher.

Oh, oh. La perspective n'était pas pour déplaire à Julian. Peut-être une autre fois ?

— Je te le promets, répondit-il.

— Parfait.

La position de Lily lui offrait une vue magnifique sur son torse et ses bras musclés. Le dévorant des yeux, elle recommença à le chevaucher.

— Tu vois, dit-elle. Je sais ce que tu aimes. Mais je sais aussi me servir comme j'aime.

Il ferma les yeux.

Elle le chevauchait de plus en plus vite, lui titillant les tétons avec ses pouces.

Julian rouvrit les yeux.

— Lily, dit-il, redressant légèrement la tête pour river son regard sur l'endroit où leurs deux corps étaient joints. Laisse-moi te caresser. J'en ai envie.

— Non, répliqua-t-elle. C'est moi qui vais le faire.

La jeune femme se caressa les seins à travers la fine étoffe de sa camisole. Ils étaient lourds – elle attendait un enfant, le doute n'était plus permis. Ses tétons étaient si sensibles que le frottement de la camisole suffisait à lui donner des frissons dans tout le corps.

— Par Dieu ! s'exclama Julian. Tu me tues.

Sa frustration amusait Lily. Elle adorait le dominer.

Elle se caressa ensuite le ventre, puis plus bas. Elle s'immobilisa pour mieux savourer le plaisir de sentir Julian en elle, et caressa la perle de sa féminité. Il suivait sa main des yeux. Il ne bougeait pas, ainsi qu'elle le lui avait ordonné, mais ses doigts se crispaient sur les draps.

Lily était près de jouir, mais elle se retint. Elle voulait lui montrer qu'elle se contrôlait. Et elle voulait qu'il l'implore de lui accorder sa propre libération.

Elle fut bientôt exaucée.

— Lily, supplia-t-il. Lily, s'il te plaît, je ne peux plus…

— Oui, oui. Oh oui !

Sa jouissance explosa avec une violence inouïe. Puis elle retomba sur Julian, tremblante et pantelante.

Il l'enlaça.

— Tout se passera bien, lui assura-t-elle, plaquant un baiser sur ses lèvres. Fais-moi confiance, Julian. Je t'aime. Tu m'aimes. Les épreuves sont derrière nous. L'avenir nous appartient et je te promets qu'il sera radieux.

Lily n'avait jamais été aussi sûre d'elle.

Mais elle ne s'était jamais autant trompée de sa vie.

22

Elle découvrit la lettre le lendemain matin.

Ma chère, très chère Lily,
J'imagine déjà ta réaction quand tu liras ceci. Tu regretteras de ne pas avoir mis à exécution ta menace de m'attacher au lit. Cela aurait peut-être été préférable, en effet.
Ma si chère Lily, par où dois-je commencer ?
J'ai un ennemi. Comme tu le sais, j'ai toujours suspecté que l'agression dont Leo a été victime m'était en réalité destinée. Je t'ai expliqué, hier, comment j'avais pris l'habitude de recueillir certaines informations sensibles dans le café d'Anna. Mon projet de parier sur le cheval qui devait gagner la course se termina par un désastre, mais d'autres occasions se présentèrent, plus tard, d'en profiter matériellement. Tout cela, bien sûr, en parfaite illégalité.
Depuis la mort de Leo, je vis avec la crainte que quelqu'un n'ait découvert ma véritable identité, et n'ait fait le lien entre Julian Bellamy et le jeune garçon qui travaillait chez les sourds-muets. Et je

suis convaincu que cette personne souhaite me supprimer.

Lily, je te supplie de croire que j'aurais préféré me tromper. Ces derniers temps, j'avais même fini par penser que tu avais raison. Que la mort de Leo n'était qu'un crime de rôdeurs. Une tragédie absurde. Mais, hier après-midi, mes espoirs ont volé en éclats. Dans la même heure où tu m'as comblé de joie en m'annonçant que tu étais enceinte, j'ai reçu la preuve irréfutable que mon ennemi me guettait. Je suis en danger, Lily. Et tant que je resterai près de toi, tu le seras également.

Je ne veux pas prendre le risque de te causer du tort – ni à notre enfant. Pas plus que je ne supporterais de vivre avec le spectre de la peur hantant notre bonheur. Ce matin, je dois rejoindre Morland et Ashworth. Nous espérons confondre les assassins de Leo. Peut-être alors saurai-je qui est mon ennemi. Quoi qu'il en soit, je suis déterminé à tout faire pour vous protéger, toi et le bébé.

Crois-moi, je ne souhaite qu'une chose : en terminer au plus vite pour rentrer à la maison. Mais hélas, il n'est pas totalement exclu que je ne revienne jamais. Si c'était le cas, contacte mon notaire. J'ai pris mes dispositions pour que tu ne manques de rien.

Lily, en te quittant ainsi, j'ai bien conscience de rompre ma promesse. Mais ai-je jamais été digne de ta confiance ? Tu ne te doutes pas de tout ce que j'ai fait dans ma vie ! Je ne suis qu'un bâtard sans foi ni loi. Même ton perroquet sait à quoi s'en tenir sur mon compte. Sache toutefois que ces quelques semaines passées en ta compagnie furent les plus heureuses de ma vie. Celles, aussi, dont je suis le plus fier.

Je t'aime.

J'aimerais que tu relises ces trois mots un millier de fois.

Quoi qu'il arrive, je resterai
À toi. Pour toujours.

J.

— Non ! s'écria Lily, s'écartant de sa coiffeuse où elle avait trouvé la lettre. Non, non et non ! Comment as-tu pu me faire ça ?

La jeune femme porta la main à sa poitrine. Ils avaient passé une nuit magique. Aurait-elle rêvé leurs étreintes passionnées ? Non. Le plateau du dîner était toujours là : les domestiques ne l'avaient pas débarrassé. Julian lui avait fait l'amour toute la nuit. Lily en avait conclu que son ardeur était la preuve qu'il avait fini par triompher de ses peurs et de ses fantômes.

Mais il avait simplement voulu lui dire au revoir à sa manière. Il lui avait fait l'amour comme si c'était leur dernière nuit. Pour courir ensuite au-devant d'un danger inconnu.

Et abandonner Lily à ses angoisses.

Le diable l'emporte ! Julian avait tout prémédité. Elle se souvenait, à présent, qu'il avait évoqué hier, dans le magasin de décoration, une « promenade » avec Morland et lord Ashworth.

— Le diable t'emporte, Julian ! dit-elle à haute voix. Et qu'il emporte aussi tes belles paroles. Mais ne t'imagine pas que tu pourras me quitter comme ça !

Elle consulta la pendule. Déjà neuf heures et demie. Bon sang ! Qui pouvait savoir depuis combien de temps il était parti ?

Sa camériste fit irruption, sans doute alertée par sa voix.

— Je veux un habit de voyage, lui dit Lily. Et un manteau chaud. Tout de suite.

Pendant que la domestique s'exécutait, Lily ouvrit la porte de sa chambre pour crier dans le couloir :

— Swift !

Quelques secondes plus tard, la chevelure argentée du majordome se matérialisait dans l'escalier.

— Faites atteler ma voiture, Swift. Immédiatement.

Et, sans attendre de réponse, Lily claqua la porte pour se dépêcher de faire ses ablutions.

La pendule sonnait tout juste dix heures lorsqu'elle termina de se préparer, habillée et coiffée. Après une dernière inspection devant sa glace, elle cria à sa camériste :

— Des gants ! J'aurai besoin de gants.

La servante se précipita pour lui présenter deux paires.

Lily prit celle en daim, qu'elle passa en même temps qu'elle descendait l'escalier.

— La voiture est prête, Swift ?

— Presque, milady.

— Je l'attendrai sur le perron.

Pour tout avouer, Lily ignorait où aller. Elle savait seulement qu'elle ne pouvait pas rester tranquillement assise chez elle pendant que Julian courait un grave danger.

Amelia, songea-t-elle, la main sur la poignée de la porte. Elle commencerait par Amelia et Meredith. Ses amies sauraient peut-être où les trois hommes s'étaient rendus.

Lily ouvrit la porte et se figea. Amelia et Meredith se tenaient sur son perron. Amelia avait le bras en l'air, comme si elle s'apprêtait à tirer la sonnette.

— Bonjour, lança-t-elle. Quelle célérité ! Nous aurais-tu vues arriver sur le trottoir ?

Lily secoua la tête.

— Non.

— Nous avons pensé que puisque ces messieurs s'amusaient entre eux, nous pourrions en faire autant de notre côté, expliqua Meredith. Que diriez-vous d'une promenade dans Hyde Park ?

— Au diable Hyde Park, si vous voulez mon avis.

Surprises, ses deux amies clignèrent des yeux.

— Je suis désolée, s'excusa Lily. Entrez donc. Je vais tout vous raconter.

Elle s'effaça pour laisser passer les deux femmes, avant d'ajouter :

— Nos maris ne sont pas partis se promener à cheval. Ils espèrent confondre les assassins de Leo.

Amelia et Meredith échangèrent un regard.

— Vous pouvez me croire, assura Lily. Julian m'a laissé une lettre avant de quitter la maison.

Amelia posa la main sur son bras.

— Nous te croyons. Nous étions au courant.

— Vous... Vous saviez ?

Meredith hocha la tête.

— Nos maris nous l'ont dit. Mais M. Bellamy tenait à ce que vous n'en sachiez rien. Il ne voulait pas vous donner d'espoirs inutiles. Ni vous effrayer.

Lily était partagée entre l'incrédulité et la colère. Tout à coup, elle ne savait plus quoi penser. Son mari, ses amies, les maris de ses amies... le monde entier s'ingéniait-il à conspirer contre elle ?

Amelia tenait toujours Lily par le bras. Elle l'entraîna vers le salon et l'incita à s'installer dans un fauteuil. Puis elle s'assit en face d'elle.

— Il n'y a rien à craindre, commença-t-elle. Grâce au travail d'un détective, M. Bellamy pense avoir trouvé les deux hommes qui ont agressé ce cher Leo. Ils croupissaient en prison depuis six mois pour un autre crime, mais ils doivent être libérés ce matin. Nos maris sont partis réclamer qu'on les défère devant le tribunal. Pour assassinat, cette fois. Tu vois, il n'y a aucun danger là-dedans. Et tout sera bientôt fini.

— Mais... Mais ça n'a pas de sens.

S'il n'y avait aucun danger, pourquoi Julian avait-il laissé une lettre dans laquelle il évoquait la possibilité de ne jamais revenir ? Il parlait d'une menace explicite, qu'il aurait reçue hier après-midi. Lily se souvenait tout à coup de cette étrange bousculade dans la rue, qui l'avait précipitée contre une vitrine. Et si c'était la menace en question ? Cela expliquerait l'attitude pour le moins déconcertante de Julian durant la demi-heure qui avait suivi.

Lily étreignit brièvement la main de son amie.

— Je te crois, Amelia. Je crois que le projet de nos maris était exactement celui que tu viens de décrire. Du moins, jusqu'à hier. Mais un événement est survenu entre-temps. Dans sa lettre, Julian ne parlait pas seulement des assassins de Leo. Il évoquait un ennemi, qu'il avait besoin d'identifier à tout prix. Il laissait même entendre qu'il ne reviendrait peut-être pas. J'ai peur que nos maris ne courent un vrai danger. Nous devons faire quelque chose. Savez-vous où ils sont allés ?

Amelia et Meredith échangèrent un regard circonspect.

— Lady Lily, commença Meredith, je comprends votre anxiété. Mais, même à supposer que nos maris soient en danger, ils sont mieux équipés pour y faire face que la plupart des hommes.

Lily ignora sa remarque.

— Ils doivent confondre des prisonniers qui seront libérés aujourd'hui. Combien y a-t-il de prisons à Londres ? Fleet, Newgate, Bridewell... et tant d'autres, mon Dieu ! Mais si c'était dans Londres, pourquoi seraient-ils partis à cheval ?

Amelia lui prit le bras pour attirer son attention.

— Lily, ma chérie...

— Je sais ce que tu vas dire, Amelia, la coupa Lily. Que nos maris ont la situation bien en main, et que nous aurions tort de nous en mêler. Mais tu te trompes. Je ne saurais pas te dire pourquoi, mais j'ai l'intuition qu'il va se passer quelque chose. Julian ne m'aurait pas laissé cette lettre s'il n'avait pas eu une bonne raison de s'inquiéter.

Elle prit une grande inspiration, avant d'ajouter :

— Maintenant, soit vous m'aidez à les retrouver, soit vous partez et je me débrouillerai toute seule.

Meredith soupira.

— Rhys ne m'a donné aucun détail sur leur destination. Il m'a simplement dit qu'ils s'y rendraient à cheval.

— Je n'en sais pas davantage, confessa Amelia.

— Il nous faudrait une liste des prisons à proximité de Londres, suggéra Lily.

— Même à supposer que nous obtenions une telle liste, qu'en ferions-nous ? Nous ne pourrions pas chercher partout à la fois.

Lily s'obligea à retenir les larmes de frustration qui montaient dans sa gorge. Pleurer ne l'aiderait en rien.

Son attention fut soudain attirée par un mouvement au-dessus de sa tête. Tartuffe vola tout autour de la pièce, avant de se poser sur un chandelier.

— Maudit oiseau ! lui lança-t-elle. Comment as-tu fait pour t'échapper de ta cage ?

Amelia n'en revenait pas.

— Il est à toi ?

Lily hocha la tête.

— Il est magnifique, commenta Meredith. Et il semble partager votre désarroi concernant la disparition de M. Bellamy. Il n'arrête pas de dire son nom : « Oh, Julian ! » (Elle s'esclaffa.) Et maintenant, il dit : « Coupable ! Coupable ! »

— Avant, il appartenait à un juge, expliqua Lily. Et il aime beaucoup le prénom de Julian.

Un passage de la lettre de son mari lui revint brusquement en mémoire. *Je ne suis qu'un bâtard sans foi ni loi. Même ton perroquet sait à quoi s'en tenir sur mon compte.*

Mais que savait précisément Tartuffe ? Que Julian était « coupable » ?

— Ne bouge pas, ordonna-t-elle au perroquet.

Elle quitta doucement son fauteuil, pour ne pas effrayer l'animal. Une fois dans le couloir, elle avisa deux valets qui se trouvaient à proximité.

— Apportez-moi du papier et de quoi écrire, dit-elle au premier. Et vous, lança-t-elle au second, demandez à la cuisinière de préparer une assiette de fruits tranchés et de cacahuètes. Vite !

Les valets s'éclipsèrent. Lily revint dans le salon. C'était une idée un peu futile, presque dérisoire, mais elle n'en avait pas de meilleure.

— Amelia, dit-elle en se rasseyant dans son fauteuil, je sais que tu es duchesse et que ce que je vais te demander n'est pas digne de ton rang, mais j'ai besoin de ton aide.

— Que veux-tu dire ?

Le premier valet revint avec du papier, une plume et un encrier. Lily lui fit signe de les donner à Amelia.

— J'aimerais que tu notes tout ce que dira ce perroquet.

— À quelle heure doivent-ils être relâchés ? questionna Ashworth.

Depuis la berge de la Tamise, Julian observait le *Jéricho* ancré au centre du fleuve. Ancien navire de guerre, il servait, depuis sa mise à la retraite, de bateau-prison. Il n'était pas le seul : toute une flottille l'entourait.

— À la fin du service. À quatre heures.

— C'est quand même bizarre de faire fabriquer des armes par des prisonniers, commenta Ashworth.

— Ils sont étroitement surveillés, fit valoir Julian.

Chaque matin, des chaloupes convoyaient les prisonniers jusqu'à l'arsenal royal de Woolwich, construit en bordure du fleuve, qui employait ainsi une main-d'œuvre à bon compte. Leur travail terminé, les chaloupes les ramenaient sur les bateaux.

Morland consulta sa montre.

— À quatre heures, dites-vous ? Il n'est pas encore midi. Nous avons du temps devant nous. Allons déjeuner à l'auberge.

Ils avaient quitté Londres un peu avant l'aube, pour longer la Tamise en direction de son embouchure. Une demi-heure plus tôt, ils avaient enfin aperçu la flottille de bateaux-prisons. Ils avaient laissé leurs chevaux dans les écuries de l'auberge la plus proche, avant de rejoindre le fleuve à pied.

— Répétons d'abord notre plan, proposa Julian.

— Encore ? maugréa Ashworth.

— Ce n'est quand même pas si compliqué, fit valoir le duc. Nous pénétrons dans l'arsenal, et nous intervenons juste avant que les deux gredins ne soient libérés, en expliquant de quoi il retourne aux officiers. Puis nous les conduisons à Newgate, où nous les faisons accuser de meurtre. Et c'est tout.

— Non, fit Julian. Le plan a changé.

Ashworth haussa les sourcils.

— Comment cela ?

Julian ouvrit sa sacoche de selle pour en tirer un pistolet.

— J'ai besoin de savoir qui les a engagés.

En quelques phrases, Julian leur raconta la bousculade de la veille, dans la rue, et le mot de mise en garde glissé dans sa main.

— C'est bien ce que j'avais suspecté depuis le début, dit-il. L'agression contre Leo et Faraday était en réalité dirigée contre moi. Si ces deux brutes vont directement en prison, je ne saurai jamais qui a commandité le crime. Ma seule chance est de les capturer et de les obliger à me conduire auprès de leur employeur.

— Et vous comptez vous y prendre tout seul ? s'enquit le duc.

— Il s'agit d'un enlèvement. Je ne peux pas vous obliger à y participer.

— Vous m'avez déjà demandé de faire pire, lui rappela Ashworth.

— C'était autrefois. À présent, vous êtes tous les deux mariés. Et Morland sera bientôt père.

— Parce que vous n'êtes pas marié, peut-être ? lui objecta Morland.

Julian sentit sa poitrine se serrer. Lily était sans doute déjà réveillée depuis un moment. Et probablement le maudissait-elle.

— J'irai seul, insista-t-il. Vous pouvez me laisser, à présent.

Morland et Ashworth échangèrent un regard. Mais ni l'un ni l'autre ne bougea.

Finalement, le duc donna un coup de pied dans un caillou.

— Pas question de vous abandonner, Bellamy, grommela-t-il.

— Nous vous devons assistance, compléta Ashworth. C'est la règle du club.

Julian secoua la tête.

— Oubliez le Stud Club. C'était le rêve de Leo. Vous ne me devez strictement rien.

Ashworth s'esclaffa.

— Je vous dois juste la vie. L'auriez-vous oublié ?

Julian l'avait empêché, un jour, de sauter d'une falaise. Mais, sur le coup, Ashworth ne l'avait pas vraiment vécu comme une bonne action.

— Et vous avez été témoin à mon mariage, ajouta celui-ci. Nous sommes amis, que cela vous plaise ou non. Or, l'amitié ne se balaie pas d'un revers de main. Nous allons participer à votre plan.

— Mais donnez-nous d'abord quelques explications supplémentaires, exigea le duc. Pourquoi quelqu'un chercherait-il à vous tuer ?

Julian hésita. Pouvait-il tout leur confier ? Le duc et l'ancien militaire étaient-ils vraiment ses amis ? Oui, sans doute. Quoi qu'il en soit, il préférait les avoir comme amis que comme ennemis.

— Je sais certaines choses, dit-il. Des choses que je n'aurais jamais dû savoir. Quand j'étais gamin, j'ai servi dans un café où travaillait ma mère.

— Et votre père, que faisait-il ? demanda Ashworth.

— Oubliez-le. Il ne fait pas partie de l'histoire.

Julian préférait ne pas leur raconter la vérité sur sa naissance.

Morland fronça les sourcils.

— Quelles sont ces « choses » que vous n'auriez pas dû savoir ?

— Eh bien, parlons d'Osiris, par exemple. Ce cheval dont vous êtes si entiché. La première course qu'il a gagnée était truquée.

Morland en resta un instant bouche bée.

— Sa première course ? Ça devait être...

— À Doncaster. Il avait trois ans. Son jockey l'avait délibérément retenu durant les courses précédentes. Faute de le voir gagner, les parieurs ne croyaient plus en lui. Sa cote était montée à douze contre un. Ce jour-là, le favori s'appelait...

— Mariner, compléta Ashworth. Il avait fait une année exceptionnelle. Je me souviens de la stupéfaction générale quand il a terminé troisième.

— Tout le monde n'était pas si stupéfait. Une dizaine de membres du Jockey Club connaissaient par avance l'issue de la course. Je les avais entendus comploter dans le café où travaillait ma mère. J'ignorais leurs noms, mais j'avais mémorisé leurs voix. Quelques années plus tard, j'ai pu apprendre leur identité. Et je les ai fait chanter. Un par un.

Il y eut un silence médusé.

Après avoir identifié les dix conspirateurs, Julian s'était présenté à eux sous l'aspect qu'ils lui connaissaient : un jeune homme sourd-muet. Il avait réclamé à chacun une audience privée, pour leur remettre un mot qu'il avait lui-même rédigé :

Donnez cent guinées au sourd-muet et renvoyez-le. Si l'argent et le sourd-muet ne sont pas là d'ici ce soir, les journaux de demain matin révéleront toute la vérité sur la course de Doncaster.

Ils auraient pu lui tirer dessus. Le faire jeter en prison. Il n'y aurait plus eu personne pour aller raconter la vérité aux journalistes.

Mais, depuis la mort de sa mère, il n'avait plus rien à perdre. Alors, il avait réitéré son bluff dix fois de suite, et cela avait marché à chaque fois. Aucun ne l'avait soupçonné d'être derrière ce chantage. Ils le prenaient tous pour un simple d'esprit. Les dix fois, il était reparti avec cent guinées en poche. Il avait compris, plus tard, qu'il aurait pu exiger beaucoup plus. Mais il était encore très jeune à cette époque, et la somme lui paraissait colossale. Mille guinées, en tout ! Avec cet argent, il avait commencé par s'acheter des chaussures et des vêtements neufs. Puis il avait patiemment bâti sa fortune.

— Du chantage... siffla Ashworth entre ses dents. Et vous pensez que quelqu'un vous a reconnu ?

Julian hocha la tête.

— J'en suis même certain.

— J'ai du mal à suivre, avoua Ashworth. Ce n'était qu'une course de chevaux. Et il y a des années de cela. Pourquoi seraient-ils prêts, aujourd'hui, à tuer pour protéger un vieux secret ?

— Il ne s'agissait pas d'une simple course de chevaux, fit valoir le duc. Des gens se sont retrouvés ruinés, ce jour-là. Tandis que d'autres ont fait fortune. Si la vérité éclatait au grand jour, les conspirateurs ne seraient pas seulement exclus du Jockey Club, ils seraient bannis de toute la bonne société.

— Et donc, ils auraient recruté des assassins juste pour sauver la face ? fit Ashworth, avant de hausser les épaules. Bah, je suppose que des hommes ont déjà tué pour moins que ça.

— Il peut y avoir un autre mobile, précisa Julian. J'ai appris beaucoup de choses, dans ce café où je travaillais. Des secrets politiques ou commerciaux, des affaires de cœur… Si quelqu'un m'a reconnu, qui sait ce qu'il a pu s'imaginer que j'aie entendu ? C'est pourquoi il m'est impossible de deviner tout seul qui est mon ennemi. Il me faut le concours de Stone et Macleod.

— À supposer que Stone et Macleod soient bien les assassins de Leo. Nous devrions peut-être commencer par demander à Faraday de les identifier, non ?

Julian secoua la tête.

— Laissons Faraday en dehors de tout cela. Je n'ai pas confiance en lui.

23

— Aujourd'hui, assura Claudia, la victoire ne pourra pas m'échapper.

— C'est possible, concéda son adversaire, les yeux rivés sur le jeu de backgammon. Vous jouez un peu mieux.

— *Un peu* mieux ? J'ai déjà failli gagner, hier.

Son adversaire bougea ses pions.

— Ma chère, connaissez-vous la différence entre « J'ai failli gagner » et « J'ai perdu » ?

Claudia secoua la tête.

— Il n'y en a pas.

Elle fit la moue.

— Passez-moi les dés, s'il vous plaît, dit-elle.

Son irritation n'était que pure façade. La vérité, c'est qu'elle appréciait beaucoup Peter Faraday. Depuis qu'il logeait sous le même toit qu'elle, son quotidien s'était éclairé. Quand Amelia et Spencer n'étaient pas occupés par leurs obligations respectives, ils aimaient s'accorder des moments d'intimité. Si bien que Claudia se retrouvait souvent toute seule. Au moins, avec Peter Faraday, elle pouvait compter sur un compagnon toujours présent. Il était confiné, comme elle, à la maison. Et il se déplaçait avec encore moins de facilité qu'elle. Ils passaient le plus clair de leurs journées ensemble, ainsi qu'une partie de leurs soirées. Ils jouaient au backgammon ou aux cartes. Lorsqu'ils étaient fatigués de jouer, M. Faraday lisait les journaux à haute voix, pendant que Claudia travaillait à un ouvrage de layette. Elle se moquait du contenu des journaux, mais elle aimait entendre les commentaires acides de M. Faraday.

D'une manière générale, elle aimait l'entendre parler. Il avait une belle voix, des intonations qui témoignaient de sa bonne éducation. Et il était bel homme, ce qui ne gâtait rien. Il ressemblait à M. Bellamy, en moins musclé. Un vrai gentleman, jugeait Claudia.

Il lui posait sans cesse des questions. Sur son enfance. Sur sa grossesse... Et, plaisir rare, il *écoutait* vraiment ses réponses. Claudia lui avait raconté tout ce qu'elle savait sur sa famille. Elle lui avait même narré cette aventure malencontreuse avec son précepteur, à York. M. Faraday l'avait écoutée sans porter aucun jugement.

Elle pouvait tout lui dire.

Claudia fit rouler les dés et déplaça ses pions en conséquence.

— Voulez-vous m'épouser ? lança-t-elle tout à trac.

Il en resta quelques instants bouche bée.

— Pardon ? lâcha-t-il finalement.

— Vous n'avez pas compris ma question ? Je vous demandais si vous vouliez m'épouser.

Devinant qu'il méditerait soigneusement sa réponse, Claudia but une gorgée de limonade pour lui donner du temps.

Mais comme il demeurait muet, elle voulut le mettre à l'aise :

— Ne vous inquiétez pas, monsieur Faraday. Je ne suis pas assez naïve pour m'imaginer que je suis amoureuse de vous. Mais nous nous entendons très bien, n'est-ce pas ?

Caressant son ventre rebondi, elle ajouta :

— Je vais bientôt accoucher. Et je souhaite garder mon enfant.

Il fronça les sourcils.

— Ne me dites pas que le duc exige que vous vous trouviez un mari ?

— Non, non. Spencer et Amelia m'ont assuré qu'ils me soutiendraient quel que soit mon choix. Mais à quoi bon nier que cela simplifierait la vie à tout le monde si je me mariais ? J'ai pensé que vous aimeriez peut-être devenir père. Je suis sûre que vous seriez doué pour la paternité. Et ce serait l'occasion parfaite pour que vous ayez un enfant sans avoir à coucher avec une femme.

M. Faraday la regardait avec stupéfaction.

— Je ne suis pas certain de bien vous suivre, lady Claudia.

Elle se pencha pour lui chuchoter à l'oreille :

— Vous êtes un… enfin, vous aimez les hommes, n'est-ce pas ?

Il ne réagit pas. Sinon qu'il prit la carafe de limonade pour se resservir.

— Ne vous inquiétez pas, le rassura Claudia. Je sais garder un secret.

— Mais… comment… ?

— Oh, c'est très simple. Je n'ai rien d'autre à faire que de rester assise et d'observer les gens. Alors j'ai remarqué certaines petites choses. Que vous vous intéressiez davantage aux valets qu'aux femmes de chambre, par exemple. Il y en a un, en particulier, que vous suivez toujours des yeux. Celui à la mâchoire carrée. Il faut dire qu'il semble avoir de très belles fesses. Cela m'a frappée, moi aussi. (Elle soupira.) Mais il n'est pas pour nous. Ma camériste m'a assuré qu'il était fidèle à sa petite amie. Une couturière, paraît-il. Enfin, cela ne nous empêche pas de le regarder, n'est-ce pas ? Nous pouvons même nous amuser à faire tomber des objets en sa présence, pour lui demander de les ramasser.

Il s'adossa à son siège avec un sourire incrédule.

— Ma foi, lady Claudia, vous êtes une jeune femme étonnante.

Elle savoura le compliment. Il était temps que quelqu'un s'en aperçoive.

— Cela veut-il dire que vous acceptez de m'épouser ?

— Non, ma chère. Je ne vous épouserai pas. Mais j'aimerais beaucoup devenir votre ami.

— Un ami ne pourra pas donner son nom à mon enfant.

— Certes. Vous devrez vous débrouiller toute seule pour l'élever. Mais je suis persuadé que vous y réussirez merveilleusement.

— J'en doute fort. Ces derniers temps, j'ai l'impression de n'être même pas capable de m'occuper de moi.

— Claudia, cela fait une semaine que je vous observe. Aimeriez-vous savoir ce que j'en ai conclu ?

Elle haussa les épaules.

— Vous êtes intelligente, directe, avec l'esprit curieux et sensible. Vous savez aussi prendre des risques. Et vous n'hésitez pas à vous affranchir, le cas échéant, des règles stupides de l'étiquette. Ces qualités ont pu vous nuire en tant que jeune fille, mais croyez-moi, elles feront de vous une femme exceptionnelle. Et une excellente mère. J'en suis intimement convaincu.

Claudia sentit une larme lui brouiller la vue. Elle l'essuya d'un geste impatient.

— Vous êtes le seul à vous montrer gentil avec moi.

— Ce n'est pas vrai. Votre cousin et sa femme tiennent beaucoup à vous. Ils vous aiment sincèrement, même s'ils ne vous comprennent pas toujours. Et un jour, vous rencontrerez l'homme qui saura à la fois vous aimer et vous comprendre. Si le monde est bien fait, il sera en outre pourvu d'une belle paire de fesses.

— Je me demande bien comment je pourrais rencontrer cette perle rare. Mère célibataire, je n'aurai même pas l'opportunité d'être lancée dans le monde.

Le regard de M. Faraday se fit chaleureux.

— Je ne m'inquiète pas pour vous. D'ici quelques années, vous reviendrez à Londres sous les traits d'une femme ravissante, forte, indépendante et parfaitement scandaleuse. Croyez-moi, les hommes ne pourront pas vous résister.

Ramassant les dés, il ajouta :

— Et je mettrai un point d'honneur à assister à votre premier bal. Simplement pour vérifier l'exactitude de mes prévisions.

— C'est vrai ? fit Claudia. Alors, vous serez mon cavalier pour ma première danse.

— Marché conclu.

Claudia ressentit soudain une douleur au ventre. Elle grimaça.

— Ça ne va pas ? demanda M. Faraday.

— Si, si.

Elle prit une grande inspiration et relâcha lentement son souffle. Ces crampes étaient désormais quotidiennes, mais le docteur lui avait assuré qu'elles n'annonçaient pas l'accouchement.

— Et vous, monsieur Faraday ? reprit-elle. Avez-vous déjà été amoureux ?

Il détourna le regard.

— Oui.

— Mais ça ne s'est pas bien terminé, devina Claudia.

Il fit rouler les dés et les contempla.

— Non, en effet. On peut même dire que ça s'est terminé tragiquement.

Il y avait une telle tristesse, dans sa voix, que Claudia aurait voulu le réconforter. Mais elle ne savait pas comment s'y prendre.

— Vous gardez quand même la conviction que ça vaut la peine d'être vécu ? Je veux parler de l'amour.

— Oui, répliqua-t-il sans hésiter. Cela en vaut largement la peine.

— Ah !

Une douleur si aiguë lui cisaillait les entrailles qu'elle eut, pendant quelques instants, du mal à respirer. Cette fois, Claudia s'alarma pour de bon. Il se passait quelque chose. Elle n'aurait pas dû reprendre de pudding, hier soir. Ou monter trop vite l'escalier, ce matin.

— Monsieur Faraday, haleta-t-elle, avant de s'interrompre pour laisser passer une autre crise. Je... J'ai besoin d'aide.

Mais M. Faraday – l'invalide M. Faraday – avait déjà bondi de son siège et se ruait vers la porte.

— Donnez-le-moi, s'il vous plaît.

Lily prit le papier des mains d'Amelia et le parcourut rapidement. Une demi-heure de cajoleries et une grosse poignée de cacahuètes avaient produit une pleine page de bavardage incohérent.

— C'est son vocabulaire habituel, constata Lily, déçue.

Oh Julian. Coupable, coupable. Ce sera tout, merci.

Elle remarqua toutefois, en bas de la page, quelque chose de nouveau.

— « M. James Bell », lut-elle à haute voix. C'est étrange. Je me demande où il a pioché cela.

— Vous connaissez un M. James Bell ? demanda Meredith.

— D'une certaine façon, oui.

Lily se revoyait à l'orchestre du théâtre de Drury Lane, assise à côté de son compagnon à lunettes. Elle avait été fascinée par sa capacité à se transformer en quelqu'un de totalement différent.

Ai-je jamais été digne de ta confiance ? avait-il écrit. *Tu ne te doutes pas de tout ce que j'ai fait, dans ma vie !*

— En fait, rectifia Lily, M. James Bell est davantage qu'une simple connaissance.

Amelia s'agita sur son siège.

— Oh, il vient de dire autre chose !

Elle reprit le papier pour y inscrire un nouveau mot que Lily lut par-dessus son épaule.

— « Jéricho » ? J'ai peur que ça ne nous soit d'aucune utilité.

— Oui, ça peut vouloir dire beaucoup de choses, admit Meredith. L'un de ses anciens propriétaires était peut-être un admirateur des Saintes Écritures.

Ou alors, c'était le nom d'un domestique. Ou même le nom de ce perroquet autrefois.

— Mais il pourrait aussi s'agir d'un bateau, suggéra Amelia. Je me souviens que la première mission de Michael pour la Royal Navy s'était déroulée sur le *HMS Jéricho*. Depuis, le bateau a été désarmé. Je crois qu'il… (Elle écarquilla les yeux et saisit le bras de Lily.) Le *Jéricho* est maintenant ancré sur la Tamise, près de Woolwich. Il a été reconverti en bateau-prison.

Le cœur de Lily manqua un battement.

— Un bateau-prison ?

— Attendez, fit Meredith. C'est un bien maigre indice. Nous pourrions faire entièrement fausse route.

— Vous avez raison, acquiesça Lily. Mais c'est le seul indice dont nous disposions. À combien de kilomètres sommes-nous de Woolwich ? Quinze ? Vingt ? Partons immédiatement. Il n'y a pas une minute à perdre.

Mais avant qu'elle ait pu se lever de son fauteuil, Swift fit irruption dans la pièce. Il tenait à la main un plateau d'argent sur lequel était disposée une enveloppe.

— Pardonnez mon interruption, milady, mais un message urgent vient juste d'arriver pour Sa Grâce.

Amelia prit l'enveloppe et l'ouvrit.

— Oh, non ! C'est Claudia. Elle accouche. Il faut que j'y aille tout de suite.

Lily fut surprise de la nouvelle. Mais elle fut encore plus surprise de lire l'inscription écrite à la hâte sur l'enveloppe, à l'encre noire : *Pour Sa Grâce, la duchesse de Morland.*

Elle connaissait cette écriture par cœur.

— Oh, mon Dieu !

Sans même réfléchir, elle bondit de son siège et arracha le mot des mains d'Amelia.

Votre Grâce,

Le travail a débuté pour lady Claudia. J'ai pris la liberté d'appeler le médecin.

P. F.

— P. F. ? Qui est P. F. ?

Amelia lui répondit en même temps qu'elle enfilait ses gants. Lily ne put pas saisir le nom.

— Écris-le-moi, dit-elle, tendant la feuille de papier et l'encrier à son amie.

— Je n'ai pas le temps, objecta Amelia qui reprenait son étole. Claudia a besoin de moi.

Lily reposa l'encrier sur la table, d'un grand coup sec, sans se soucier des éclaboussures d'encre sur le bois. Puis elle plaça la plume sous le nez d'Amelia. Ses doigts tremblaient.

— *Écris-le-moi.*

Pendant qu'Amelia passait son étole, Meredith se saisit de la plume et écrivit quelque chose sur le papier.

Lily le lut à haute voix.

— Peter Faraday. Qui est Peter Faraday ?

— Un invité d'Amelia, expliqua Meredith. Rhys et moi l'avons amené de Cornouailles, et il loge présentement à Morland House. Il est presque invalide. Il… Il était avec votre frère, la nuit du drame.

Lily, prise de vertige, se laissa retomber dans son fauteuil. Cette information expliquait beaucoup de choses… et posait de nouvelles questions.

Une chose était sûre : elle devait se rendre à Woolwich. Et le plus tôt possible. Julian ignorait probablement de quoi il retournait.

Meredith lui toucha la main.

— J'accompagne Amelia. Elle aura besoin d'aide.

— Oui, bien sûr, acquiesça Lily qui se releva afin de raccompagner ses amies à la porte. Je prierai pour que tout se passe bien pour Claudia.

— Merci, répondit Amelia. Mais j'aurais aimé que Spencer soit averti de la nouvelle.

— Ne t'inquiète pas. Il l'apprendra très vite.

Lily avait la ferme intention de délivrer elle-même le message.

— Les voilà. Ce sont les deux là-bas, à droite.

Depuis leur perchoir, Julian suivit le regard d'Ashworth. Deux forçats travaillaient à réparer une digue de pierres, au bord de la Tamise. Les deux hommes, vêtus du même uniforme marron, étaient enchaînés l'un à l'autre par les chevilles. Sous l'œil d'un garde solidement armé, ils cassaient des rochers qui servaient ensuite à renforcer la digue.

— Vous êtes sûr que c'est eux ?

Ashworth hocha la tête.

— Oui. J'ai discuté avec l'officier qui dirige les travaux. Il m'a confirmé leurs noms. Et il a ajouté que c'étaient…

Une détonation assourdissante l'obligea à s'interrompre. Entre le vacarme des machines et les explosions destinées à s'assurer du bon fonctionnement des canons, l'arsenal n'était pas vraiment un endroit tranquille.

— Que c'étaient des types dangereux. C'est pourquoi ils sont enchaînés. Au moment de leur libération, ils se verront remettre leurs papiers, ainsi que dix shillings chacun. Après quoi, ils seront relâchés dans la nature.

Une fois que Stone et Macleod auraient quitté l'arsenal, il était facile de deviner leur emploi du temps. Ils commenceraient par s'offrir une pinte ou deux de bière dans une taverne des environs. Puis ils rendraient visite au bordel le plus proche. Julian et ses compagnons attendraient qu'ils soient ivres et le pantalon baissé pour les appréhender. À trois – avec des pistolets – contre deux, ils n'auraient rien à craindre. Avec un peu de chance, ils réussiraient à extorquer un nom à ces brutes, et Julian aurait enfin une direction où concentrer ses efforts.

En attendant, ils continueraient d'observer l'arsenal depuis leur « perchoir » – une sorte d'échafaudage qui flanquait un hangar à bateaux. Les plates-formes successives de l'échafaudage étaient reliées par des échelles de bois. Julian et ses deux compagnons avaient pris place sur la plate-forme supérieure.

Après s'être présenté au lieutenant-colonel, Ashworth avait eu carte blanche pour pénétrer, avec Julian et Morland, dans l'enceinte de Woolwich. Officiellement, ils étaient trois gentlemen en excursion, curieux d'observer le fonctionnement de l'arsenal royal. Le plus difficile avait été de se débarrasser des officiers qui avaient voulu les escorter pour leur faire visiter les lieux.

Un bruit alerta soudain Julian. Quelqu'un gravissait les échelles menant à la plate-forme supérieure. Encore un jeune officier qui voulait les guider…

Mais ce ne fut pas un soldat qui apparut sur la plate-forme.

C'était Lily.

Sa femme, vêtue d'une robe de voyage mauve et d'un manteau d'hiver noir, marcha droit sur lui. Son talon se coinça entre deux planches de la plate-forme, mais elle se retint à temps pour ne pas basculer par-dessus la rambarde.

— Par Jésus-Christ ! s'exclama Julian, la saisissant aux épaules.

Il ne put s'empêcher de la secouer un peu, pour s'assurer qu'elle était tout d'une pièce, avant de demander :

— Enfin, Lily, que diable fais-tu ici ?

Elle reprit sa respiration.

— Cela me semble évident, non ? J'ai réussi à te rattraper.

Ses yeux brillaient d'une rage qu'il ne lui connaissait pas.

Mais elle ne serait pas là si son amour n'avait pas surpassé sa colère.

Julian sentit son cœur se soulever dans sa poitrine.

— Tu m'aimes donc tant que cela, Lily ?

— Évidemment, crétin.

Et elle lui donna un coup de poing dans l'épaule.

Julian la serra dans ses bras et l'embrassa à pleine bouche. Elle voulut d'abord se débattre, mais il refusa de la lâcher.

— Je t'aime, murmura-t-il. Je t'aime si fort que cela me dépasse.

La plate-forme trembla sous leurs pieds. Sans doute une nouvelle explosion dans l'arsenal.

Ou alors, c'était leur baiser qui ébranlait l'échafaudage.

— Regardez ! intervint soudain le duc.

Julian relâcha à contrecœur les lèvres de la jeune femme.

Morland désignait la digue.

— Ils ne cassent plus de pierres. L'heure de leur libération doit approcher.

Julian reporta son attention sur Lily.

— Tu dois partir, à présent. Cela risque d'être dangereux. Va t'abriter en lieu sûr.

— Non, Julian, répliqua la jeune femme. Tu ne comprends pas. C'est Peter Faraday.

Peter Faraday ? Pourquoi diable venait-elle lui parler de Peter Faraday ?

— Il était avec Leo, la nuit du drame. Ils... Ils étaient amants.

— Quoi ? s'exclama Julian, certain d'avoir mal compris.

— *Amants ?* répétèrent d'une même voix Morland et Ashworth.

La jeune femme hocha la tête.

— Oui, amants. J'en suis certaine. Je possède des lettres de Faraday adressées à mon frère. Elles n'autorisent aucun doute.

Pendant un moment, l'arsenal parut étrangement silencieux. Ashworth et Morland échangeaient des regards, ou contemplaient le bout de leurs chaussures. Sans doute à la recherche d'explications qui ne viendraient pas, songeait Julian, désarçonné.

Conscient de ses propres débauches, il n'avait jamais cherché à juger la vie privée des autres. Et il connaissait son lot d'invertis. À commencer par ses tailleurs. Il était de notoriété publique que

Schwartz et Cobb n'étaient pas seulement associés en affaires. Dans sa jeunesse, il était souvent passé devant un établissement fréquenté par des invertis, à quelques pâtés de maisons du café d'Anna. Enfin, la bonne société connaissait ce qu'elle appelait pudiquement les « célibataires endurcis ».

Mais Leo.

Leo et Faraday *amants*.

Julian essayait de s'accoutumer à cette idée, mais cela l'obligerait à réviser trop de souvenirs et il n'en avait pas le temps pour l'instant.

— Faraday a toujours dit qu'il pensait que l'agression m'était destinée. J'aurais dû me trouver avec Leo, ce soir-là.

— Mais vous n'y étiez pas, objecta Morland. En revanche, Faraday s'y trouvait. Et s'il y avait quelque chose entre eux...

— Vous pensez à un crime passionnel ? demanda Ashworth.

— Attendez une minute, intervint Julian. Vous oubliez Cora Dunn. La prostituée que Leo avait rencontrée à Covent Garden.

Oui, Leo était en compagnie d'une femme, ce soir-là. Lily devait se tromper.

— Cora a vu les agresseurs, ajouta-t-il. Et sa description correspond à Stone et Macleod. Je vous rappelle que nous sommes venus ici pour les confondre.

Il voulait se raccrocher à cette idée, car il refusait de croire qu'ils puissent s'être déplacés jusqu'à Woolwich pour rien.

— Quand je pense que Faraday loge chez moi ! s'exclama Morland.

— Faraday n'a rien à voir dans l'histoire, insista Julian. Et si ces deux gredins sont bien les assassins de Leo, nous ne pouvons pas les laisser s'échapper. Leo était notre ami.

— Il était *mon frère*, lui rappela Lily. En tant que membre de sa famille, il me semble que j'ai mon mot à dire, non ?

— Si quelqu'un a son mot à dire, c'est moi, lança soudain une voix dans leur dos. Je l'aimais.

Julian se retourna. Quelqu'un les avait rejoints sur la plate-forme. Peter Faraday.

Et il brandissait un pistolet.

— Que personne ne bouge, dit-il.

24

Une détonation brisa le silence.

Julian n'eut pas le temps de dégainer son propre pistolet. Il put tout juste se jeter devant Lily pour faire rempart de son corps. Faraday tira une deuxième fois, et Julian sentit la balle siffler près de son oreille.

Il tourna la tête pour suivre la trajectoire de la balle. À travers le nuage de poudre provoqué par les deux détonations, il vit Stone et Macleod tituber sur la digue. Les forçats, toujours enchaînés, plongèrent dans la Tamise, dans un réflexe de survie. Mais s'ils n'étaient pas déjà mortellement atteints par les deux balles, ils couleraient en moins d'une minute.

— Non ! s'écria Julian.

Il songea un instant à sauter du haut de la plateforme. S'il retombait à terre sans se rompre les os, il pourrait peut-être courir jusqu'à la digue pour repêcher les deux hommes.

Mais Lily l'enlaça à la taille pour le tirer en arrière.

— Non, Julian. Il n'y a plus rien à faire.

Il se figea. Il ne pouvait pas entraîner Lily avec lui.

— C'est fini, dit Faraday, les rejoignant.

Oui, c'était fini. Stone et Macleod avaient disparu sous la surface du fleuve. Et avec eux, Julian voyait s'envoler la chance d'identifier son ennemi.

Les officiers semblaient ne s'être aperçus de rien. Tout s'était passé si vite ! Et qui pouvait s'inquiéter du bruit de deux détonations, au milieu d'un arsenal ?

Sur la plate-forme, personne ne disait mot. Julian serra très fort Lily dans ses bras.

Après un silence embarrassé, Morland se tourna finalement vers Faraday :

— Je vous croyais invalide ?

Faraday abaissa son arme.

— Je l'ai été. Mais je vais beaucoup mieux.

C'était indubitable. Julian reconnaissait à peine le Peter Faraday à qui il avait rendu visite en Cornouailles, quelques mois plus tôt. Outre sa miraculeuse guérison physique, son comportement était également différent. Julian avait gardé le souvenir d'un homme vain et superficiel. Celui qu'il avait à présent en face de lui faisait preuve d'une détermination et d'un sang-froid quasi professionnels.

— Qu'ils aillent rôtir en enfer, murmura-t-il, les yeux rivés sur les eaux du fleuve.

— Vous semblez être convaincu qu'il s'agissait bien d'eux, remarqua Morland. Alors que l'autre jour, vous prétendiez n'être sans doute pas capable de les identifier.

— Je vous ai menti. C'étaient bien eux. Ils ont tué Leo.

Il y eut un autre – long – silence.

— Vous êtes un tireur remarquable, commenta Ashworth. Auriez-vous servi dans l'armée ?

— Non, pas dans l'armée. Je sers la Couronne, mais mes affectations sont moins... conventionnelles.

— Seriez-vous un espion ? demanda Julian.

Faraday soupira.

— Oui. Mais d'ordinaire, nous évitons de le crier en public.

Julian n'en revenait pas. Peter Faraday, agent secret ? Depuis une douzaine d'années qu'il le connaissait, il n'aurait jamais songé à le soupçonner d'espionnage. Mais c'était sans doute la marque des bons espions.

Faraday se tourna vers lui.

— Imaginiez-vous être le seul homme d'Angleterre à mener une double vie... *monsieur Bell* ?

— C'était vous ! s'exclama Julian, lâchant Lily pour pointer un doigt sur Faraday. Hier, dans la rue, c'était vous.

Faraday hocha la tête.

— Oui, c'était moi.

— Alors, quand vous m'avez dit en Cornouailles que les assassins me visaient, vous...

— Oui, je mentais encore. Les gens de ma profession ont tendance à souvent mentir.

Julian se massa les tempes. Si Faraday lui avait menti depuis le début, cela voulait dire que personne n'avait songé à le tuer. Il avait passé ces six derniers mois à traquer des fantômes.

— Mais pourquoi ?

Faraday balaya du regard les trois hommes – Julian, Morland et Ashworth.

— Je voulais vous éloigner de cette histoire. J'avais prévu depuis longtemps de leur régler moi-même leur compte. Contrairement à vous, il ne m'a pas fallu cinq mois pour découvrir leur identité. Tous les trois, vous n'êtes que des amateurs.

Il contempla de nouveau le fleuve, là où avaient disparu les deux assassins, avant d'ajouter :

— Mais je n'avais pas prévu que cela se terminerait ainsi. Je voulais leur réserver une mort lente, pour qu'ils aient le temps de souffrir et d'implorer pitié. Une pitié que je leur aurais refusée, bien sûr.

Et, dans un soudain accès de rage, il se précipita vers le bord de la plate-forme pour hurler en direction du fleuve :

— Misérables ordures ! Cette mort était trop bonne pour vous. Mais j'irai vous poursuivre jusqu'en enfer !

Julian regarda Lily. Elle était devenue très pâle.

— Ça va ? lui demanda-t-il.

— Je ne sais pas trop.

Honnête réponse. À cet instant précis, Julian n'était pas non plus certain de se sentir très bien.

Il se tourna vers Faraday :

— Vous nous devez des explications.

Faraday hocha la tête.

— Vous les aurez. Vous deux. Mais pour ce qui est de vous, enchaîna-t-il en s'adressant à Morland et Ashworth, cette histoire ne vous regarde plus. Morland, rentrez chez vous. Votre pupille est en train d'accoucher.

Le duc blêmit.

— Claudia ?

— Quand je l'ai quittée, le docteur était déjà là. Je n'ai pas eu le temps d'attendre votre femme, mais je l'ai fait prévenir.

— Oui, Amelia est sur place, confirma Lily. Ainsi que Meredith. Elles se trouvaient toutes deux chez moi quand votre mot est arrivé, précisa-t-elle à l'intention de Faraday. C'est comme cela que j'ai su. J'ai reconnu votre écriture.

Le regard de Faraday s'adoucit.

— Ah. Alors, il avait gardé mes lettres ?

Lily hocha la tête.

— Oui.

— Quel incorrigible romantique. Je lui avais demandé de les brûler.

Leo avait manifestement désobéi, mais Julian pouvait voir que Faraday en était soulagé. Il avait les yeux humides. Le doute n'était plus permis. Ces deux-là s'étaient aimés.

Vraiment aimés.

Lily fit un pas.

— Monsieur Faraday... puis-je vous serrer dans mes bras ?

Il cligna des yeux, surpris.

— Volontiers.

Lily l'enlaça.

— Je suis désolée, dit-elle. Il me manque, à moi aussi.

Ils s'étreignirent longuement, se consolant de leur chagrin commun.

Julian en ressentit une pointe de jalousie, qu'il s'obligea à surmonter. Bon sang. Il avait encore du mal à y croire. Était-ce vraiment terminé ?

— Vous pouvez nous laisser, maintenant, dit-il à Morland et Ashworth. Allez rejoindre lady Claudia et vos épouses. Nous nous retrouverons plus tard.

Comme ses amis s'apprêtaient à descendre de la plate-forme, il s'empressa d'ajouter :

— Oh, et merci !

Les deux hommes échangèrent un regard, avant de regarder Julian d'un air stupéfait, comme s'il lui avait poussé un troisième œil au milieu du front.

— Je... Je voulais juste vous remercier de... d'être restés, tout à l'heure, balbutia Julian.

Le duc semblait aussi mal à l'aise que lui.

— Ne versez pas trop dans l'émotion, Bellamy. Je n'ai pas l'intention de vous serrer dans mes bras.

— J'espère bien que non, renchérit Ashworth, avant de jeter un regard embarrassé en direction de Lily et Faraday. Encore qu'il n'y ait rien de mal à ça, prit-il soin de préciser.

Julian s'esclaffa. Leur gaucherie, à tous les trois, devenait risible.

— Allez, filez maintenant. Et merci pour rien.

— J'aime mieux ça, s'amusa le duc.

— Et donnez-nous des nouvelles de l'accouchement ! lança Julian après qu'ils eurent disparu de sa vue.

Lily et Faraday se séparèrent. Faraday offrit son mouchoir à la jeune femme, pour qu'elle puisse s'essuyer les yeux.

— Voulez-vous rentrer tous les deux avec moi dans ma voiture ? proposa-t-elle. Nous aurons tout le temps de discuter durant le trajet.

Ils acquiescèrent. Après être descendus de la plate-forme, ils gagnèrent la porte de l'arsenal devant laquelle attendait patiemment le cocher de Lily. Puis ils firent halte à l'auberge où Julian et Faraday avaient laissé leur monture, afin de donner les instructions relatives à leur rapatriement à Londres.

De retour dans la voiture, Julian tira les rideaux des fenêtres, afin de faire pénétrer le plus de lumière possible dans l'habitacle. Lily et lui étaient assis aux deux extrémités de la même banquette. Faraday leur faisait face. Ils formaient ainsi un triangle qui faciliterait la compréhension de leur conversation pour la jeune femme.

— Si vous êtes venu jusqu'ici à cheval, j'en conclus que vous n'étiez pas si gravement blessé ? questionna Julian.

— J'ai été gravement blessé, répondit Faraday. Pour le coup, je ne vous avais pas menti. Mais je tenais absolument à retrouver ma force pour me venger, et j'y ai consacré toute ma volonté.

— Pourquoi nous avoir fait croire que vous étiez toujours invalide ?

— Parce que cela servait mes projets, bien sûr.

— Si nous commencions par le commencement ? suggéra Lily. Je voudrais comprendre l'enchaînement des événements.

— Le commencement, soupira Faraday. Oui. Le commencement fut merveilleux.

— Comment vous êtes-vous rencontrés, avec Leo ?

— Par l'intermédiaire de son club hippique. À l'époque, la guerre contre Napoléon n'était pas terminée, et tout était suspect. Mes supérieurs se posaient des questions sur ce Stud Club, ouvert à n'importe qui. Ils m'ont donc demandé d'enquêter discrètement, pour voir si cela ne cachait pas quelque chose. J'ai gagné un des dix jetons au jeu, mon ticket d'entrée. Et j'ai vite compris qu'il n'y avait rien de particulier dans ce club, sinon qu'il avait été fondé par un homme d'une générosité rare. Et beau à se damner.

Julian jeta un regard à sa femme. Elle semblait prendre cela très bien. Pour sa part, c'était encore un peu délicat. Leo, un inverti ? Tout de même…

Cette révélation le déstabilisait. Il ne voulait pas revenir sur la haute opinion qu'il conservait de son ami, mais il se demandait s'il l'avait connu tel qu'il était vraiment.

— Étais-tu au courant ? dit-il à la jeune femme. Que Leo…

Bon sang ! Il n'arrivait même pas à terminer sa phrase !

— Qu'il préférait les hommes ? Oui. Je m'en doutais depuis longtemps. Nous n'en avons jamais discuté ouvertement, mais c'était mon frère jumeau. Comment n'aurais-je pas décelé une chose pareille ? Malheureusement, je n'ai jamais eu le courage d'aborder le sujet avec lui. Je ne savais pas comment m'y prendre.

— Ce n'était pas simple pour lui non plus, intervint Faraday. Les hommes comme moi ont plus de facilités à s'affranchir des règles. Mais Leo était quelqu'un de parfaitement loyal.

— J'étais souvent triste pour lui, confessa Lily. Il était constamment entouré d'amis, mais en même temps très seul. Tu n'avais pas au moins des soupçons, Julian ?

— Non, répondit-il honnêtement.

Pas le moindre soupçon. Il avait trop pris soin de préserver ses propres secrets pour s'intéresser à ceux de Leo. Mais il savait très bien ce que c'était de mener une double vie. Sauf que lui n'avait jamais été animé que par un désir de vengeance. De ce point de vue, Leo avait été un meilleur homme que lui.

Julian serra les poings. Il aurait voulu tirer Stone et Macleod de la Tamise et les ressusciter pour avoir ensuite le plaisir de les tuer à nouveau – mais, cette fois, de ses propres mains.

— Laissez-moi deviner, dit Lily à Faraday. Votre liaison a débuté il y a environ deux ans. En juillet de l'année dernière, Leo est allé assister à une réunion des anciens élèves d'Eton. En fait, il était avec vous.

Faraday hocha la tête.

— Il détestait vous mentir, mais cela lui semblait plus prudent. Nous sommes partis…

— En Cornouailles, devina Julian. Votre maison. Vous m'avez raconté que vous y aviez passé un merveilleux été. Avec une personne blonde.

Mais Faraday n'avait pas précisé le sexe de la personne.

— Bravo, monsieur Bellamy. Vous vous rattrapez. Après la mort de Leo, j'y suis retourné en convalescence. Et pour le pleurer.

Son regard dériva par la fenêtre de la portière.

— Mes os se sont plus vite ressoudés que mon cœur, ajouta-t-il. Pour ce qui est de cet organe, ma convalescence n'est pas terminée.

— Mais les lettres, pointa Lily. Elles semblaient indiquer que tout était fini entre vous.

— Leo a voulu mettre un terme à notre relation au printemps dernier.

— Vous vous étiez disputés ?

— Non, pas exactement. Leo avait appris la vérité sur ma… profession. Il tenait beaucoup à la discrétion. Il voulait vous préserver du scandale. Mais en plus, il avait peur qu'en me fréquentant il vous expose à un quelconque danger. Quelle ironie, quand on sait comment ça s'est terminé.

— L'agression de Whitechapel était donc dirigée contre vous ? questionna Julian. Parce que vous êtes un espion ?

Faraday secoua la tête.

— Pas du tout. Stone et Macleod n'étaient que deux brutes avinées, en manque de violence après avoir assisté à un match de boxe. Ils ne me visaient pas personnellement. Ni Leo. Ni vous. Ils cherchaient simplement à s'amuser. Et pour ce genre de brutes, les hommes comme Leo et moi sont une cible de choix.

— Oh, mon Dieu, murmura Lily. C'est horrible.

Horrible, acquiesça silencieusement Julian. Et méprisable. Et lâche. Mais hélas, trop réel. Il avait grandi dans les rues, et il avait déjà assisté à de semblables agressions.

Faraday abattit son poing sur la paroi de la voiture.

— Quelle fin imméritée, pour un homme si bon. C'est le plus dur à avaler. Que sa mort n'ait eu aucune raison valable.

Il soupira.

— Je m'en veux terriblement, enchaîna-t-il. Quand Leo m'a annoncé qu'il voulait rompre, je l'ai évidemment mal pris. Pour commencer, j'ai perdu mon jeton du Stud Club en faveur de Morland, par pur dépit. Et puis, j'ai appris que vous comptiez vous rendre tous les deux à ce match de boxe. J'y suis allé aussi. C'était plus fort que moi. Lorsque j'ai vu Leo avec une femme, je... j'ai vu rouge. Nous nous sommes disputés en pleine rue. Ou plutôt, c'est moi qui ai commencé par l'accuser de duplicité et de malhonnêteté. Quand il a pu enfin s'expliquer, il m'a raconté qu'il s'était décidé à se marier, pour honorer son titre nobiliaire et s'assurer un héritier. Il avait levé cette prostituée dans l'espoir de se familiariser avec cette idée. Mais sans succès.

Faraday regarda de nouveau un moment par la vitre, avant de reprendre :

— Il m'a avoué qu'il pensait toujours à moi. Et qu'il ne pourrait jamais épouser personne tant qu'il resterait amoureux de moi. Alors, nous avons cessé de nous disputer pour... pour nous réconcilier. C'est alors que Stone et Macleod ont surgi. (Il donna un coup de poing dans les coussins.) Bon sang, si seulement je n'avais pas baissé ma garde ! D'ordinaire, je suis plutôt pugnace dans les bagarres.

Julian n'en doutait pas un seul instant. Il avait vu Faraday supprimer les deux forçats avec un sang-froid stupéfiant.

— Leo s'est retrouvé presque tout de suite à terre, inconscient. Ce qui m'a laissé tout seul contre les deux agresseurs. Vous les avez aperçus. Ils étaient costauds. Tout ce que j'ai pu faire, c'est de tenter de protéger Leo avec mon propre corps.

Il s'essuya les yeux, avant de poursuivre :

— Quand j'ai compris que je ne pouvais plus rien faire pour le sauver, je n'ai plus eu qu'une idée : le venger. Alors je l'ai abandonné dans cette ruelle, même si cela me soulevait le cœur, pour suivre ses assassins et apprendre tout ce que je pourrais sur leur compte. Il n'était pas question de les dénoncer, bien sûr. Vous pouvez deviner pourquoi.

Julian et Lily hochèrent la tête. S'il y avait eu procès, Stone et Macleod n'auraient pas manqué de révéler la nature des relations entre Leo et Faraday. Toute l'Angleterre aurait été mise au courant de leur liaison.

— Je devais donc faire justice moi-même, reprit Faraday. C'est ce que j'ai fait tout à l'heure. Même si ce n'était pas exactement de la manière dont je l'avais rêvé. (Il soupira.) Bah, il faudra que je m'en contente.

Lily fondit en larmes. Julian l'attira dans ses bras et la serra contre lui.

— C'est si tragique, dit-elle après un long moment. Et tellement absurde. Vous avez raison. Leo est mort pour rien. Mais c'est tout de même réconfortant d'avoir enfin des réponses.

Oui, Julian était d'accord. S'il y avait au moins un réconfort à tirer de cette histoire, il était là.

La jeune femme se rassit bien droit.

— Ces deux brutes n'étaient que de la vermine méprisable. Vous n'avez pas à vous reprocher ce qui s'est passé. Sachez que je ne vous en veux pas. Et Julian non plus.

Faraday interrogea Julian du regard.

Celui-ci secoua la tête.

— Non, confirma-t-il. Et j'ai même cessé de m'en vouloir à moi-même.

Faraday se pencha vers lui.

— J'imagine que vous comprenez, à présent, comment j'ai eu connaissance de l'existence de James Bell ? Ma mission était d'apprendre tout ce que je pouvais sur les membres du Stud Club.

Julian plissa les yeux.

— Que savez-vous, exactement ?

— Tout.

— Qui d'autre est au courant ?

— Personne, assura Faraday. Je n'en ai pas parlé dans mon rapport. Et aucun membre du club ne se doutait de quelque chose. Vous étiez le meilleur ami de Leo. Je ne vous voulais aucun mal.

Portant son regard sur Lily, il ajouta :

— Quant à vous, ma chère, nous venons tout juste de nous rencontrer, mais j'ai tendance à vous considérer comme une sœur.

Lily lui sourit.

— Ça tombe bien. Je commençais à m'ennuyer de ne plus avoir de frère.

Faraday s'éclaircit la voix, pour dominer son émotion.

— Eh bien, cette journée se termine mieux qu'elle n'a commencé, conclut-il, le regard de nouveau tourné vers la vitre. Ah, je vois que nous arrivons à Charing Cross. Je vais descendre ici.

Il frappa au plafond de l'habitacle, pour signifier son intention au cocher. Dès que l'attelage ralentit, il se leva de sa banquette.

— Saluez lady Claudia de ma part. Et tenez-moi au courant pour son accouchement. J'ai beaucoup d'affection pour elle.

Là-dessus, il ouvrit la portière, sauta à terre et disparut aussitôt dans la foule. En bon espion qu'il était, il était doué pour se rendre invisible.

L'attelage se remit en branle. Julian appuya sa tête contre le dossier de la banquette. Quelle journée ! Il avait enfin obtenu des réponses sur le meurtre de Leo. Et il avait désormais l'assurance que personne ne cherchait à le tuer.

Il se tourna vers Lily. Son épouse. Sa meilleure amie. La mère de son enfant. Que pouvait-il désirer de plus ?

— Rentrons à la maison, lui dit-il en langage des signes, avant de l'attirer dans ses bras.

La jeune femme le repoussa fermement.

— Non, Julian. Je ne rentre pas à la maison avec toi.

25

— Quoi ?

La surprise de Julian était sincère. Hélas, songea Lily. Comment pouvait-il tomber de si haut, après sa lettre de ce matin ?

La jeune femme passa sur la banquette d'en face.

— Je ne peux pas rentrer avec toi, faire comme si de rien n'était. Et prendre le risque de me réveiller avec une autre lettre dramatique, la prochaine fois que tu auras décidé que tu ne me mérites pas et que tu préfères t'exiler au pôle Nord. Avec en guise de conclusion deux lignes du genre : « Adieu Lily. Sois forte. »

La douleur de la trahison qu'elle avait ressentie ce matin lui revenait en plein cœur. Elle dut ravaler ses larmes avant de pouvoir ajouter :

— Tu m'as abandonnée, Julian. Et tu m'as menti. Tu me cachais des informations que j'étais en droit de connaître. Comment peux-tu justifier que Peter Faraday en sache davantage que moi sur ton compte ? Et pourquoi ne m'as-tu pas dit qu'il était à Londres ?

— Tu as raison, admit Julian. Mais tu avais toi aussi tes secrets. Tu ne m'as jamais dit que Leo avait un amant.

— Si. Du moins, j'ai essayé de le faire. Rappelle-toi. Le soir où nous sommes allés au théâtre, je t'ai demandé si, à ta connaissance, Leo avait quelqu'un dans sa vie. Tu m'as répondu que tu n'en savais rien. (Elle haussa les épaules.) Ce n'était pas mon secret. J'ai jugé que ce n'était pas à moi de le divulguer. Si Leo avait voulu que tu le saches, il t'en aurait parlé. Mais ne détourne pas la conversation, Julian. Revenons à la lettre de ce matin. Tu m'as abandonnée avec une *lettre d'adieu*.

— Une lettre qui te disait à quel point je t'aime. Et combien j'étais impatient d'en finir avec cette histoire, pour revenir vers toi.

— Une lettre qui m'expliquait que j'ignorais presque tout de toi, le contra la jeune femme. Et que tu ne me méritais pas.

— Lily...

Il leva les mains en signe de frustration et soupira lourdement, avant de recommencer :

— Lily, je suis ce que je suis. Je n'y peux rien changer. Mais je suis déterminé à te mériter. Je te promets de tout faire pour te rendre heureuse. Je te l'ai déjà dit : tu es tout pour moi.

— Ça ne m'intéresse pas d'être tout pour toi !

Il eut un mouvement de recul, comme s'il avait reçu une gifle. Et son regard trahissait à quel point elle l'avait blessé.

— Julian, reprit-elle d'une voix radoucie pour tenter de lui faire comprendre. (Si elle avait appris une chose en perdant Leo, c'était bien le danger de dépendre d'une seule personne pour *tout*.) Je t'aime, Julian. Mais je ne veux pas être ton unique raison de vivre. Je veux que tu partages ta vie avec moi. C'est très différent. Je crois que nous avons déjà eu cette conversation, tous les deux. Il faut que tu cesses de me traiter comme une enfant qui ne serait pas responsable d'elle-même.

— Je sais bien que tu n'es plus une enfant. Et j'admire ton intelligence, Lily.

— Mais tu ne sembles pas avoir confiance en ma capacité de jugement. En tout cas, pas suffisamment pour me dire la vérité. Tu ne peux pas imaginer à quel point c'est humiliant d'essayer d'extorquer des informations à un perroquet pour tenter d'apprendre où est parti mon mari. À un *perroquet*, Julian !

— Ah, c'est donc comme cela que tu nous as trouvés ? Tartuffe a parlé du *Jéricho* ? J'avais prononcé ce nom devant lui. Tu es un vrai génie, Lily. À l'état pur.

— Je serais plutôt une simple d'esprit, à en juger par la façon dont tu me traites. Encore une fois, Julian, je t'aime. J'ai accepté de t'épouser. Je porte ton enfant. Et cependant, tu continues de penser que je ne te mérite pas. Ne vois-tu pas que c'est une insulte à mon intelligence ? Suis-je donc si stupide pour être incapable de déterminer toute seule qui mérite ou non mon amour ?

Il ne savait manifestement pas quoi répondre à cela.

— Quand je t'ai épousé, ajouta-t-elle, je pensais qu'il suffirait que je te serre très fort dans mes bras et que je te couvre de baisers, pour que tu te débarrasses des fantômes de ton passé. Mais les baisers ne guérissent pas ce genre de blessures.

Il resta silencieux un long moment, avant de répondre en langage des signes :

— Tu as raison. Si nous continuons ainsi, je me sentirai toujours comme un imposteur.

Son aveu constituait pour Lily une petite victoire. Mais il restait encore beaucoup à faire.

— Que proposes-tu, alors ?

Il se tourna vers la fenêtre. Lily s'efforça de ne pas le regarder. Elle ne voulait pas lui donner l'impression d'être suspendue à sa réponse – même si c'était le cas.

— Bon ! lâcha-t-il subitement. Finissons-en.

Il cogna au toit de la voiture pour réclamer au cocher de s'arrêter. Puis, après avoir fait signe à Lily de patienter, il sortit la tête par la fenêtre de la portière, afin de donner ses nouvelles instructions. Comme la jeune femme ne pouvait pas voir ses lèvres, elle ignora ce qu'il avait dit.

Il se rassit ensuite sur son siège, et l'attelage se remit en route. Lily regarda par la vitre. Au lieu de tourner dans Oxford Street, le cocher continua tout droit. Elle songea un moment à demander à Julian leur destination, avant de se raviser. De toute façon, où qu'il ait décidé de l'emmener, elle était prête à le suivre.

Ils dépassèrent Mayfair pour s'engager dans Bloomsbury.

— Nous allons chez toi ?

Il haussa les épaules.

— Nous allons chez Julian Bellamy, répondit-il de manière mystérieuse.

L'attelage s'arrêta devant sa porte. Julian descendit et aida la jeune femme à le suivre. Le jour déclinait déjà – on était en décembre – et la température chutait, annonçant une nuit glaciale.

Julian tira des clés de sa poche et il ouvrit lui-même sa porte. Lily le regarda faire avec une fascination un peu absurde. Elle n'avait pas souvenir d'avoir une seule fois ouvert elle-même sa porte. Il y avait toujours eu des domestiques pour s'en charger à sa place.

L'entrée était froide et sombre. D'après ce que Lily pouvait apercevoir des pièces qui s'ouvraient de part et d'autre du hall, tout le mobilier était recouvert de housses.

Ils grimpèrent à l'étage. Julian alluma un chandelier.

— Nous sommes chez Julian Bellamy, dit-il. À cet étage se trouvent la bibliothèque et des salons.

La porte de la bibliothèque était ouverte. À part une pile de courrier qui s'entassait sur le bureau, il n'y avait pas d'autre trace de vie. La cheminée, éteinte, était emplie de cendres qui semblaient dater d'une éternité.

C'était peut-être la maison de Julian Bellamy, mais personne ne vivait ici.

Lily le suivit dans un autre escalier, plus étroit, qui conduisait à l'étage suivant. La lumière du chandelier projetait des ombres mouvantes sur les murs, et la jeune femme avait l'étrange sentiment de se retrouver dans une sorte de conte horrible, comme *Barbe-Bleue*, par exemple. Peut-être Julian la conduisait-il dans sa chambre de torture, où il avait accroché aux murs, en guise de trophées, les têtes de ses sept premières épouses. En attendant d'y ajouter la sienne…

Ne sois pas ridicule, se morigéna-t-elle.

Arrivé au deuxième étage, Julian poussa la première porte. Ils pénétrèrent dans une sorte d'antichambre. Une silhouette vaguement humaine, cachée par un journal, se tenait dans un fauteuil.

Lorsque le journal bougea, Lily ne put s'empêcher de pousser un petit cri.

— Que se passe-t-il ? demanda l'homme au journal, se levant d'un bond.

Lily se réfugia dans les bras de Julian.

— Je te présente mon valet de chambre, expliqua-t-il. Il s'appelle Dillard. Que fais-tu là ? demanda-t-il au domestique. Je t'avais pourtant donné congé comme les autres, quand je me suis marié.

Le valet de chambre haussa les épaules.

— J'aime bien cette maison, dit-il. Et puis, je me doutais que vous ne tarderiez pas à revenir. Je ne m'étais pas trompé.

Il jeta un regard appréciateur à Lily, avant d'ajouter :

— Elle est pas mal, celle-là. Qui est-ce ?

— Ma femme, sombre imbécile. Retourne à ta sieste.

Julian fit passer Lily dans la pièce suivante.

— Nous sommes dans la suite privée de Julian Bellamy. Ici, c'est mon dressing.

La plupart des étagères étaient vides, leur contenu ayant été déménagé à Harcliffe House quelques semaines plus tôt.

— Ça, c'est la salle de bains, enchaîna-t-il, poussant une porte qui révéla un réduit pourvu d'une table de toilette et d'un tub en cuivre.

Puis Julian passa dans la pièce d'à côté.

— Et ça, c'est la chambre à coucher, dit-il, levant bien haut le chandelier pour diffuser plus de lumière.

La pièce était immense – au moins deux fois plus vaste que la plus grande chambre de Harcliffe

House. Des cloisons avaient dû être abattues pour obtenir ce résultat. Quant au mobilier, il était particulièrement éclectique, mariant les inspirations orientales avec certaines touches traditionnelles. L'ensemble dégageait une atmosphère colorée et sensuelle.

Le lit trônait au centre. Ou plus exactement un monument à baldaquin, qui avait de toute évidence été construit sur mesure, tant ses dimensions sortaient de l'ordinaire. Lily devina qu'il était moins destiné au sommeil qu'aux activités érotiques de son propriétaire. Elle grinça des dents à l'idée qu'il espérait peut-être lui faire l'amour ici.

Mais il ignora totalement le lit pour se diriger vers un meuble bibliothèque.

Il fit signe à Lily de le rejoindre.

— Voilà, dit-il. Tu as vu la maison de Julian Bellamy. Maintenant, je vais te montrer où je vivais.

— Comment ça ? Que veux-tu dire ?

En guise de réponse, il tâtonna derrière les livres, pour actionner un mécanisme secret. Devant une Lily médusée, le meuble bibliothèque pivota sur lui-même, révélant une sorte de caverne plongée dans l'obscurité.

La jeune femme déglutit péniblement. Elle repensait tout à coup à *Barbe-Bleue*.

— Ce n'est qu'un cagibi, expliqua Julian, pénétrant dans la pièce obscure.

— Tu vivais dans un cagibi ?

Il sourit.

— Non. Il y a d'autres pièces derrière. Viens voir.

Lily prit la main qu'il lui tendait, rassembla son courage et le suivit dans le noir.

Le cagibi communiquait avec un petit appartement composé de deux pièces seulement, un salon et une chambre à coucher. Le lit était beaucoup plus modeste que l'autre. Et des signes de vie étaient visibles ici et là : du papier et un encrier sur une table, une cravate jetée sur le dossier d'une chaise, des cendres fraîches dans la cheminée...

Julian se servit du chandelier pour allumer une lampe sur la table. Puis il se plaça devant la glace et entreprit de plaquer ses cheveux sur son crâne.

— Tu vivais ici ? demanda Lily.

Il hocha la tête.

— Tu vivais ici ? répéta la jeune femme, qui contemplait la pièce avec incrédulité.

— Oui. Jusqu'à notre mariage.

— Mais pourquoi ?

— Parce que c'était très pratique. Mes bureaux sont juste en dessous.

Il ôta son veston et son gilet, pour les remplacer par des modèles beaucoup plus ternes.

— Tes... bureaux ? balbutia Lily, qui n'était pas sûre d'avoir bien compris.

— Oui.

Il glissa des lunettes sur son nez, et la transformation fut complète. Lily retrouvait le modeste employé qui l'avait accompagnée au théâtre - M. James Bell.

— Descendons, dit-il. Je vais te montrer.

Lily le suivit dans un petit escalier qui se terminait par une porte.

Julian saisit la poignée, reprit sa respiration et ouvrit la porte, révélant...

Des bureaux.

Même si la nuit était presque entièrement tombée, l'après-midi n'était pas terminé et les bureaux étaient encore ouverts à travers toute la ville.

Cet établissement ne faisait pas exception à la règle. Deux rangées d'employés se levèrent d'un même bond de leurs tables de travail pour saluer Julian, qui leur répondit d'un hochement de tête. Les employés se rassirent immédiatement, mais leur curiosité était focalisée sur Lily. Ils la regardaient comme s'ils n'avaient jamais vu une femme de leur vie. Ou, du moins, pas au bras de leur employeur. Ce qui était bien sûr plutôt réconfortant.

Un homme en costume marron se précipita à leur rencontre. Lily lui trouva un air vaguement familier.

— Monsieur Bell, dit-il, c'est une surprise. Nous ne vous attendions plus pour aujourd'hui.

Son regard avait dévié sur Lily, qu'il considérait avec curiosité, mais Julian le congédia sèchement :

— C'est bon, Thatcher. Si j'ai besoin de vous, je vous sonnerai.

Là-dessus, il se dirigea vers un bureau séparé de la grande salle par une cloison vitrée. Lily le suivit. Elle eut tout juste le temps de lire au passage l'inscription gravée sur la porte : *M. J. Bell. Directeur. Aegis Investissements.*

Julian l'invita à prendre place dans un fauteuil, pendant qu'il rangeait les papiers étalés sur son bureau.

— Je suis désolé. D'habitude, ce n'est pas autant en désordre. Mais je ne suis pas beaucoup venu, ces derniers temps. J'ai de la correspondance en retard.

— Où sommes-nous ?

— Chez moi. Et tu es désormais la seule personne à être au courant. En dehors de Faraday. Et de mon notaire, mais c'est quelqu'un de parfaitement discret. Thatcher et les autres sont tous convaincus que je ne fais que diriger cette entreprise pour le compte d'investisseurs fortunés. En réalité, les investissements sont les miens. Je possède tout.

— Que possèdes-tu, exactement ?

— Oh, beaucoup de choses. Des immeubles. Des filatures textiles...

Il tira un registre d'une étagère et l'ouvrit devant elle.

— Regarde. Voici le dernier état de mes recettes et de mes dépenses. Les totaux sont en bas.

Lily ne jeta même pas un œil au registre. Elle fixait Julian, médusée.

Il s'assit face à elle.

— La principale source de mes revenus provient des filatures, expliqua-t-il, avant de pointer du doigt le registre. Mais vois plutôt par toi-même.

Lily ne pouvait nier que sa curiosité était piquée. Alors, elle baissa les yeux sur le registre. Elle constata tout de suite qu'il était parfaitement tenu - et, sur ce point, elle pouvait juger d'expérience. Mais elle ne put s'empêcher d'écarquiller les yeux en déchiffrant les lignes de totalisation.

Julian était richissime.

La jeune femme releva la tête.

— Comment as-tu amassé tout cela ?

— En investissant judicieusement mon capital de départ. J'ai démarré avec mille guinées.

— Mais, ces mille guinées, comment les as-tu obtenues ?

— Par du chantage.

— Du *chantage* ?

— Oui. Souviens-toi, je t'ai parlé l'autre jour d'une course de chevaux truquée. J'ai fait chanter les dix conspirateurs, et je leur ai extorqué cent guinées chacun.

— Et à partir de là, tu as bâti toute ta fortune ?

Il hocha la tête.

Lily était fascinée par ce qu'il avait accompli. Lui, le petit garçon des rues, élevé dans la misère la plus noire et devenu orphelin beaucoup trop tôt. Et cependant, il ne tirait aucune fierté de sa fortune, qu'il n'avait jamais étalée nulle part. Personne ne pouvait se douter qu'il était aussi riche. Et cette fois, Lily ne lui en voulait pas de lui avoir dissimulé la vérité. Au contraire, elle était très fière de lui. Si seulement sa mère avait pu le voir, maintenant !

La jeune femme essuya une larme.

— J'ai toujours su que tu étais quelqu'un d'étonnant, dit-elle. Mais je n'aurais jamais imaginé tout cela. Julian, je... (Elle se mordit la lèvre.) Dois-je toujours t'appeler Julian ?

— Je n'en sais rien, répondit-il. J'ai mené deux existences de front, sous deux noms différents. Ma mère s'appelait Mary Bell, mais je t'ai déjà raconté que j'ignorais mon véritable prénom.

— Tu pourrais le connaître. Il te suffirait d'aller consulter le registre de l'église.

Il esquissa un sourire.

— Je ne suis pas sûr d'avoir envie de savoir. Imagine que ce soit quelque chose d'affreux comme Jedediah ou Jehosephat ?

Lily grimaça.

— Oui, tu as raison.

— D'après mon notaire, l'essentiel est de choisir une seule de mes identités comme nom légal, et de transférer tous mes biens sur ce nom.

— Lequel ?

— Je te laisse décider.

— Tu devrais peut-être choisir James Bell. En l'honneur de ta mère.

Pour être tout à fait honnête, Lily aurait du mal à l'appeler autrement que Julian. Et « lady Lily Bell » sonnait comme un nom d'actrice.

— Pourquoi pas ? Mais je t'ai épousée en tant que Julian Bellamy. Si je décidais de m'appeler Bell, j'ai peur que cela n'invalide notre union.

— Nous ne pouvons pas prendre ce risque, fit valoir Lily, secrètement soulagée.

— J'ai bien conscience qu'une aristocrate aussi bien née que toi ne peut pas être mariée à un vulgaire homme d'affaires. Quand je t'ai demandé ta main, j'ai pris la décision de tout vendre. Mais cela prend plus de temps que prévu.

— Tout vendre ? répéta Lily, chagrinée par l'ampleur d'un tel sacrifice.

Il ne s'agissait pas de l'argent, mais du travail que cela représentait. Sa fortune était l'accomplissement de plusieurs années d'efforts.

— Tu mérites un mari qui soit un vrai gentleman. C'est pourquoi je suis résolu à jouer au gentleman jusqu'à la fin de mes jours. Mais j'ai réalisé – et je pense que tu vas le réaliser avec moi – qu'en menant cette nouvelle existence, j'aurais toujours plus ou moins l'impression d'être un imposteur. Si je veux me sentir digne de toi, il faut que ce soit par mes propres moyens, Lily.

Son regard balaya le bureau, avant de revenir sur la jeune femme.

— Je suis doué pour les affaires, Lily. Je ne voudrais pas y renoncer complètement.

Elle hocha la tête. Elle comprenait.

— Alors, c'est à toi de décider, reprit-il. Soit tu partages la vie de James Bell, soit tu restes mariée à

Julian Bellamy. Mais réfléchis bien avant de me donner ta réponse. Ton rang en souffrira. Nos enfants ne seront pas admis dans les mêmes écoles et les mêmes cercles d'amis que Leo et toi avez connus. Les gens sont très durs avec les conventions sociales.

— Tu veux parler des conventions sociales qui t'ont laissé orphelin et sans le sou ? Des conventions sociales qui ont fait de mon frère la cible des moqueries et de la violence gratuite ? Ces derniers temps, je n'ai pas eu beaucoup l'occasion d'apprécier les conventions sociales.

Et, posant la main sur le registre, elle ajouta :

— J'adore ce genre de registres, Julian. J'ai adoré m'asseoir à l'orchestre de Drury Lane. Et je ne plaisantais pas, ce soir-là : j'ai toujours eu un faible pour les hommes à lunettes. Je pense que j'étais faite pour être la femme de quelqu'un comme James Bell.

Il semblait incapable de répondre.

— Moi, je n'étais pas né pour te mériter, dit-il finalement. Mais je me suis juré, il y a longtemps, de ne pas me cantonner aux limites sociales de ma naissance.

— J'en suis très heureuse.

Ils restèrent ainsi un long moment, à se perdre mutuellement dans le regard de l'autre, assis de chaque côté d'un bureau encombré de paperasses. Au diable les salles de bal. Lily n'aurait pu rêver décor plus romantique que celui-ci.

— Nous serons heureux tous les deux, déclara-t-il, lui prenant la main. Tu me l'as dit le jour de notre mariage, mais je t'avoue que je n'y croyais pas trop, alors.

— Et maintenant ?

— Maintenant, j'y crois de tout mon cœur et de toute mon âme. Nous serons très heureux.

Lily sentit son cœur se gonfler de joie.

— Rien ne pourra nous arrêter.

Elle tendit la main pour lui enlever ses lunettes. Julian porta les yeux vers la vitre qui séparait le bureau de la grande salle où travaillaient ses employés.

— Ils nous regardent.

Lily replia les lunettes et les posa de côté. Puis elle se pencha vers lui.

— Il n'y a pas de rideau, à cette vitre ?

— Euh, si. Il y en a un, répondit-il, se penchant à son tour vers elle pour combler la distance qui les séparait.

Puis il l'embrassa. En prenant tout son temps. Sans même prendre la peine de tirer le rideau. Parce qu'ils n'avaient plus à se cacher. Ni du monde. Ni l'un envers l'autre.

Épilogue

Quelques années plus tard

— Elle a bien forci, commenta Julian, s'accoudant à la barrière du paddock. C'est une belle bête, à présent.

Morland et Ashworth se tournèrent vers lui avec surprise.

— D'où sortez-vous ? demanda le duc. Nous ne vous attendions pas avant demain.

Julian ôta son chapeau pour le pendre à un poteau de la barrière.

— J'ai terminé mon travail à York plus tôt que prévu. Ça lui fait quel âge, à présent ?

— Elle a eu trois ans au printemps, répondit fièrement Morland.

— Et le noir ? Il est à vous aussi ?

— Non, non, c'est celui de Claudia. Il a le même mauvais caractère. Méfiez-vous, il peut mordre.

Julian s'esclaffa.

— Ça ne m'étonne pas.

— Que faisiez-vous à York ? questionna Ashworth. Vous avez ouvert un nouveau magasin ?

Julian hocha la tête.

— Vous en êtes à combien, maintenant ?

— Onze. Le douzième ouvrira à Liverpool cet automne.

Julian avait fondé une chaîne de magasins – Aegis Emporium – qui vendaient de la confection de qualité pour les ouvriers et les employés. L'idée lui était venue pendant la guerre, quand des commandes imprévues de l'armée dépassaient parfois ses capacités de production. Plutôt que de tailler chaque uniforme sur mesure, il avait alors décidé d'en préparer de grosses quantités par avance, en se basant sur des mensurations moyennes. Ces dernières années, il avait adapté le procédé aux vêtements civils. La production de masse lui permettait de baisser ses coûts pour toucher une clientèle plus modeste.

C'était un travail honnête, passionnant et, ce qui ne gâtait rien, très lucratif.

— Lequel est le vôtre, Ashworth ? Le grand, sous l'arbre ?

Ashworth acquiesça.

— Il est jeune, mais il est déjà rapide comme un démon. Je le vendrai dans un an. D'ici là, Morland va parfaire son entraînement.

— Osiris aura laissé une belle descendance, commenta Julian.

Un silence recueilli confirma ses paroles. L'étalon était mort l'hiver précédent, mais il avait engendré de superbes bêtes.

Le soleil chauffait le visage de Julian, tandis qu'une petite brise soulevait ses cheveux. Il était tenté de s'attarder, pour profiter de ce bel après-midi d'été dans le Cambridgeshire avec ses vieux amis.

Mais cela faisait deux semaines qu'il n'avait pas vu sa famille, et il était impatient de la retrouver.

Il s'écarta de la barrière et récupéra son chapeau.

— Où sont ces dames ? Et les enfants ?

— Embrasse-le.

Mary croisa les bras sur sa poitrine.

— Non. Pas question.

— C'est le jeu, insista Hugh. Tu dois l'embrasser.

Il agitait l'horrible créature sous le nez de la fillette. Dans son dos, Philip et Leo riaient aux éclats.

Mary grimaça. Ah, les garçons...

Déjà, elle détestait devoir tout partager avec son frère Leo. Mais au moins, à Londres, elle avait ses amies. Ici, en vacances à Braxton Hall, elle ne pouvait jouer qu'avec des garçons, ou des bébés. Mary n'aimait pas jouer avec des bébés. Elle préférait encore s'amuser avec Hugh et Philip, qui possédaient une magnifique maison de poupée, construite à l'image d'un château fort. Mais, pour l'admettre dans leur cercle, les garçons l'obligeaient à des gages.

Comme de devoir embrasser un crapaud, par exemple.

— Non, se rebella Mary. Je n'embrasserai pas ce monstre. Tant pis. Mon père me construira ma propre maison de poupée. Et elle sera dix fois plus grande que votre château fort.

— Ton père n'est même pas là, répliqua Philip d'un air suffisant.

— Au moins, moi, j'ai un père, lui rétorqua Mary.

— Mon parrain...

— Quoi, ton parrain ? le taquina Mary. Il s'est envolé pour la Lune jeudi dernier ?

Philip l'énervait, à toujours raconter des histoires incroyables au sujet de M. Faraday.

— Calme-toi, l'admonesta son frère en langage des signes. Philip est mon ami. Tu n'es pas gentille avec lui.

Jetant un regard à Philip, Mary comprit qu'en effet elle était peut-être allée un peu trop loin.

— Bon, d'accord, répondit-elle à Leo sur le même mode. Mais débarrasse-moi de ce crapaud.

Leo prit le crapaud et le jeta au loin.

Mary et Leo n'étaient pas supposés converser par signes devant des personnes qui ne comprenaient pas ce langage. C'était très impoli, leur avait souvent répété leur mère. Mais parfois, ce langage secret leur était très utile.

— Que se passe-t-il, ici ? fit soudain une voix dans leur dos. Des crapauds tombent du ciel, maintenant ?

Mary et Leo échangèrent un regard.

— Papa ! s'écrièrent-ils en même temps.

Mary se précipita dans les bras de son père.

— Papa, les garçons sont méchants avec moi. Ils voulaient me faire embrasser le crapaud.

Julian s'esclaffa.

— Si je comprends bien, je suis arrivé à temps pour te sauver.

Leo les rejoignit. Il était d'un an plus jeune que sa sœur, mais il se considérait trop grand pour les embrassades. Surtout devant ses camarades. Il accepta cependant une caresse dans les cheveux.

— Où est votre mère ? demanda Julian.

— Oh, fais attention, chérie !

Amelia intervint juste à temps pour empêcher sa fille de se piquer le doigt sur une épine.

— Ne cueille que les marguerites, Claire chérie. Laisse les roses à maman.

— Je crois qu'il vient quelqu'un, annonça Meredith, qui s'était installée sous la marquise et éventait le bébé endormi sur ses genoux. Mais je n'arrive pas à distinguer qui c'est.

— Ce ne sont certainement pas nos maris, répliqua Amelia, coupant une autre rose. Je suis prête à parier que Spencer va retenir Rhys toute la journée au haras. C'est peut-être Claudia et M. Faraday qui rentrent de leur promenade.

— Non, fit Meredith, qui avait porté la main devant ses yeux pour masquer les rayons du soleil. Je ne vois qu'une silhouette. Mais je suis bien heureuse de savoir que Claudia et M. Faraday s'entendent toujours à merveille.

— Moi aussi, acquiesça Amelia. M. Faraday a une excellente influence sur Claudia. Ils s'écrivent tout le temps. Et il prend son rôle de parrain de Philip très au sérieux. Il a déjà organisé toute sa scolarité. Et quand il sera plus grand, il l'emmènera visiter les cathédrales sur le continent. Philip l'adore. Hugh aussi, d'ailleurs.

Des pleurs se firent soudain entendre. Amelia reposa son sécateur. La sieste était terminée.

Charlotte s'agitait dans les bras de Meredith. Son visage était tout congestionné.

— Je suis désolée, s'excusa Meredith. C'est moi qui ai dû la réveiller.

— Ne vous excusez pas, la rassura Amelia, tendant les bras pour prendre son bébé. C'est l'heure de son réveil. Viens avec maman, ma chérie.

Amelia décela une lueur d'émotion dans les yeux de Meredith quand celle-ci lui abandonna Charlotte. Après huit ans de mariage, Rhys et Meredith n'avaient toujours pas d'enfant.

— Je suis sûre que cela finira par vous arriver un jour, dit-elle.

— Oui, acquiesça Meredith. En novembre, si la sage-femme ne s'est pas trompée.

Amelia ne put retenir un cri de joie, ce qui fit redoubler les pleurs de Charlotte.

— Je suis si heureuse pour vous ! Pourquoi ne l'avez-vous pas dit plus tôt ?

— Vous savez, nous avons déjà espéré tant de fois en vain... Ne dites surtout pas à Rhys que je vous en ai parlé. Il est très superstitieux.

— Mais vous êtes certaine, cette fois ?

— Je le crois, oui. En tout cas, je le sens qui me donne des coups de pied.

— Je suis vraiment heureuse pour vous, répéta Amelia. Rhys et vous serez de merveilleux parents.

— Vous êtes enceinte ? fit une voix d'homme dans leur dos. Voilà une grande nouvelle !

— Julian ! s'exclama Meredith. Alors, c'était vous que je voyais arriver.

— Je suppose.

Il ôta son chapeau et commença par baiser la main d'Amelia, puis celle de Meredith.

— Nous ne vous attendions que demain, dit Amelia.

— J'ai pu me libérer plus tôt de mes obligations. J'ai salué vos maris devant le paddock.

Amelia s'esclaffa.

— Je me doutais que vous sauriez où les trouver.

Julian se tourna vers Meredith :

— Ashworth ne m'a pas parlé de la bonne nouvelle.

— C'est supposé être un secret, expliqua-t-elle. Ne lui dites pas que vous êtes au courant.

Il parut méditer sa requête.

— Je garderai le secret, si vous êtes capable de me fournir une réponse.

Meredith haussa les sourcils.

— Quelle est la question ?

Il écarta les bras.

— Où diable, dans cette immense et magnifique propriété, se trouve ma femme ?

Lily avançait pieds nus dans la rivière. Elle se pencha pour ramasser une botte de cresson sauvage, dont elle égoutta les feuilles de leur trop-plein d'eau avant de la déposer dans le panier qui contenait sa cueillette. Encore quelques bottes, et elle pourrait rentrer.

Une libellule tournoyait au-dessus de sa tête. La jeune femme leva les yeux pour admirer l'insecte aux ailes iridescentes qui se déplaçait avec une stupéfiante rapidité.

La libellule obliqua soudain vers la gauche. Lily tourna la tête pour la suivre des yeux…

Et découvrit son mari, qui l'observait depuis la berge. Elle ne l'attendait que le lendemain.

— Depuis combien de temps es-tu là ?

— Pas très longtemps.

Il était diablement beau. Pas rasé, le teint hâlé après une journée de voyage sous le soleil estival, la chemise ouverte… Lily en avait l'eau à la bouche.

Il s'avança vers elle.

— Tu n'as pas été facile à trouver, lui dit-il en langage des signes.

Lily souleva son panier.

— Je cueille du cresson.

— Je vois ça.

Et, la rejoignant dans la rivière, il ajouta :

— Tu sens l'herbe fraîche.

— Tu m'as manqué, Julian.

— Pas autant que tu m'as manqué, lui assura son mari. Mais je vais t'embrasser ici même, dans cette rivière. Et te faire l'amour sur l'herbe.

— Ce programme me plaît.

Il lui prit son panier, pour le poser sur la berge. Puis il la débarrassa de son chapeau, qu'il posa également sur l'herbe.

Et, enfin, il la serra dans ses bras.

— Lily.

La jeune femme ne put s'empêcher de frissonner.

Julian était son mari depuis plus de huit ans. Cependant, il lui donnait toujours des frissons.

Ils se sourirent mutuellement, prenant leur temps avant de s'embrasser.

À quoi bon se presser ? Ils avaient été séparés pendant deux semaines, mais leurs retrouvailles seraient magiques. Comme toujours.

Remerciements

Elyssa, ce livre est pour toi.
Merci de l'avoir aimé dès son tout début.

Beaucoup de personnes m'ont aidée pendant que j'écrivais cette trilogie. Je tiens à remercier en premier lieu mon merveilleux mari, mes deux enfants ainsi que toute ma famille. Je remercie également tous ceux qui m'ont donné des conseils pour l'élaboration de mon manuscrit.

Et je suis bien sûr reconnaissante à mon éditeur, Random House, de tout le travail accompli. Je n'oublie pas non plus mon agente, Helen Breitwieser, toujours à mes côtés.

10130

Composition
FACOMPO

Achevé d'imprimer en Italie
par GRAFICA VENETA
le 4 mai 2025

Dépôt légal : juin 2025
EAN 9782290255100
OTP L21EPSN002357-435395

ÉDITIONS J'AI LU
82, rue Saint-Lazare, 75009 Paris

Diffusion France et étranger : Flammarion